因紫衫 著

重庆出版集团 重庆出版社

图书在版编目（CIP）数据

误入豪门 / 因紫衫著. —重庆：重庆出版社，2012.7

ISBN 978-7-229-05106-8

Ⅰ. ①误… Ⅱ. ①因… Ⅲ. ①长篇小说－中国－当代 Ⅳ. ①I247.5

中国版本图书馆CIP数据核字(2012)第074621号

误入豪门

WURU HAOMEN

因紫衫 著

出 版 人：罗小卫

丛书策划：李 子

责任编辑：郑 玲

责任校对：胡 琳

装帧设计：八牛设计

重庆出版集团
重 庆 出 版 社 **出版**

重庆长江二路205号 邮政编码：400016 http：//www.cqph.com

重庆鹏程印务有限公司印刷

重庆出版集团图书发行有限公司发行

E-MAIL：fxchu@cqph.com 邮购电话：023-68809452

全国新华书店经销

开本：720mm ×1000mm 1/16 印张：15.25 字数：298千

2012年7月第1版 2012年7月第1版第1次印刷

ISBN 978-7-229-05106-8

定价：26.80元

如有印装质量问题，请向本集团图书发行有限公司调换：023-68706683

目 录

CONTENTS

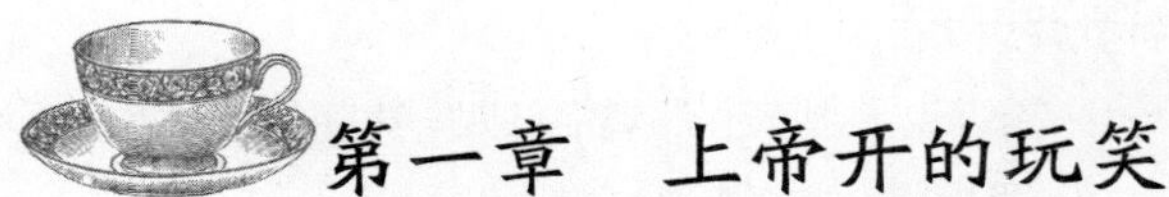

第一章　上帝开的玩笑

晚上九点。

“五月！五月……”尖利的嗓音在宅子里叫嚣着。

五月赶紧从躺椅上起身。

“五月，你大妈叫你，你赶紧去看看有什么要帮忙的。”母亲也急急忙忙从外推门进来叫她。

母亲是离老爷的二房，因为得宠，背地里不少被大妈欺负。

而五月其实和这个庞大而尊贵的家族没有半点干系，她是五月妈带过来的他姓女儿。

在这个家她更多的时候像个佣人，但好在她习惯这些，什么都不求，只求不给母亲带来任何麻烦。

“大妈，有事找我吗？”五月快步走进大厅，灯火辉煌的厅里大妈正和一帮贵妇太太们打着麻将。

听五月叫她，她连头也不抬，只吩咐：“去把大少爷接回来。”

“好。”即使家里有司机，五月还是答应。

她抬头看了眼墙上的钟，这个点，离洛现在应该正和他那群朋友喝得酣畅淋漓。

……

“洛，明天你生日，我做兄弟的送你点特别的礼物，你应该可以理解吧？”雷斯踌躇

着，还是把自己手上的酒杯递给窝在自己沙发上看电影看得正酣的离洛。

离洛挑眉，“什么礼物？”为什么他觉得雷斯这问题听起来这么奇怪？

没有多想，他仰头把杯中的酒一饮而尽。

看着空出来的酒杯，雷斯闪躲着离洛的目光，支支吾吾地开口：“你知道我有个妹妹一直迷恋你很久了，唉！我又实在拒绝不了她的攻势，所以……只能英勇牺牲兄弟了。”

听他这么说，离洛心里升起一种不好的预感：“你在酒里下什么药了？”

“放心，这绝对不是毒药！”他举手保证。眯眼瞟了眼离洛的脸色，才补了句：“但是，是春药。”

话才落，他就用枕头护着脸：“你要打就尽情地打吧，不过先说好，不准打脸！”

离洛能做自己的妹夫是再好不过的事。所以，当妹妹提出这请求时，他仅犹豫了两秒钟就答应了。

“雷斯，你找死！”离洛低咒一声朝他扑过去。

一番折腾，离洛渐渐感觉不对劲起来。

该死！

药性发作了！

“哎呀，我看你别垂死挣扎了，赶紧进去等着我妹来临幸你吧！”雷斯把他往房间里推。

“SHIT！我告你们两兄妹！”

“大哥，别这么不近人情嘛！”

“你妹要敢碰我，我废了她！”

抓狂的咒骂声被雷斯封锁在房间里。

嘘！还真是惊险啊！听着一声声的咒骂声，他真怀疑他妹妹会不会打退堂鼓。

“喂，搞定他了，你在哪？”直接给妹妹打电话。

“SHIT！这种时候你跑出国做什么？”

“明天回？行了，你最好别回来了，等你回来他已经憋死了！”

看看，原以为是好事，结果成了坏事。

委托人不在国内。

现在他要怎么办？

替他随便找个小姐？离洛醒来不直接踢死自己才怪。

他亲自替他解决？OH！他宁死也不能让人暴了菊花！！

正当雷斯一筹莫展的时候，门铃突然响了起来。

“谁啊？”正苦恼着，他没好气地拉开门。

乍然迎上一张清丽的脸蛋，是戚五月。

“请问离洛在这吗？”仿佛没见到雷斯的臭脸，五月一如既往地展开笑容。

她一直坚信，对付这个残忍的世界，最犀利的武器不是冷嘲热讽，也不是武力，而是……笑容……

笑容，可以感化一切……

她干净的笑，让雷斯有瞬间的怔愣，仿佛被感染到，他的脸色也不自觉地和缓了些。

戚五月这张脸，算不上绝色，但那剔透的笑却绝对让人过目不忘。

“你来接他？”

“嗯。他在吗？”

“嗯，在这……等等！”

雷斯思绪一闪，突然想到什么，眼底划过一抹精光，脸色瞬间转晴：“五月，你先进来。”

“好。”雷斯态度变化之快，五月虽然觉得奇怪，但也没多想，换上鞋子就进去了。

环顾大厅，没有离洛的身影。

雕花茶几上只有两个空酒杯，超大屏幕的电视还在上演着激烈的电影。

“离洛在楼上，他喝醉了，在休息。你上去把他叫起来吧。”雷斯有意指引五月。

阿弥陀佛。

这实在不能怨他太歹毒。

他可不想自己的兄弟因为欲求不满而死。

而且，五月这小丫头虽然一贯矜持内敛，但她对离洛那超越亲情的感情，他也能看得出来。

所以，这一出也算是成全了这乖巧的小丫头。

房间，一片黑暗。

离洛睡着了吗？

五月狐疑地进到房间，便忽地被人拦腰抱起，狠狠地甩在了床上。

还来不及弄清楚怎么回事，黑暗中，一个高大的身影蛮横地朝她欺了上来，将她压住。

五月一惊。这味道……

“离洛？是你吗？”她颤着嗓音开口，知道是离洛后慌乱的心稍微镇定了些。

但是下一秒，一个疯狂到近乎侵略的吻再一次将她所有的心防都堆砌了起来。

不对劲！这一切都太不对劲了！！离洛平时很讨厌自己，在学校遇到都是绕道走，现在为什么会突然吻她？！

他到底怎么了？仅仅只是喝醉了这么简单吗？

回神，他的吻已经流连到她的脖子上，她摇头要避开这样羞涩的触碰。

可离洛再也无法忍耐，将她狠狠压进了怀里。

这一夜，在五月破碎的眼泪中飞逝而去。

……

激情渐渐淡去，英俊的男子似乎是累了，躺在被子里闭着眼，像个孩子般餍足地睡去。

五月却睁大眼，无法入睡。

如果不是浑身的酸痛提醒着她，她会觉得，刚刚所经历的一切，只是自己在做梦。一个大胆的梦。可是，现实就是现实。面对这突如其来的一切，她不得不去面对。

捞起地上凌乱的衣服，匆匆逃离现场。这一切，就当是场梦，默默地留在心里，这样便好。

离洛还是那个高高在上的少爷，而她，也还是小妈带过来的不起眼的女儿。他们，仍旧不会有过多的交集。

五月一直都是这样想的。可是，直到某天，突然发现自己肚子里竟多了个孩子……

为了不给母亲蒙羞，在发现孩子的那一个晚上，她彻底消失在了那个大宅。

这一去，便再也没了音讯。

……

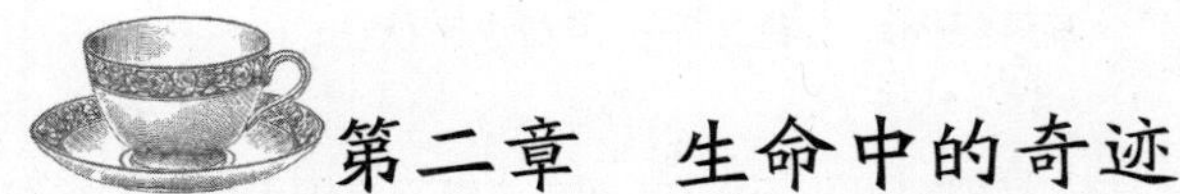

第二章　生命中的奇迹

五年后。

“大5，起床了！”一股暖暖的热气，呼在耳边。

五月眼还没睁开，伸手把身边的小肉团揉进被子里，不满地嘟囔：“小5，你好吵……”

五天前带着儿子回来这个城市，好不容易才找到这个地方住下，现在真是又累又困。

小5撇撇小嘴巴，一骨碌从被子里钻出来。小家伙生得粉妆玉砌，肌肤嫩白透着淡淡的酡红，粉得像个包子，总有让人忍不住想咬上一口的冲动。一双大眼，机灵透亮，长卷的睫毛盖着，可爱又稚嫩。

他无奈地看着贪睡的五月，细嫩的手指调皮地戳着她甜甜的睡颜，“大5，你昨晚不是说今天要去参加L.shine集团的应聘吗？再不起来要迟到了。”

“应聘？”果然，听到这两个字，五月从床上一跳而起。“完了，几点钟了？”她掀开被子急急忙忙跳下床。

“九点了。”小5艰难地和身上的叮当猫睡衣搏斗。他还太小，连脱衣服都很艰难。

“完了，只剩下一个小时了。”五月哀嚎，见小5因为脱衣服而涨得通红的小脸，她很没良心地笑起来，连忙接过他的动作，露出小家伙白白嫩嫩的身板。

“宝贝，你换衣服做什么？”五月边心急火燎地往洗漱间里冲，边狐疑地问。

只见梳洗台上，较大一点的牙刷上已经挤好了牙膏，毛巾也搓好了搁在一旁，现在还散发着灼灼的热气。

五月怔怔地望着，心头一阵发暖。

“大5，你快一点，我都弄好了。”

低头，只见小家伙已经换好了正式出行的衣服，背着个比他个头还大的包站在门边催她。

“你也去？”五月回过神来，赶紧刷牙，含糊不清地问他。

“那当然。万一大5没聘上，我的作用就要发挥了。”安慰大5，他可是一流。

女人好哄得很，亲一亲，抱一抱，天塌下来也没什么大不了。哼！连大5也不例外。

乌鸦嘴！

五月怨愤地瞪着儿子，带着小家伙出门。

……

五月把宝贝儿子放在L.shine集团大楼大厅里的沙发上，要上楼时，看着周围那些年轻女孩虎视眈眈的眼神，她又极不放心地回过头叮咛：“宝贝，你乖乖在这等我。你要记得不准乱跑，不准吃陌生人给的东西，也不准和陌生人说话……”

“还有，不准被漂亮阿姨拐走，对不对？”小5终于无法忍受，无奈地从漫画书上抬起小脸，接过五月的话，“大5奶奶，这些话我都乖乖记下了。你赶紧上楼去吧，要努力赚钱养小5哦！”

边催促，还不忘妖孽地朝她眨眼。

“没良心的小子！我这不是怕你被人拐卖了吗？”竟然叫她奶奶！！

一名男子，坐在轮椅上，被人推着从外进来。这是一个俊朗非凡的男子，他有着线条分明而立体的轮廓，鼻梁挺立，黑眸深邃，薄唇始终紧抿着，没有一丝丝表情。此刻的他，虽然是坐在轮椅上，却丝毫没有折损他的气质，反而给他添了几分莫名的疏离感。女职员忍不住偷瞄他，眼底暗藏迷恋。

男子锐利的眼，扫过大厅，目光，忽然停在正坐在沙发上两腿晃荡的小家伙身上顿住，敛了敛，有些让人看不透。

“他是哪儿来的？”他的视线，还停在小5身上。

“离总，他是一个来L.shine应聘的小姐带来的孩子。”前台小姐连忙回答。

推着轮椅的特助大卫也不由得多看了孩子两眼。这孩子竟隐隐有几分眼熟，眉眼间好像和谁很相似。

“走吧。”听了解释，轮椅上的男人这才收回视线，淡淡地挥手。大卫应了一声，连

忙推着他进了专属电梯。

小5望着那离去的背影直摇头。这老板大叔这么冷酷，以后大5在这上班会不会吃亏？还真是替她忧心啊！

彼时，楼上正进行着一场激烈的竞争。事实上，戚五月才回国不久，对L.shine集团其实不是太了解。只是投简历时稍微看了下L.shine集团的资料。据说是最近几年新崛起的集团，依仗高层领导人精准判局，运筹帷幄，仅不到两年的时间此集团便跻身为全国十大企业之一。真正到了L.shine内部，五月才意识到这是一家多大规模的企业。

此次应聘的岗位不过是最基层的会计师，但L.shine的优厚待遇是外界都熟知的，所以竟吸引了百来个应聘的人。不可谓竞争不大。经过一层层筛选，剔除又剔除，留下来的最终只有两个应聘者。而她，便是其中之一。

为了庆祝应聘成功，五月带着孩子去吃了丰盛的儿童餐，之后便挤公车到紫薇园。

时光荏苒，熟悉的大宅子依然还坐落在这。只是，和五年前比，显得老旧了很多，平添了几许沧桑的感觉。门铃按了很久，才终于有人小跑着出来替五月他们开门。

一个陌生的大婶出现在眼前。离家乜换佣人了么？大妈不是用不惯那些新员工么？

“请问你找哪位？”对方也用陌生的眼神打量着五月。五月端着笑容：“请问离老爷和二夫人在吗？”

“离老爷？”对方有片刻的狐疑，下一秒又一副恍然大悟的样子看着五月，“小姐，你是离家的客人吧？他们一家人早不在了。”

“不在了？”五月低头，惊愕地和小5面面相觑。“不在了”是什么意思？

“可不是！”那大婶稍微把头从铁门探出来，扫了一眼周围，才压低声音说起来：“大概是三四年前，这家里出了大事，哎哟……那个惨啦……那人见人爱的小少爷不知道被哪个杀千刀的砍断了手脚，听说被拐去街边做了乞丐。大夫人最疼爱他不是？遇了这事，当时就疯了。后来不知道又出了些什么事，大夫人、二夫人、老爷连连去世，就连大少爷好像也出了事……”

五月整个人抖得仿若风中的落叶。她脸色惨白得吓人。站在一旁的小5担忧地紧了好几下她的手，她也毫无所察。下一秒，她突然绝望而悲怆地尖叫一声，顿时晕厥过去，不省人事，眼角还挂着泪滴。

形势逼人，工作马上要开始，即便这场悲剧中有再多谜团等着自己去解决，五月也不得不暂时把这些搁置在一边。一大早把小5送去幼儿园，挤了公车直往L.shine去。财会部

的主管交代了下工作，五月就忙碌起来。一上午，将以前的资料，一个个翻出来仔细浏览。直到腰酸背痛，她才起身到饮水间去倒水。

“五月，你是不是出什么事了？脸色好像很不好的样子。”有人从后面拍拍她的肩。是同五月一同进公司的应届毕业生。

五月喝了口水，微笑着摇头：“可能是第一天来这里上班，环境太陌生，让我有点不适应。”

听她这么说，景初也没多想。喝了口水，她突然凑过脑袋，压低声音开口：“五月，你有没有听说我们老总的事？”

五月好笑地看着小姑娘那双真挚的眼底闪着的八卦光芒，不好扫兴，便配合地问：“什么事？”

“刚刚和我一个隔间的小美和我说，我们老总帅到爆，而且还是未婚。黄金单身汉！！！听说我们公司不少女同事都暗恋他。”

“怎么？莫非你也打算加入暗恋团队？”五月忍不住打趣。

对于这些传言，她倒只信个七八成。

以前在其他公司上班，这些传言也不少，不过大抵都是以讹传讹。暗恋老总的倒确实不少，不过，是恋他的人还是恋他的地位和权势，就不得而知了。她和景初虽然一般大，但早就进入社会的她明显已经没有那么多梦幻思想了。

“我倒是想，不过暗恋团队太壮大，我怕自己死无葬身之地。”景初也打着哈哈，好一会儿她又爆出个大料，“我听说，我们老总帅是帅，但是……”

说到这，她声音更轻了，还小心地附在五月耳边：“是残疾人，每天都坐轮椅呢！”

残疾人？

五月不由得挑了挑眉。上帝总是这样，替他打开一扇窗，总会残忍地关上一张门。

“好了，喝完水了，咱们去继续努力。”八卦完，景初搁下茶杯，又忍不住吐舌，“要让主管发现我们在聊总裁，那就死定了。”

工作了一连好几天，五月也没见过景初口中所谓的那位帅到爆的总裁。今天倒是收到主管的指示，说是总裁会特意来会计部巡视。主管的通知才下，办公室里就炸开了锅。好端端的办公室，一下子几乎变成了斗艳会场。

上午九点的时候，主管风风火火地进来。

“都站起来，都站起来！”一声令下，所有的人都放下手上的资料，规规矩矩地站起来。大家都伸长脖子往外看。

不一会儿，在公司高层的簇拥下，一个英气逼人的男子，坐在轮椅上，被人推着进来。

气势逼人，即使是坐着，依然可以感受到他的身形高大。浑身散发出来的威严和光芒，也能让人觉得晕眩。

高层的管理人，弯着身在他耳边低语着什么，他认真听着，时而点头，时而问上几句。

五月脑子有瞬间的凝固，她不可置信地望着轮椅上那个男人。

一举手一投足，甚至是一眨眼，她都不敢放过。

生怕自己一眨眼他就从眼里消失了一般。

是他！竟然是离洛！

目光往下，落在他双腿上，她用力捂住嘴，才抑制住那即将脱口的惊呼声。

没想到，再见他，竟然会是这样一番光景。当真是，恍如隔世。

那位大婶不是说，离家的人都不在了吗？可这分明是他！一股希望，顿时从心头升起。

这道又伤感，又似有痛苦，复杂不明的视线，离洛清晰地感受到了。

他突然别转过脸来，乍然就与五月的视线对上。惊愕、诧异，从那似古井的眼里飞速地划过。下一秒，转而，变得阴鹜。而彼时，五月的心，也随着紧了起来。

"总裁，有认识的人？"离洛身后的秘书大卫似察觉出什么，问了一句。若是熟识的人，可以知会一声财会部，适当地照顾一下。

"没有！"离洛冷冷地抽回视线，还像往常那样，眉头皱着摆手，"走吧，去其他部门。"

眼角的余光，都不再在戚五月身上停顿，仿佛，真的从不认识她一般。他的一声令下，大家齐齐转身，又蜂拥出去。

五月强忍住，让自己双腿不跟着离洛的身影追出去。一上午，五月都没有心思继续工作。脑子里全是离洛那冷冷的一瞥，还有满心的疑惑都在纠缠着她。

离洛既然还活着，那么是不是表示离家的人都还在？离洛的腿又是怎么回事，这几年到底发生了什么事？为什么他竟然成了L.shine的总裁，以前的离氏集团呢？

好不容易等到中午休息时间，她也顾不得景初在身后叫她去食堂，就飞奔进电梯，直接往总裁办公室走。

35楼是一个独立的楼层，玻璃天顶，抬头便能看到碧蓝的天空。

似乎是都去吃饭了，现在这个点，显得尤其的安静。所以，无人阻拦，五月顺利地敲响总裁办公室的门。

"进来。"略微低沉的嗓音传来。

幸好，离洛还在！

五月深吸口气，努力让自己镇定些，才推门进去。只见此刻，离洛还埋着头，在办公桌上认真忙着。透明的光线透过玻璃顶照射下来，将他整个人镀上了一层淡淡的光影。

五年不见，他还是如往昔，那般夺人眼球。只是，相比之下，他成熟了，早已褪去了那份曾经年少时的青涩。

“先放下吧，我一会儿吃。”他没有抬头，只是随意说了句。

五月走近他一步，犹豫了下，才开口：“离洛，是我。”

拿笔的手，猛然一顿，下一秒，还没抬头，笔已经被他重重地甩了出去，打在玻璃墙面上，发出一道刺耳的声响。

五月吓了一跳，愣愣地望着那支滚落在自己脚边的笔。怎么了？自己哪里又惹到他大少爷了！！

“出去！”没有望五月一眼，反而，皮椅转了个圈，离洛用背影冷冷地对着她。

“我只是有些话想要问你，不会打扰你太久。”五月坚持。

既然来了，她就不会打退堂鼓。

她有好多问题要问，除了家人，还有，他的腿。

“我妈还有大妈他们……”五月的问题还没说到一半，离洛冷不防地转过身来，终于瞥了她一眼，目光如炬，那眼底的冷厉更是让人发颤。

“戚五月，你再问一句试试！”似乎被刺激到，他几乎是咬牙切齿。

一手举着桌上一只大理石烟灰缸，恶狠狠地瞪着她。

五月被他突然狰狞的样子吓了一跳，但她没后退，反而更近一步，嗓音放柔和了几分：“我只想知道，我走的这几年到底发生了什么。我妈他们是不是还在……”

离洛脸色越加阴沉可怖，浑身透着暴戾的气息，半晌只吐出一个单音节的字，“滚！”

临近月底，五月手上的工作越加多起来。今晚独自一个人在公司加班到晚上8点。工作收尾后，她起身关好灯，锁上门准备走。公司大楼里这个点已经鲜少有人在加班，所以整栋楼寂静无声。

五月临走前，不经意地抬头。35楼的灯光，此刻竟然还亮着。

她怔了怔。离洛现在竟然还在？犹豫了下，她又转身进了电梯，直接按下了35键。

她要上去做什么？其实，她自己也不知道。只是，脚步不由自主，仅此而已！

35楼，灯光大亮，却也很安静。高跟鞋踩在地面上，发出清脆的声响，在静谧的夜里显得尤其清晰。五月直接往总裁办公室走。

毫无意外，离洛真的还在。此刻的他，背着身子，仰躺在轮椅上，背脊僵硬而冷漠。凉薄的月光在他周围，形成了一圈暗淡的光影。五月看不到他表情，却莫名地可以感受到此刻他浑身渗透出来的寂寞与苍凉。

心紧了下，小心地靠近他一步。“离洛？”她试探地唤了一声。

此刻的离洛，正痛楚地紧闭着双眼，俊朗的额角渗出一层细细密密的冷汗。他骨节分明的五指，死死扣住轮椅，指尖因为痛苦已经泛起惨白。

“离洛，你怎么了？”五月心一惊，慌忙蹲下身，握住他冰冷的大掌。

离洛艰难地瞠了瞠眸，映入眼帘的是一张忧心忡忡的小脸，他怔了怔，下一秒，抬手毫不留情地推她：“滚……滚开……”

“你是不是胃又犯疼了？怎么老是不会照顾自己？”五月不顾他的推搡，抬手轻轻拂去他额角的汗，转头焦急地看了看外头，“大卫不在吗？你等我，我去给你买药。”

她说着，已经站起身。没走出去，手却被离洛一把扣住，他艰难地睁眼瞪她：“戚五月，收起你那些假好心，我更不稀罕你的同情。”

他说着，咬牙，径自动手拨着轮椅轮子，往外走。五月望着那抹骄傲的，故作坚强的背影忍不住一阵心痛。

这个男人何其骄傲！残了腿以后，那些自卑，那些狼狈，那些他无法忍受的脆弱和挫折，想必无时无刻不在折磨着他吧！

她上前一步，不由分说地拉住轮椅推手，承接到他恼火的目光，她不以为然地开口：“谁要同情你了？你有什么值得我同情的？现在我送你回去，也是看在你是我老板的分上。”

离洛神色复杂地看着身后那张耍赖的笑脸，始终没有再说话。任她推着，从35楼，到1楼。

到离洛住的地方，五月从后备箱把轮椅搬出来，出租车司机帮着五月把离洛扶下车。折腾好一会儿，才进了雏菊园小区。

五月推着离洛，一路进去，壮硕的法国梧桐遮蔽着他们的头顶。风吹过，宁静的夜晚下，树叶的沙沙声显得格外的美。一座座优雅的别墅，在幽静的灯光笼罩下，透着难得的恬静。

离洛的房子没有她想象的那么清冷，大厅里摆着几盆新鲜的花花草草。透过玻璃墙壁，能看到窗外宁静的夜景。

“出去记得把门关上。”才到家，便冷漠地下逐客令。他把屋子里所有的灯全打开，

又拿过遥控，将窗帘都拉上。一眼都没再看站在大厅里的五月，他推着轮椅从室内电梯直接上了2楼。

“还真是一点都没变。”除了脾气更臭了一点以外。

五月怔愣地望着他消失在2楼的背影，忍不住挫败地感叹。沮丧地垂着肩，叹口气，还是没有走，反而转身进了厨房。

打开冰箱，不出她预料，冰箱里全是空的。忍不住，有些心疼。

离洛……离洛……

他平时都吃什么？腿又那么不方便。想出去一趟都难。

五月在厨房里转悠了一圈，幸而还算好，最终在角落的环保袋里找到些大米。煮粥的时候，小5打了电话过来，五月甜腻腻地同孩子说话，神采飞扬，挂的时候还在电话里啵了孩子一口——这些都清清楚楚映在了正下楼来的离洛眼里。

电话那端，是她男朋友吗？

离洛眯起的眼眸添了几分阴鸷，在沁凉的白色灯光下，显得越发的寒冷。戚五月，凭什么她可以独自过得这么幸福，而他，却要承受着这痛苦的一切？如果当年没有她母亲的到来，离家还是那个幸福美满的离家，不会出现分裂，更不会有后来发生的一系列惨剧。想到这些，他握着椅轮的手指，渐渐泛起了苍白。

长廊的另一端，推开落地门竟然别有洞天——一个数百坪的露天游泳池。清凉的月光洒在安静的水面上，清澈的水波透着碧绿，映出一缕残月。池边，男子坐着轮椅，俊朗的面颊微微仰着，月光为他镀着一层淡淡的光影。远远看起来，美好到有些不真实。

五月看得有片刻的出神。她轻步靠近他，把粥递到离洛跟前：“喝点粥吧，胃会舒服一点。”

离洛侧目，面无表情地睨她一眼，抿着唇没说话，也没去接她手上的粥。

显然他对自己是抵触的，五月有些无奈，只好将粥放在一旁的小茶几上：“那你什么时候想喝了再喝吧。”

看他一眼，五月又不放心地补了一句：“还有，胃药在楼下大厅里，水已经倒好了。时间也不早了，我先回去了。”

小5一个人待在家里，她也实在放心不下。交代好，五月犹豫了下，最终转身打算离开。

下一秒，手腕却被一双大掌猛然扣住，对方一个用力，毫无防备，五月狼狈地跌坐在离洛的腿上。离洛眉心紧皱，隐隐能辨出几分痛苦。

“是不是压到你腿了？”五月一阵心惊，就要起身，却被离洛强行按住。

“离洛？”五月狐疑地望着他。

月光下，离洛的神色复杂莫测，他眯着眼看定五月：“戚五月，最好给我收起你那些让人恶心的假好心！！特意出现在我面前，是想来炫耀你有多幸福，顺便来看看我们家被你妈害得有多么悲惨吗？”

扣着五月的大掌，随着他的质问，越来越用力。几乎能看到手腕处被勒出的痕迹。对于他的连番质问，五月简直觉得莫名其妙。经历过人生悲剧的人，心理大概都会或多或少变得极端吧！

“离洛，我没有要假好心，更不是来炫耀什么。当时应聘的时候，我真没想到L.shine是你的公司。”五月极力解释。

“够了！”似想到很多痛苦的记忆，离洛神色戚绝，瞪着五月，那张俊朗的脸有几分恨意，“戚五月，你知道我们离家的惨剧是怎么酿成的吗？都是因为你妈！！”

离洛吼了一声，泛红的眼底燃着火苗。若不是她母亲，就不会有那个男人的出现，更不会有之后弟弟被斩断双腿双手，母亲跳楼自杀，他双腿伤残的一连串惨剧发生！

五月微怔地望着他。她似乎有点懂他话里的意思。小时候，离洛就很不爽自己和母亲。因为母亲的进入，从此他的童年就充满了怨怼和报复。小的时候，就不少欺负她。但因为觉得愧疚，五月常常任他欺负着，毫无怨言，就像现在。

“对不起，离洛……”她从来不是故意伤害他，母亲，也不是！心疼的，动情的，五月抬手轻轻地来回抚着离洛紧蹙的眉峰。

离洛一怔。一阵温暖，从眉心划过全身。她柔软的气息，那么近地刷过他的脸颊，恬静、美好。

下一秒，他突然抽回神来，长臂一推，一个不备，五月被重重地甩落在地。“好痛……”她吃痛揉着被磕到的背部，不满地望着阴晴不定的离洛。

拉着她的是他，现在要推开她的也是他！离洛瞪她一眼，推着轮椅，面无表情地转身离去。进了房间，似乎是担心五月的骚扰，他直接锁上了门。

好一会儿，楼下一阵响动。玄关的门，被拉开，继而，关上，再没了声响。离洛推着轮椅一身清爽地从浴室出来，一眼都没看楼下，径自上床睡去。

五月回到自己家的时候，厅里的灯还亮着。黯然的情绪，有些些上扬。拍了拍脸颊，让自己更有神采些，才打开门进去。

果然，小家伙裹着叮当猫睡衣，已经窝在沙发上睡着了。安静的厅里，能听到小家伙满足的呼吸声。

五月情难自禁地在他软软嫩嫩的小脸蛋上印下一个吻，才抱着他进房间。

梳洗了一下，五月坐在梳妆镜前发呆。也不知道他到底有没有喝粥，还有那药。

“唉……真是穷担心。”五月嘀咕了一句，略微烦躁地放下梳子，打开笔记本电脑。

“腿部治疗方案”、“专家教你如何重新站起来”、“不可或缺的腿部护理”……

不由自主地点开一个又一个有关腿部的网页。

“大5，你腿生毛病了？”小家伙迷迷糊糊从床上爬起来，趴在她肩头。

五月从电脑屏幕上抽开视线，怜爱地捏捏他的小脸，“没有，我也就随便看看。”

“哦！真是奇怪的大5，为什么偏偏看腿呢……”小5边自言自语地喃喃着，转头，又挪到床上睡了过去。

一连好几天，都没有见到离洛。

正收拾着文件准备下班，景初跑过来支着脑袋：“五月，明天是中秋，公司有台晚会，你知道吧？”

“当然知道，我们部门不是还出节目了吗？”主管挑了几个有音乐天赋的弄了个大合唱，像五月，就属于那种天生五音不全的人，所以与这种场合从来都无缘。

“听说明天总裁也会到！他可真没什么架子，这种员工聚会的场合也亲自到场……”景初毫不掩藏地露出憧憬的神色。

“总裁也到？”

“你好像很激动嘛。”景初暧昧地瞄瞄五月。

“哪有激动？”五月笑着掩藏自己刚刚的失态，突然又想到什么，她收拾文件的动作顿了顿，把嘴凑到景初耳边，声音压得极低，“你有听别人提过我们总裁的腿吗？他是怎么伤的？还有没有可能复原到重新站起来？”

景初是个小八卦，这些疑问问她肯定不会错。她很希望、很希望离洛可以重新站起来，可是，面对层层疑问她却不知道该如何下手。

“嘁，干吗这么关心总裁啦？不过，说真的你问的这些问题我还真一个都没法回答你。虽然平时和那些大姐们没少八卦，但是听说离总的腿是个禁忌，谁也不敢提。”

五月颇遗憾地点头。也对！毕竟这些是别人的伤疤，谁会无缘无故地拿出来消遣？

“不过我倒是知道知名艺人端木枫是他女朋友，听说这次也邀请了她。”景初继续补了一句。

五月一怔。女朋友？

“你才回国，不知道端木枫也不奇怪。”景初没有注意到五月失神的样子，自顾自说着。

中秋夜，公司的大型晚会正进行得如火如荼。五月和景初坐在会场的最后排，看得津津有味。

彼时，兜里的电话却突然响了起来，是小5的电话。

她连忙站起身，和景初交代一句："我出去接个电话。"

转身，一个不留神，恰恰撞上身后刚进门的女人。对方手上正端着杯用来润嗓的冰镇燕窝，被五月一撞，满杯的燕窝全被倒在了女人昂贵的裙子上。水滴顺着裙摆往下落，狼狈极了。

"对不起，对不起……"五月哪还顾得上接电话，赶忙从包里翻着干净的纸巾，连声道着歉。

"毛手毛脚，怎么做事的？"女人心痛地看着被泼湿的衣服，一把扯过五月手上的纸巾用力擦着，厌恶地抬头望了眼五月那张尽是抱歉的脸，"你知道不知道这是我一会儿就要上台表演的服装，你说要怎么办吧？！"

"要不端木小姐先把衣服脱下来，我给你洗了放在离总那儿？"五月诚心提议，却不想被对方歪曲了意思。

"放在离总那儿？"端木枫不屑地嗤了一声，"你是离洛什么人？还是说现在小职员都是这么想方设法和总裁攀关系的？"

"小姐，我想你是误会了。"五月解释。

"误会？嘁，不择手段的女人我见得多了。就凭你这样还想接近离洛，未免也太不知道天高地厚。"端木枫渐渐拔高的声音让后座上不少人都侧目过来，好奇而八卦的目光不时掠过两人。

景初偷偷挨过来，靠近五月，压低声音："她就是我说的端木枫。"

五月点头："我知道。"

昨晚，五月回去就走火入魔一般，上网将端木枫的资料翻了个遍。却不知道除却绯闻很多以外，还这般地不讲理。

强压着心头渐渐升起的反感，五月尽量客气地开口："我看端木小姐还是先把衣服换下来交给我吧，马上就该上你的节目了。"

"你也知道马上就是我的节目了？耽误了时间是你的责任！现在你去给我买套同款的裙子，我必须穿着上台！"

一直站在一旁的景初，见端木枫盛气凌人的样子，忍不住仗义地替五月打抱不平。

"端木小姐，五月只是泼湿了你的裙子而已，又不是什么深仇大恨，何苦紧紧相逼？这种小事要是写到报纸上去，不知道会不会又报道说端木小姐心胸狭窄，尖酸刻薄？"

景初性子单纯，说话自然学不会拐弯。端木枫在娱乐圈原本是非就多，简直是负面新闻的宠儿。景初这番话一出口，真真就像一掌火辣辣的耳光狠狠扇在她脸上。

她气得浑身颤抖，哪还顾得上自己艺人的身份，失控地一举手就要往景初脸上刮一耳光。五月眸子一瞪，眼疾手快，一把把端木枫举起的手用力握住，不让她伤到景初分毫。

之前端木枫有意为难自己，五月忍忍也就罢了，但现在她对景初要动手，情况就不一样了。

“放手！”找人麻烦没占到上风，打人又被制止，端木枫面子、里子都过不去，她愤怒地甩开五月的手。

“在闹什么？”五月这边刚要说话，一道男音突然插进来。不咸不淡，但清清冷冷的，让空气里的温度陡然下降了数十度。

五月自然知道来者是谁。她即刻收了声，微微侧目瞥了对方一眼，对方却连半秒也没在她身上停顿，只微敛眉，带着不耐，望着端木枫。

“洛，你总算来了……”见到离洛，端木枫顿时收敛了气焰，凝视着他的双眸竟闪出泪光来。她蹲下身，亲昵地靠近男子，樱红的小嘴委屈地嘟着，那楚楚可怜的样子简直可以让全天下男人的心都软掉。

“你公司这两个职员欺负我。你看看我的手，都被她捏成这样了。还有，你送的这套礼服，是我最喜欢的，可是现在也毁在她手上……你没见到她刚刚凶巴巴的样子，做错事不道歉，反而还扬言要打我……”

端木枫的话，句句矛头都对着五月。站在一旁的五月和景初忍不住大翻白眼。这世界怎么就有这么厚脸皮的人？撒谎脸不红心不跳的。

五月正打算为自己辩解，离洛冷沉的视线朝她扫了过来：“戚五月，你真是越来越能耐了，还学会了打人！”

舞会的七彩灯光打在他脸上，模糊了离洛的轮廓，让人完全看不透他此刻的表情。但从语气里，五月也分明听出了他对自己的指责和挖苦。

五月觉得委屈，但一股复杂到难以言喻的感情在她心头翻腾着，更让她胸口发堵。她低头看定离洛：“我没有打她！”

“但是你有这种意向！”他的语气，加重了几分，显然是认定了她的罪名。

“我没有！”五月也变得激动起来。他向来都不分青红皂白就相信端木枫吗？为什么帮着她把这些莫须有的罪名都强加到自己身上。

“道歉！”离洛脸色阴沉，一旁是抱着胸等着看好戏的端木枫。

“离总，五月根本没有要打她。我可以作证，这里这么多员工都可以作证。”景初急急地站出来解释。

“做错事就该道歉，我们L.shine不需要一个连承担错误的勇气都没有的职员！”对于景初的解释，离洛充耳不闻，也无意向其他任何人求证什么，只咄咄地逼视着五月。

这番话的言下之意就是五月若不道歉，开除是必然的。五月深吸口气："要我道歉可以，不过这只是为我泼湿了端木小姐的礼服这一鲁莽的行为道歉。"

她转身，朝端木枫微微鞠躬："抱歉。"

不理会对方的得意和挑衅，五月又重新看向离洛，直言不讳："你看女人的眼光还真差！L.shine的总裁原来就是这么个不分青红皂白的人！"

即使不满，但，她却还是得义无反顾地留在这里。她太需要这份工作了。为了小5，为了生活，再大的委屈她也可以承受。

"你还真是越来越伶牙俐齿了。"望着她愤懑不平，却强制压着怒火的样子，离洛薄薄的唇角勾起来，修长的手指不紧不慢地敲着轮椅扶手。

他别有深意地觑着五月好一会儿："既然你这么能说，明天晚上的应酬你就代替大卫出席好了。"

号令下达完毕，不顾周围一阵骚动，离洛已经让大卫推着轮椅往第一排去。临走前，他甚至再没看一眼吃惊的五月。

端木枫端着笑脸跟在后头，离洛也没给她半点好脸色看。刚刚为她出头的事，仿佛只是大家的错觉。

本是好好的一场节目，被离洛和端木枫一闹，五月已经全然没了心情。接了小5回到家，望着窗外满满的圆月，她却始终翻来覆去睡不着。

分明有大卫在身边，离洛为什么突然指定自己去应酬？即使没有大卫，公关部也不缺人。她平时根本是滴酒不沾，属于半杯必倒的主，明天真去赶应酬，不垮了才怪！离洛不会是为了给端木枫报仇，故意整自己吧？

胡乱想着，直到凌晨，五月才渐渐沉睡过去。

……

五月一大清早就赶到公司。因为中秋一整天都休假，今天大家的工作情绪都显得极其饱满。而八卦的精神，则更加饱满。

大家都觉得离总弃公关部门不用，挑她去应酬，是别有意味。五月也不解释，只趁着收拾文件，和景初闲聊。两人有一搭没一搭嘀咕着端木枫最近出的负面新闻。两个小姑娘逞着口舌之快，景初对于离洛的喜好，更是忍不住扼腕。

快到下班的时候，主管席凉烟从办公室出来。

"五月，总裁秘书室来通知，让你下班在公司门口等着。"五月从电脑屏幕中抬起头来，有些迷茫，"什么事啊？"

"还什么事！昨晚离总点名要你去应酬，全公司上上下下都知道了，怎么你这个当事人还在犯迷糊？"

“可是，我财会部的哪会什么应酬？”五月为难地哭丧着脸。

这离洛还真会挑人。

“这你可得去和总裁亲自说去。别怪我没提醒你，总裁可是看重你才挑了你。你这傻丫头别还懵懵懂懂，不知道抓住机会。”席凉烟是个精明能干的女人，她戳了戳五月的脑门好心提醒她。要说戚五月也不是个愚笨的人，却不知道怎么就不懂和总裁把关系拉近些。以后凡事也会有个照应。这样的机会，搁别人是做梦都梦不来。

席凉烟的话，五月就不是那么认同了。什么看重！离洛根本就是打定主意整她才是。公报私仇！

下班后，五月没辙，有了总裁的命令，即使再不甘愿，她也不敢妄自离去。给幼儿园打了个电话，让学校班车送小5回家，交代好后才放心等在大厅。

好一会儿后，大卫从电梯出来，看到五月，只简单地朝她打了个手势，示意她跟上自己往外走。五月即刻站起来跟在大卫后头。扫了两眼没见到离洛，她正要问，便见到公司门口停着车。

“总裁已经在车里等着了，你迅速一点，时间已经快来不及了。”大卫低头看着手表，步伐又大了些，回头看了眼五月，“这是你第一回接触公关的工作？”

“嗯。”五月紧跟着他，老实回答。

大卫眉头敛了敛，快速和她交代些事项：“那种场合不需要说太多的话。对方提什么要求，诸如喝酒唱歌之类的，你尽量不要拒绝，免得拂了对方面子。尤其是这次要见的伍帘局长，很看重面子。”

五月真的很想告诉大卫，自己唱歌五音不全，喝酒更是半杯就倒，但见到大卫那认真的神情，那话硬生生吞了进去，只点头乖巧地应着。

从他谨慎的样子看得出来，今天要见的人，定然是个很重要的主。大卫又说了一些事，五月都用心一一记着。坐进车里才发现，离洛果然已经等在那。

听到动静他也不抬头，只看着手上的房产杂志，朝前吩咐了一句：“开车吧。”一路上，车里都安静的。五月原本想问问他胃的情况，但一想到上次连碰了好几个大钉子，加上昨晚的冤枉，她便硬生生地忍住没问。

车突然停了。五月抬头，眼前是一家时尚名品店。里头每件商品的价格都高得令人咋舌，五月经过这儿次数不少，但她从来都是一眼都不看。那些奢侈品在她梦幻里都不曾出现过。

她诧异地瞥了眼一旁的离洛，他已经收起了杂志，也望着她，那双眼依然毫无温度：“下车。”

“约在这？”五月狐疑地赶紧下车。另一边，司机在推轮椅，把离洛从车里架出来。五月正伸手要帮忙，被离洛一个冷眼瞪了回去。

他的腿，似乎完全无法使力，他用力撑着轮椅的边缘，修长的指尖泛着苍白，额上已经有微微的细汗。

五月站在一步之外，怔愣地看着，心里又是一阵难受，像被针尖儿刺着似的。

时间是多么残忍的东西。短短五年，竟恍如隔世，又物是人非……

“看什么？”见她一动不动地望着自己废掉的腿，离洛一双眼更暗沉了些。他讨厌这样同情的目光。这只不过是在不断地提醒他，他和常人不一样。

五月愣了下，回过神来，赶紧挪开视线，自若地回答：“没什么，就随便看看。”

离洛没再继续这个话题，只回头吩咐司机：“把车停到路边等着。”又回头，睨一眼五月，“推我进去。”

他淡淡地示意了下前方的名品店。“哦。”五月乖乖地应一声，推着他进去。一路上，只有轮子压在路上咕噜咕噜的声响，在他们之间流转。

还没进店，远远地就有位年轻女店员热情地迎了出来。

“离总，欢迎光临。”女孩光润的脸蛋上挂着笑。她打过招呼后，目光含笑地掠过五月，丝毫不失礼，五月淡笑着回应。

“去挑套衣服。”离洛往右微侧脸。

五月惊讶地指着自己：“我？”

离洛只是缄默地望着她，虽然没回答，但那眼神已经分明告诉她，她的猜测是正确的。

“这个……好像没必要吧？”五月一脸的为难。花那么多的钱买件衣服，真相当于从她身上割下一块肉。

一套衣服，少则是五位数，多的七位数都有。这可以给小5宝贝买多少漫画，多少蜡笔，多少甜甜圈啊！！

“穿得这么寒酸把客人吓跑了，你能负责？”他的目光毫不客气地在她身上来回扫视，神色更是将嫌弃和挖苦表现得淋漓尽致。

五月撇了撇唇，老实却也很直接回答：“我没钱。干吗非得让我去，公关部又不是没人。”

她顺便嘀咕着自己心里积压的不满，后头的话却在他锐利如刃的目光下硬生生越压越低。直到听不见，全吞进了肚子里。

似是满意她没再继续抱怨，离洛收回目光，边推着轮椅到一边，边漫不经心地开口：

“现在动手挑衣服，公司报账。否则，直接从工资里扣。”

一路挑过去，价格果然高到恐怖。五月原本踌躇不敢挑，最后瞥见离洛那越来越难看的脸色，只好一咬牙随手拿了件进了更衣室。

不看吊牌，随意套上从更衣室出来。幸亏，一点都不暴露。通体的宝蓝色流线长裙，让她看起来比平日里端庄了许多，浅浅的笑，还是那么明亮。

看着镜子里的自己，五月突然有种错觉，她觉得自己好像一瞬间从其貌不扬的灰姑娘变成了美丽的公主……

透过镜子，她身后，映出另一抹身影——离洛。

他正撑着下颌，百无聊赖望着室外的车水马龙，皱起的眉宇，显示出他已经有几分不耐烦。

这是王子？是的！他当然是王子，只是……不属于她戚五月而已……

五月苦笑，回身走到离洛跟前停下：“离总，这套怎么样？”

她觉得很不错，所以……也很想让他看到……

离洛回头，视线赫然顿住，有束灼灼的光在那双眯起的眸子里划过。五月恍惚间觉得那仿佛是惊艳的光芒。可是，下一秒，她发现那些都是错觉。

“换掉！”光芒已经褪去，剩下的，只有平静无波。

“嗯？”五月上下查看自己，不知道哪儿出了错。

“离总，这位小姐眼光很好，这套衣服是今年秋季的新款，真是很不错。”店员小姐也觉得这套衣服穿在五月身上实在合身，不买下真的可惜了。

对店员的话，离洛却是充耳不闻，视线只在店里转着圈儿，好一会儿，他抬手指着橱柜里一套衣服：“穿那个。”

五月看过去，霎时，一双眼瞪到几乎要脱窗，“不要，那太暴露了！”

她下意识地要拒绝。这种衣服怎么穿？背部镂空也就算了，竟然是透视！好吧，透视那也罢了，可是那裙摆算什么？短得只差没和比基尼媲美了！

离洛让自己穿成这样，到底是什么意图？她都是个当妈的人了，穿成这样成何体统？！

“给你两分钟，换好衣服出来。”离洛不管她的意见，撂下一句话，径自推开门出去了。

五月望着离去的背影发懵。

挣扎，矛盾，犹豫……

最后，愣是硬着头皮拿着离洛指定的衣服进了更衣室。

翻来覆去望着那鲜少的布料，她努嘴。

离洛还真是恶趣味！她也只好僵着身体，不自然地从店里出来，两手死死地压着裙摆，生怕一不小心被风吹起来。

一路上，不少人朝她投去惊艳的目光，她却完全无心欣赏自己。

像逃难似的，她踩着五寸高跟鞋飞速往车里奔。

拉开车门坐进去。一道视线，紧紧凝在她身上，是离洛的。

五月不敢抬头去看他此刻的神情，只嘀咕着问："为什么偏要穿这套？刚刚那套挺好看的。"

离洛了无兴味地勾了勾唇，只对司机说了句开车，显然无意回答五月的话，这让五月有种很不好的预感。

自己是不是又要被他整？

"原本就不会应酬，现在穿成这样就更加不会了，搞砸了你可别怨我。"束手束脚的，她哪还有心思去和人谈什么工作。

离洛回头略微打量她，深沉的眸子眯了眯。

她的身材，原本就凹凸有致，玲珑细致，现在被这套衣服勾勒得更加出彩了。清纯的气质，渗透着几分妖娆魅惑。细腻的肌肤，暴露在空气里，泛着如凝脂般的光泽。她，绝对是男人无法抗拒的类型。更别提那好色出名的伍帘。

沉沉地打量着她，离洛的心，忽然没来由地紧了下。抬头撞见五月清澈的明眸，莫名其妙地竟想后悔。这样的戚五月，不适合给其他男人看到！！这个想法从脑海里蹦出来，连离洛自己都被吓到。他竟然会对戚五月心软！！

"离洛，是不是真的很怪？要不我去换下来吧。"看着他忽明忽灭的目光，五月心里越发没底，她翻着自己的衣服，朝前探着脑袋，想让司机把车掉回去。

离洛敛了敛眉，直接略去心头怪异的感觉，他探手将五月拽回后座。

一个不备，五月跌在他健硕的胸膛上。

后背的肌肤，擦过他的手臂。滚烫的温度，在彼此接触的肌肤上，迅速蔓延开。

她一僵。

他也愣住。

闻到了青涩的气息，像青苹果的香味……

"不要妄想再换什么衣服，我没多的时间给你。"离洛率先回神，低头瞥了她一眼，深邃的眸子，又恢复一片冷清。

五月不满地撅了撅嘴："知道了。"不甘不愿地答了一声，从他身上爬起来。

她离开了他的怀抱。但那份灼热，仿佛还停留在他的肌肤上，炙烤着他。可是，怀里，却清冷了很多。

心头，忽然有种怪怪的感觉在蔓延，似是，失落。

他转头，瞥向窗外，从始至终再也不看五月一眼，更不管她和自己说什么，一概不给予回应。

这是一家高级会所，接待的多半是高官显要。

装潢奢华，但也不失高雅。

一路上，除却大厅之外，都没有太过耀眼的吊灯，只有淡紫色的壁灯淡淡地投射下来，笼罩着这里纸醉金迷的一切。

整个氛围，看起来暧昧极了。他们约在一间VIP包房里。五月见到了他们口中所谓的伍局。果然是高官，才四十的样子，大肚腩已经腆了起来。肥沃的脸，泛着油光。离洛和伍帘在谈着事情，五月插不上嘴，所以只是呆坐在他们对面。

百无聊赖地啜着饮料，目光投停在背投上，听着一首首煽情的情歌。即使刻意不理会，但还是能感受到有束火热而赤裸的目光始终跟随着自己。这绝对不是来自离洛。

正当她要被望得透不过气来时，只听到离洛浑厚的嗓音朝她喊："戚小姐，麻烦你过来一下。"

离洛对她招手，唇角挂着浅淡的笑意，极其客套。但五月竟还看得有片刻的怔愣。待自己已经乖巧地走到了他们身边时，她才翻然醒悟。

"这位是伍局。"离洛客气地指着对方，又介绍五月，"秘书，戚五月。"

"有这么漂亮的小姐当秘书，离总果然是好福气啊！"伍局的目光不断地在五月妖娆的身段上放肆地打量，眼底闪着欲望的光。

五月强忍着要回家的冲动，勉强赔着笑脸。离洛别有深意的目光分别看了他们一眼，突然开口："抱歉，你们先聊一会儿，我去上个洗手间。"

见离洛要暂时离开，五月顿时觉得有些发慌，她"腾"一下就站起来，"我送你去。"

"不用，你陪客人就好。"仿佛没有注意到五月的慌乱，更没有注意到伍帘的摩拳擦掌，离洛毫不犹豫地拒绝了她，推着轮椅出了门。

望着那抹毫不留恋的背影，五月忽然有种绝望的想法蹦进了脑海里。

离洛……是不是刻意把自己留下，给伍帘制造机会？

不！不会的！他不至于这么恶劣！

摇头，用力否决这种想法。还没来得及抽回神，肩头就突然被一只肥掌揽住，那张油脸朝她凑了过来："戚小姐，来，为你的美丽我敬你。"

"抱歉，我不会喝酒。"五月赔着笑脸，尽量客气地挡开酒杯，正要往一旁挪开些，却被伍帘死死扣着肩膀。

“别说不会喝，不会喝谁还出来做什么应酬？”伍帘笑着，不依不饶，“你们总裁可得靠我才能把这楼盘拿下来，你这酒要是不喝，我的章子不盖下来，一来一去这损失可是好几个亿。”

五月一听，顿时傻眼。离洛简直是疯了，这么多钱压在她身上，也不怕把她给压死。

“既然伍局这么说了，我哪有不喝的道理？我们公司的楼盘还希望您多关照一下。”五月仰头，硬着头皮将整杯酒灌了下去。

喉咙口顿时如火烧一般难受，她呛得咳了两声，突然觉得背后一麻。

一只肥肥的手掌，爬上了她暴露在空气里的背脊，伍帘假意替她顺气，实则吃尽了豆腐。

五月几乎要吐了，却不敢乱推却。她不想让离洛因为自己损失太大。求助地看着门口，希望离洛突然出现来个英雄救美。但是，那抹身影，始终不曾出现。心凉了下，五月不动声色地探手在包里翻着什么东西。

“戚小姐，你这衣服挑得可真好……”伍帘不断地赞赏着，手已经通过背脊，慢慢地要往五月的胸部摸去。

这光滑细腻的肌肤，可真是让人爱不释手。五月一个激灵，猛然掏出手机，摄像镜头闪了下，恰恰捕捉到了伍帘那色迷迷将她扑倒的样子。

“伍局，豆腐吃得够了吧？”五月一把推开身上那被摄像头闪得一愣一愣的男人，她冷冷地望着他，眼里噙着委屈的泪却倔强地绝不掉下，“希望您答应我们总裁的事不要忘了，否则，我一定会把这照片PO上网络。”

“妈的，臭婊子，敢威胁老子！”伍帘翻了脸，不顾形象地去抢五月握在手上的手机。

五月跳开，拿着包往门口冲去。

还听到背后伍帘在抓狂地骂：“穿成这样不就是想勾引老子吗？还装什么贞洁女！”

五月心颤了下，低头打量自己这一身。

离洛真的是故意的吗？从让她换上这套衣服开始，就在主导一切？

不会的，不会的！！拼命摇头，逼着自己不去想这么龌龊的可能，五月拉开门，仓皇地往外冲。

头，好痛。酒精在体内奔腾。出门，没料到，在门口乍然撞见离洛。

他坐在轮椅上，正眯着眼审视她，锐利的眼底透着让人不寒而栗的恼怒。

“戚五月，你倒是没让我失望！”简单的话，简直是从牙关里蹦出来的。

离洛只觉得心里有团火在燃烧。五月不懂他的怒意从何而来。

她眼里闪着浅浅的泪光，低头看定他，咬着唇问：“你刚刚根本没上洗手间，是吗？”

离洛怔了下，下一秒，他唇角勾出若有似无的笑，眼底带着嘲弄，“你好像也乐在其中。”

心一凉。整个世界都在旋转、倒塌。五月颤抖的唇瓣被生生咬出了触目惊心的紫痕，泪，再也没忍住，一下子划破了眼眶。

“混蛋！！”身体抖得像风中的落叶，她举手将手上的手机和包，歇斯底里地狠狠砸向离洛。

去他的乐在其中！她是傻子才会为了不让他受损失，让那臭男人吃尽豆腐。

“戚五月，你不要太放肆！”牢牢握住她抓狂捶打着他的双手，他皱着眉，脸色极差地瞪着她。

撞见那双渗着泪的清瞳，他心一窒，只觉得有什么柔软的东西狠狠撞上了他心头如坚冰的某一角。

握住她手臂的力道，不受控制地松了松。

“你这混蛋，怎么可以这么对我！！我真是傻子，被你卖了，还帮着你数钱！！天下就只有我戚五月这么个大蠢蛋。”被他刺伤，也因为酒精刺激，五月不顾一切地哭叫着。

离洛抿着薄唇，始终缄默地望着她，墨染般的眸子越来越深。握住她手腕的大掌，松懈了下，下一秒又紧紧握牢。

“为了你的几个亿，我这么作践自己，让那王八蛋吃豆腐……”越说，五月越发觉得心头被针扎着般，剧痛无比。说到最后，她已经泣不成声。委屈的样子，像极了一只受伤的小猫。

离洛心一窒。明明是想要教训她，想借机撕开她清纯的面具，可是，为什么当看到这张哭泣的脸蛋时，心里却没有半点的快意？反而，有种闷到窒息的难受感。

包厢的门，突然被从里面推开，大腹便便的伍帘拉开门从里面出来。脸上明显染着冲天的怒气。他直接忽视离洛，恶狠狠地朝五月冲去。离洛目光一闪，眼底掠过一丝危险。

还不待五月反应，他已经不动声色地将她拦到了自己身后，保护意味很强。这些已经全然跳脱出了他自己的思维，不受控制。

似乎是因为酒精作祟，五月只觉得头晕目眩。被离洛这一拉，更是天旋地转。

离洛，他到底是什么意思？她看不懂！既然让她受尽屈辱，现在又何必出手保护自己？

已经不想去猜他的心思，不顾伍帘在那里脸红脖子粗地争论，五月晕眩地挣开离洛的桎梏。

她踉跄着往外冲。身后，那些暧昧淫靡的彩光，如鬼魅一般，追逐着她仓皇的身影。

望着那落荒而逃的身影，离洛目光一黯，丢下伍帘，便推着轮椅追了出去。

追出来的时候，因为用力过度的缘故，离洛的额上，已经染上了细细密密的汗水。

所幸，五月喝了酒，并没有跑出多远。她把五寸高跟鞋脱下，提在手上，迷迷糊糊地靠在冰冷的墙壁上。似乎真是醉了，她嫣红的小脸，泛着淡淡的酡红。还含着泪珠儿的眼睫，轻轻闭着，仿佛是睡了。干净的脸蛋，白若凝脂，那一刻的她，清美得仿若天使。楚楚可怜的眼泪，形单影只的寂寞，毫无疑问惹来不少跃跃欲试的男人。

离洛寒着脸过去，占有性地直接弯身将五月抱进怀里。她几乎没有重量，所以，即使坐着，也很容易被抱起。周围的男人，望一眼五月，又将目光落在离洛的腿上，大家纷纷都露出惋惜和遗憾的神情来。

“啧啧……可惜了这么个小美人……”

“跟个残废，还不如跟着我……”

离洛身子一僵，抱着五月的大掌紧了紧，指尖泛起苍白。薄唇紧紧抿起，他挺着背脊，额上即使流着冷汗，他也一声不哼。没有反驳那些话，因为，每一句都正确。

在众人的注视下，他抱着五月，昂着头，单手推着轮椅往停车场去。

“离总……”司机小张见他抱着五月过来，赶忙恭谨地站在一旁。

看着他满头的汗水，一时不知该如何下手。

“把她抱到后座上。”离洛咬了咬牙，吩咐司机。

他的腿部承受能力早已经到了极限，但是，即使这样，他也不想被刚刚那些人看不起。

司机应了一声，赶忙将五月小心翼翼地抱进后座，又回头来帮离洛。

显然，刚刚因为过久地承受压力，离洛的双腿变得敏感而脆弱起来。剧痛在骨子里汹涌地翻滚着，像火山的岩浆煎熬着他每一个感官。离洛忍着痛，用力撑着车门，努力了好几次，才脸色苍白地坐进了车里。

“离总，您没事吧？要不要现在去医院看看？”小张边发动车子，边担心地问。

离洛眼帘掀了掀，虚弱地应了声，摇头。转脸，五月侧身躺在他身边。她的头顶，热乎乎的，正无意蹭着他大腿外侧。凉风透过车窗吹进来，她瑟缩了下身体，不经意露出修长而细腻的腿。雪白若凝脂的肌肤，暴露在空气里，透着诱惑、妖娆的光晕。

离洛的眼光微微眯了眯，异样的光泽在眼里流动。迷糊中的五月完全不知道自己此刻有多么动人。难怪伍帘不惜和他撕破脸皮。

离洛敛了敛眉，沉沉地望着五月，片刻后，他神色复杂地将自己的外套盖在五月身上。而后，淡淡地挪开视线，没再在她的睡颜上停顿半秒。

那张清俊的脸，恢复了冷凝。

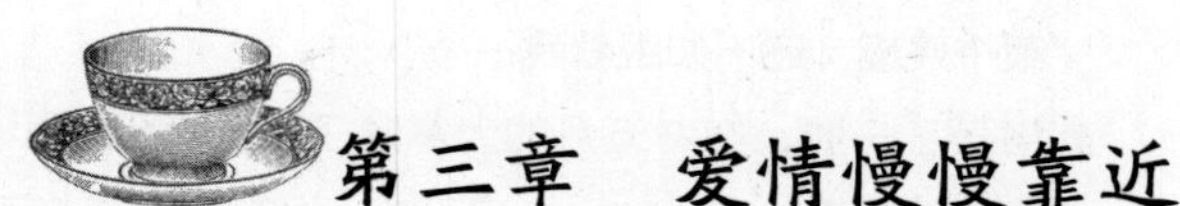

第三章 爱情慢慢靠近

雏菊园。

司机小张帮着将五月抱进去，离洛随手指了间客房安顿她。五月软软地趴在床上，柔软的大床，让她迷糊中觉得像是躺在了棉花上一般。

好舒服啊！！她满意地咂了咂嘴，微微蜷缩着身子，可爱得像只餍足的小猫。

离洛的眼神，不由得在她脸上多停留了半刻，稍许，他回过神来，转身准备替她关灯。

灯还未来得及关上，一阵手机铃声突然打破了黑夜的静谧。是戚五月的手机！

离洛顿下关灯的动作，推着轮椅往床头走去。没有多想，他拿起手机，刚想自作主张地替她按掉，却在看到屏幕上的来电显示时，拇指硬生生僵在红键上。

宝贝？她男人吗？这称呼当真是够恶俗的！

手机屏幕幽暗的彩光，忽明忽灭地打在离洛脸上。沉吟片刻，他将视线微微落在侧身背对着自己的五月，神色变得暗淡无光。

“喂。”替她接起来，黯淡的语气不自觉地带着些许敌意。

“……”似乎没料到会是他接电话，对方明显一怔，连呼吸都停滞了。

“她睡着了，有什么事我让她明天给你回电话。”不等对方再答话，离洛已经撂下了电话。

挂了电话，离洛负气地背过身就要走。似觉得还不够，他又回身狠狠地瞪了眼五月的背影，才阴沉着脸离去。连灯都没替她关上。

半夜。沉沉的黑暗如鬼魅般笼罩着夜空。五月是被那一声声满含痛楚，却压抑无比的呻吟声弄醒的。那熟悉的声音，让她猛然惊跳下床，早已没了睡意。顾不上自己的头昏脑涨，她迅速往声源冲，背脊隐隐冒着冷汗。踩着玻璃楼梯，急急上去。直接奔向离洛的房间。

他此刻一定痛不欲生，否则，凭离洛这样隐忍的个性，不会让自己呻吟出声的。

“离洛……”她焦急如焚地敲着门，手指曲着，泛着苍白：“离洛，你没事吧？”

似乎听到她的声音，房内的呻吟声猛然顿住。

五月等了一下，门却没有打开。

“离洛！！”她失去耐心地又叫了一声。

门这才终于从内拉开，五月刚要冲进去，却被过来开门的大卫拦住。

“戚小姐，离总没事。”

“你让我进去看看。”五月眼底的拒心再明显不过。

“医生正在里面替离总检查，戚小姖现在还是不要进去的好。”

五月权衡了下，微微探头看了一眼，果然，白袍医生在里面忙来忙去，离洛躺在床上，因为侧身背着门，所以她根本看不清楚他此刻的神情。但是，好歹，已经没有刚刚那样痛苦的呻吟。

“离洛到底怎么了？因为腿上的伤？”五月不放心地又看了眼门内，才跟着大卫往楼下走，边担心地问着。

大卫接了杯直饮水递给五月，宽慰她：“你先别紧张。听小张说是因为今天一路上抱你太久，压到了腿伤。加上天气越来越凉，湿气太重，所以难免会有点这样。”

“抱我？”五月诧异地抬头。

“嗯。”大卫点头，“你喝醉了，是离总咬着牙抱你上车的，听小张说那时他就已经脸色煞白，愣是一直忍到现在才发作。”

五月听得又惊又疑。

他为什么会忍痛抱自己回来？以他的个性，应该是将她随手丢在路边不管才是。

更何况，晚上他还设计想把自己丢给伍帘那混蛋。

年轻医生动作熟练地抽出含在离洛嘴里的布条。

“她已经下楼了，你要痛苦，哼两声也没关系，她不会听到。这种痛，常人本来就难以承受。”医生一针见血。

给离洛看了这么长时间的腿，不得不感叹他的承受能力和忍受能力。这种钻心蚀骨的

痛，偶然一次两次，能承受的人不少，但长年累月这么折磨，能禁受得住的却是少见。只是，让医生不解的是，离洛几乎不配合治疗，任这些伤沉在那里，折磨着自己。

“哼！”离洛果然就只是哼了一声，始终紧咬着牙关，再没了声音。

医生无奈地摇头，还真是个骄傲的男人。

五月正胡思乱想间，医生提着药物工具下楼了。她连忙抽回神，放下手上的茶杯急急过去。

“医生，他没事吧？”

见她紧张得不像样，医生微微摇头宽慰她：“放心，没事。只是压到了旧伤而已。”

他稍微停顿了下，又道：“对了，如果可以的话，我建议你去劝劝让他配合治疗，不然这双腿不仅废了，这痛还得缠他一辈子。”

“离洛不配合治疗？”

“可不是。”大卫无奈地摊手，“谁劝也没用。”

怎么会这样？五月又是心疼，又是不解。

年轻医生意味深长地笑望着五月，边塞了包中药递到她手上：“你去劝劝，说不定就有效果。对了，这包药用温水兑3：1的比例，让他泡半个小时。”

“医生，他要是配合治疗的话，能重新站起来吗？”

医生摇头，叹了口气：“不一定。这些都得看他自己，对于恢复来说，他的态度比较消极。”

医生的话，让五月站在一旁陷入了沉思。想必那次家变，对于离洛来说是一场莫大的打击，不然，以前的他那般意气风发，现在怎么会变得如此绝望？五月一阵心疼，简直无法想象当年他是怎么过来的。

医生又和大卫聊了几句，五月送他出门，再回来，厅里已经没有大卫的身影，估计是去了主卧室。五月在楼下浴室里挑了个白玉色瓷盆，仔细地冲刷干净，倒了药水进去。照着医生的叮咛，她兑好水后，端着药上楼。

主卧室的门，虚掩着。璀璨的水晶吊灯，散发出强烈的灯光，照着每一个角落。五月端着药，直接进来。仿佛没听到动静，离洛依旧侧躺着，一动不动。倒是坐在床边的大卫，抬起头来，见到五月，他连忙起身朝她走过来。

“我先出去。”大卫看一眼她手上的药，“你好好劝劝总裁。”

“嗯，我会尽力。”五月点头。

房间里，很安静。能听到她轻巧的脚步声，还有，离洛明显不均匀的呼吸声。他，还在被痛苦煎熬着。五月心一紧，绕到他对面。他皱着眉心，压抑地咬唇的样子，让她一阵心惊。

“离洛！”她放下药水，焦急地蹲下身凑近他。

眼帘，微微掀动了下。一张心急如焚的俏脸，模模糊糊映入离洛的眼底。

目光深了几分，苍白的唇瓣动了动。明明心在晃动，出口的却是冰冷的逐客令：“你走！”

“我扶你起来。”五月直接忽视他冷淡的话，已经动手将他撑起来，仔细用枕头垫着他的背，嗓音更加轻柔：“泡好药再睡，会舒服一点。”

轻柔的嗓音，仿若清风拂过蒲公英，软得让他有片刻的发怔。但，下一秒：

“戚五月，我的话你听不懂吗？”似乎是掩饰什么，音调刻意地扬高，他的眉心，皱得更加厉害了。

五月的动作顿了下。她微微抬起头来，明亮的眸子定定地望着他：“你泡好药我就走。”

“谁说我要泡药？”离洛瞪着她，像个任性的孩子，闹着别扭。

“医生。”五月不顾他的反对，径自搬起他无力的双腿浸泡在黑乎乎的药水里，动作小心翼翼，生怕又弄疼了他。

离洛瞥一眼低着头，在认真试着水温的五月，又望一眼自己残废的双腿，他目光闪烁了下，拒绝的话只化作了冷然的缄默。

脸上的线条，却依然紧绷着，丝毫不松懈。

房间里的静谧，是被一道电话铃声打破的。

五月擦干手，急急忙忙从兜里掏出手机，一看屏幕，脸色一变，嘴上直喃喃着：“糟了！糟了！”

都已经凌晨2点了！！“宝贝，你怎么还没睡？”五月急着接电话，没有注意到一旁那抹高大的身影，蓦地僵住。

“还不是担心笨蛋大5被火星人给抓去卖了。”小5奶声奶气地回答。

五月眼神一黯，有些抑郁地喃喃：“真的差一点就被人卖了……”

回头瞥了眼离洛，此刻的他正低着头坐在床上，落下的发丝，遮着他冷峻的脸，让五月看不清楚他的表情。但，她却莫名地觉得有团寒潮笼罩着他。

“被谁卖了？刚刚替你接电话的凶巴巴大叔？”

那么凶巴巴的语气，活像自己抢了大叔的大5似的。

五月心一惊：“他……他接电话了？他和你说什么了？”不等小5回答，五月紧抓着电话又道，“宝贝，你等我一会儿，我马上就回来。”

离洛，那么精明，不会发现什么吧？

五月挂上电话，还没回头，顿时只觉得芒刺在背，突然……

“砰！”一声巨响，吓五月一跳。她惊吓地回过头，只见地上一片狼藉。药水倒了一地，白瓷盆不知道被离洛怎么弄的，狠狠撞在了墙壁上，硬生生出了一条裂痕。

“滚！”不等她开口问，离洛寒着脸，恶狠狠地瞪着她。

浑身暴戾的气息，让人不寒而栗。

“怎么了？”五月仍然心有余悸，迷茫地望着他。

刚刚不是还好好的？难道，他真的发现了小5的存在，所以……

“戚五月，滚回去陪你的男人，不要在我面前献假殷勤！”他咬牙，只觉得心头有团火焰在烧着他。

五月被离洛吼得懵懵的。

什么她的男人？她哪来的男人？

“不知道你在说什么。”不解地望一眼那火气腾腾的脸，她无奈地叹口气，正要蹲下身收拾瓷盆。

手腕却被离洛突然拽住。他猛然一个用力，五月被毫无防备地拖进大床。她正要起身，一抹阴影极具压迫地笼罩而来。他单手压着她的双臂，一手撑着自己沉重的身体。灼热、紊乱而狂野的呼吸，全数落在她脸上。

五月只觉得那双凝住自己的双眼，灼烫得如一座火山，此刻正不断喷吐着岩浆，灼烧着她体内每一个细胞。

“离洛……”下意识低唤他一声，紧张地避开他的注视。

在他的气息烧灼下，五月只觉得一阵口干舌燥，脑子里不经意闪过五年前那一夜。

心里又是一阵翻腾，五味杂陈。

“不是急着回去陪你的宝贝吗？为什么不滚！要留下来继续招惹我？”离洛单手狠狠压着她的手臂，似乎在发泄着什么，他的力道大得令人恐怖。

“我没有在招惹你。”五月委屈地解释，手臂上的痛，让她轻轻挣扎了下，“离洛，你抓痛我了。”

俯视着那双满含委屈，剔透分明的清眸，呼吸着她吞吐出来的芳香气息，离洛心一悸。

那幽幽的香味儿像尘拂撩过心头，痒得钻心，却怎么也无法挠到。

“戚五月，你不该招惹我的！”他突然俯身，在五月又惊又疑的眼神下，他蓦地含住了她微张的唇瓣。不，不是吻。而是蛮横的啃咬！

像野兽逮住了猎物一般，丝毫不温柔地撕裂着猎物，仿佛是受到了血腥味的刺激，他更加狂炙起来。撕咬，从唇渐渐往下蔓延。

心里空得让他觉得难受，只想抓住盘踞在心头的那抹莫名的熟悉感。

“离洛，你放开我……”唇上和脖子间的剧痛，让五月本能地挣扎起来。

她用力推搡着离洛，整个人陷在受伤的难堪里。五年前，是如此。五年后，竟然还是这样。

蛮横，粗鲁，丝毫不顾及她的感受。她的推搡，让身材壮硕的他，依旧岿然不动。

“离洛，你不能再这么对我！！你听到没有！！！！”胸前一片凉意，让五月受伤地惊叫起来。

她不顾一切地咬住离洛的肩头，眼底一下子涌出雾气来。凉凉的眼泪，打在离洛的肩头。他身子一僵，所有的动作顿时顿住。肩上伤口的痛意，像病毒一般蔓延开来，让他心头打颤。忽明忽暗的眸子，沉沉地俯视她坠着泪痕的脸颊。他的呼吸，紊乱不堪。

好一会儿，他突然从她身上翻下身，却没有松手。只从唇边凉凉地吐出两个字，“你走！”

嗓音里，透着暗哑的性感。五月已经无暇感受这些，她挣扎着从他手上抽回自己的手，难堪地整理着衣裳凌乱的自己。冲到楼下洗手间，她撩了冷水洗了把脸，半晌，难受地将脸埋在掌心没有抬起来。

“戚小姐，你没事吧？”

五月整理了下情绪，抬起头来。大卫正站在门边不无担心地看着自己。

“我没事。”她勉强撑起一个浅笑，看了眼时间：“你怎么还在？现在时间也不早了。”

大卫递了条毛巾给她，回身指了指一楼的一个房间：“我偶尔住这。刚听到楼上的动静就醒了，没什么事吧？”

“抱歉，吵醒你了。”五月接过毛巾，擦了擦脸，“谢谢。”

出了洗手间，五月将剩下的中药递给大卫。

“麻烦你帮离总重新兑下药，刚刚还没泡上半个小时。”五月把事情交代好，才拿上自己的包，准备走，但还是抬头不放心地看了眼楼上。

“这么晚了，我送你出去打车。”

“不用了。你还是留下来照顾离总吧，他一个人万一有什么事……”接下来的话，在大卫兴味十足的目光下突然收住。

她的关心，确实有些过度，作为单纯的下属来说。

“看来以后离总的腿伤，要交给戚小姐了。你来照顾，一定比谁照顾得都好。”大卫打趣她。

五月尴尬地笑笑没有说话，换上鞋子走了。

楼上，离洛还保持着五月离去的姿势，躺在床上没有动。健硕的胸膛，上下起伏着。眸子盯着地上那一摊摊晕开的药渍，一眼不眨。似若有所思，那双眼变得越加的深邃，忽明忽暗，蕴藏着起伏不定的情绪。身边，凌乱的位置，空了。猎物，逃出了他的桎梏。心头，空空的，闷得让他浑身都泛着疼。

这一切，都很不正常。

就宛如，五年前，突然发现，那个常常受他欺负的女人竟在一夜之间彻底消失在他的生活里。那种突然汹涌而至的怅然若失，让他觉得惊慌失措。

五月才一到公司，便被部门里的一群人蜂拥而上，团团围住。大家七嘴八舌，全在问着昨晚自己和离洛之间的事。多半是在八卦她同离洛昨夜有没有不一样的发展。五月被吵得头皮发麻，正不知如何应对之时，幸而主管席凉烟出现。

办公室里。

看着席凉烟略微严肃的神色，五月心里有种不好的预感。

“席小姐，有什么话直接说没关系。”她端着沉稳的笑，在席凉烟对面坐下。

席凉烟微叹口气：“听说昨晚的事情搞砸了，环境检测没批下来。”

五月敛了敛眉，点头。“伍局的秘书来过L.shine一趟，说没批下来是因为你，那边的意思是希望公司……开了你。”中途席凉烟顿了下，看了看五月的神色。

五月怔了下，两手握在一起：“公司的决定呢？”

“公司不想做得太难看，希望……你自己打好辞职信。”

这是离洛的决定？是他把她推进虎口，好不容易逃出来，又要断了她的生路？这才是他最终的目的？这让她如何服气？！

“我想和离总好好谈谈。”

席凉烟点头：“可以去试试看。”

五月神色复杂地从办公室出来，景初关心地问了好些话，五月怕她担心便瞒了自己要被开除的事。

正准备上35楼直接找离洛，急促的手机铃音却乍然响起，顿住了她的脚步。是幼儿园鲁老师的电话，五月猜想是小5有什么事，她赶忙接起来。

“鲁老师，请问有什么事吗？”

鲁老师语气有些急：“戚小姐，小5刚刚在教室里晕倒了，现在已经送到了早安医院，你赶紧去一趟吧！”

五月脸色一白，手脚顿时一片冰凉。已经顾不得回去亲自向席凉烟请假，只打了个电

话给景初，让她替一下自己。急急忙忙地跳上出租车，整颗心都悬在喉咙眼，催着司机的声音都在颤抖。小家伙一定是旧病复发了。上帝保佑，可千万不要出什么事。到了医院，五月因为太过慌乱，忘了找护士，自己像个无头苍蝇一样寻着病房。

“大5！”一声稚嫩的叫声在背后响起，让她心一喜。

回头，小家伙正站在她身后，笑嘻嘻地瞅着她。胖嘟嘟的手背上还挂着输液管，身边一名护士举着点滴瓶。

五月深吸了口气，压下盘旋在心底始终不褪去的忧心，她微笑着走过去，把小家伙紧紧搂进怀里：“怎么不好好打针，倒往外跑？”

每一次小5的晕倒，都让她痛苦难当、惶恐不安。好怕好怕，小宝贝就那样，离自己而去。

“我是出来嘘嘘啦！”小5摸了摸五月的脸，肌肤凉凉的感觉让他嘟了嘟唇，“大5被鲁老师吓坏了吧？就和老师说了不要告诉你嘛。”

每回自己有点小动静，大5都担心得要命。其实他哪有那么脆弱啊？倒是大5，弱女子一个，以后自己还得保护她呢！

“大5没事。”五月柔声回答儿子，抚了抚小家伙的小脑袋。又抬头冲身边的护士笑笑，“谢谢你照顾他，他就交给我吧。”

“没事，小朋友很可爱。”护士小姐笑着把点滴瓶交到五月手上。

小5赶紧乖巧地叫了声：“谢谢姐姐。”惹得护士小姐嘴都咧到耳根后了，直夸小家伙懂事。打完针，五月又惴惴不安地去找了医生，生怕小家伙病情恶化。但幸好小5只是因为在幼儿园里玩得太尽兴，有点缺氧才导致晕倒。五月的心这才稍微宽了些，牵着小5正准备出院。

远远地，瞥见一抹身影，正坐在轮椅上，被人推着朝自己的方向过来。五月一阵心惊。望一眼身边的小家伙，又看看那轮椅上的男人。要是他们正面撞上，她就死定了！

来不及多想，五月当机立断抱起小5转身就躲进墙角。直到那抹熟悉的身影，在她眼前渐渐消失，五月才大喘着气出来。小5跳出她怀里，伸长脖子好奇地张望着什么：“大5，你见到幽灵啦？这么紧张。”

“比幽灵还恐怖的东西。”五月吐舌，重新牵起小5的手，准备走。但脚却像生了根似的顿在原地，“宝贝，我们上去看看。”

“去看比幽灵还恐怖的东西吗？”小5装傻。

刚刚上去的明明就是大5那冷冰冰的上司嘛，大5为什么怕他怕成这样？真古怪！

医生和病人在医院花园里边走边探讨着腿伤的问题。一大一小两颗脑袋躲在假山后，当着窃听器。

"大5，医生说他腿伤很不理想。"

"嗯。"她也听到了。

"在劝他接受治疗。啧，真是个不听话的大叔！"小家伙忍不住鄙视一番。

"还是我们家宝贝听话！"五月也忍不住感叹。

其实一大一小，没有一个是让人省心的。

"大5……"小家伙突然偏头叫她。

"嗯？"五月还在竖着耳朵，细心听着那边的对话。

"他就是上回替你接电话那位凶巴巴的大叔，对不对？"小5是笃定的语气。

"你怎么知道？"

"听声音嘛。"小5抱着胸，一颗小脑袋八卦地凑近五月，"大5，你好像很关心他哦！"

"啊？！怎么会？"五月一惊，下意识否认。

她家宝贝的嗅觉会不会太灵敏了点？真是恐怖！

小家伙捧着小脸望着一脸心虚的五月，突然想到什么，他大眼一瞪："大5，他……他不会是我那混蛋老爹吧？"五月被他炸弹性的问题惊得愣在那里。下一秒，她猛然回过神来，紧张地捂住小5的嘴巴，两眼更是不断往离洛的方向巡视，生怕小5刚刚的惊叫惊动了他。

拉着小5冲上出租车，五月脸色还一白一白，没回过神来。

"小5，刚刚那位叔叔只是大5的老板。以后不可以乱说。"五月紧握着小5的手，似乎担心微微松懈，他便离自己而去。

实在不忍心大5这么紧张，小5调皮地扮了个鬼脸："知道了！笨蛋大5，我逗你玩的。"

原本还只是试探，现在小5几乎能够肯定那凶巴巴大叔和自己的关系了。他要真只是大5的老板，大5才不会这么乱。

因为不放心小5，五月下午也没有去公司。给席凉烟打电话请过假后，她便进了厨房替小5煎药。不算大的厨房里药香四溢，熏着她的眼。望着热气白烟，五月微微发怔。这次离开L.shine，她又该去找其他工作了。一想到这个事，想到离洛，再想到那晚上离洛推自己到伍帘身边的那一幕幕，五月心里就很不是滋味。

不得不说，这一连串事下来，她是怨离洛的。可是，只要一想到离洛的痛苦，她心底那份汹涌而至的心疼便会立刻将怨怼压下去。那些怨怼，在那份不忍和疼惜前，显得那么微不足道。迟疑了下，她还是拿出电话来，拨通了离洛的电话。

“我是离洛，您哪位？”淡沉的嗓音透过电波传来，敲打着五月的耳膜。

“是我。你现在有时间吗？我有点事想和你谈谈。”

听到五月的声音，那边，良久没有动静。

“洛，我来了……”嗲嗲的撒娇声，突然插进静谧的氛围里，显得有些突兀。

这边，五月一怔。那尖细的声音，就仿若一根尖针似的，透过她的耳膜直接刺入了她心尖儿。这声音她认得，是端木枫。离洛的女友。他们，现在在一块？沉窒的胸闷感，排山倒海地朝她压来，让她觉得难受至极。深吸了口气，才状似若无其事地开口：“既然你忙，那我先挂了。”

手机突然变得像烫手山芋似的，让她现在只想立刻丢开。

“嗯。”他却只是淡淡地应了声，并没有要挽留的意思。五月在挂断之前，却又听到他毫无起伏的嗓音响起：“六点在威尼斯会所门口等我，有事和你谈。”

五月没有吭声，颓丧地挂了电话。

另一边。威尼斯会所。端木枫游刃有余地坐在离洛和伍帘之间。离洛的长臂，淡淡地落在她的肩头，很亲密。

“既然我表妹出面来要这份报告，我也就没法再不签字了。”伍帘肥腻的脸上堆着笑容，他举杯对上坐在对面的离洛，“来，离总，为我们的合作干一杯。上回的误会咱们也就不多说了。”

L.shine送来的礼物，丰厚得让上次的误会根本不值一提。伍帘是个精明人，不至于为了个小人物和钱作对。倒亏了表妹端木枫从中作了个引线，让他有了个台阶可下。

“那这次就麻烦伍局了。”离洛象征性地勾了勾唇，仰头将杯里的酒一饮而尽。

吃完晚饭，五月搂着小5坐在沙发上看卡通片。小家伙看得津津有味，五月却有些心不在焉。抬头看了眼墙上的壁钟，不想一眨眼竟已经是下午五点半了。

“大5，你赶时间要出门哦？”小5边问着，一双眼还盯着电视屏幕。

五月笑了笑，摇头：“不去了，在家陪你看电视。”原本想和离洛谈谈工作的事，可是，现在，突然没了力气。

“哎呀，你放心去，不用担心我啦！”小5偏头看她，“我正好去隔壁王奶奶家找小肚子玩去。”大5精神委靡地坐在他旁边，他看着都心焦。

“你一个人真没事？”她不放心地问。

“没事没事，小5是男子汉嘛！”小5一丁点大的小身子已经从沙发上爬下来，“我去王奶奶家去。”很快地，隔壁屋子里就响起了小5脆生生的问好声。

五月犹豫着，脚步却已经不由自主地往卧室里走，再出来时手上已经多了个包。出门

挤上公车。恰逢下班高峰期，路上塞得要命。原本只要十多分钟的车程，五月硬是耗了40多分钟。到威尼斯门口的时候，已经是6点20分了。

秋意正浓，空气里透着沁凉。街上落着枯叶，看起来有些萧索。五月紧了紧外套，环顾了一下四周，没有离洛的影子。路边，也没有她熟悉的车。

过了六点，离洛应该走了吧？

微微有些失落，掏出手机，准备给他电话。一个不经意的抬眼，却乍然见到端木枫推着离洛从威尼斯会所门口出来。五月一怔，连忙收回电话，下意识侧身，将自己隐蔽在角落里。即使如此，离洛还是见到了她。

彼此的目光，仅有半秒的对视，他便挪开，神色自若地将视线投注在端木枫身上。

“晚上你有个演出？”他问端木枫。

“嗯。”端木枫看了眼时间，“还有半个小时，经纪人已经打了五通电话来催了。”

“我让司机送你过去。改天再请你吃饭。”他的语气不咸不淡，挥手招来小张。

端木枫嫣然一笑，蹲下身来，主动将自己的唇凑近他的唇瓣，柔声开口：“给我一个吻我就走。”

离洛扯了扯唇，并没有不耐。今晚和伍帘能重新言归于好，端木枫确实起了周旋作用。

他微微倾身，沁凉的薄唇逼近端木枫的。目光却不动声色地瞄向角落里的某人，瞥见五月纤细的身影，猛然像被抽空了一般，呆呆地僵在那里。离洛一贯没有弧度的唇角，突然破天荒地微微扬起，勾出一抹邪肆的笑。冷不防地，大掌猛然扣住端木枫的后脑勺，狂恣地将这个吻更加深了几分。

像被狠狠敲了一记闷棍，五月好一会儿才回过神来。绝配的男女，还在拥吻。她不再去看，只是转身就走。胸口一阵酸涩感，汹涌翻腾，跃跃欲出。这种感觉她太熟悉不过。她知道，自己又和五年前一样，跌进了离洛给自己编织的情网里。只是她理不清楚，他今天叫自己来又是做什么？单纯地让她来欣赏他和端木枫的幸福？

没走出几步，一辆商务车突然跟在她身边。她微微侧目，右边车窗降了下来，露出后座上那张棱角分明的俊脸。

“上车。”薄唇动了动，只简单地吐出两个字。

“抱歉，我要回家了。”五月别回头，继续往前走，速度加快了些。他不是在招待端木枫吗？为什么又突然出现在这里？

离洛打了个手势，让司机跟上去。

“戚五月，立刻上来！别让我说第二遍。”话语间多了一分厉色，皱起的眉心，昭示着他已经耐心失尽。这样在街上追一个女人，他离洛还是第一次。

五月顿下脚步，站在车外远远地望着他，神情有几分说不上来的落寞："离总，现在我已经不是L.shine的员工了，所以你没资格命令我做什么。"

离洛冷哼了一声："我没有收到你的辞呈。"

"明天就会收到！"不等五月把话说完，车乍然一停，后座上的车门突然被打开。离洛热络的大掌不由分说地扣住她的手腕，一个用力，轻而易举就将她拽上了车。五月的挣扎，被离洛大力按住，动弹不得。

"关门。"他只瞥她一眼，命令。

五月有些赌气，没有动。离洛也不管她，只交代司机一声："开快点。"拉下隔音板，他懒懒地往后靠，闭着眼小憩起来。明显，不想和五月多说什么。

车速果然加快了很多，凉风刮着未阖上的车门，涌进车内。一个急转弯，五月差一点跌落出去，情急之下，双手牢牢攀住了离洛的精壮的腰肢。纵然隔着彼此的衣料，男人灼热的温度，还是渗透蔓延进了女子每一寸肌肤。

她柔软的丰胸，紧密地贴合着他健硕的胸膛，能清晰地感受到他每一分肌肉的魅力和诱惑。五月一抬头，乍然对上一双幽深玩味的眸子。

"这就是你不关门想要的效果？"语态，还是那样没有温度。

五月一怔。猛然直起身，放开他。强压下心头怦怦的乱跳，小巧的耳垂都缀着红润，"是你无缘无故加快车速的……"

离洛看一眼还开着的车门，又望一眼她穿得还算单薄的身子，沉声道："再不关门，车速还会加快。"

五月不敢再赌气，赶紧心有余悸地阖上车门。这男人，真是忤逆不得！车门，成功地关上，隔绝了外面车水马龙的喧闹。车内，陷入了一种诡异的安静里。

离洛闭着眼，在休息。五月微偏头，偷偷看他一眼，似担心他突然睁开眼，她又飞快地别开。空气里，还浸染着刚刚彼此接触时灼热的亲密，静谧得能听到离洛有力的心跳。

离洛直接让司机把车开到了雏菊园。进去后，直接把屋子里所有的灯都打开。五月转身关上门，回头见他正坐在轮椅上，动手脱衣服。很快地，露出他上半身完美的线条。胸膛上结实有力的肌肉，在灯光下，焕发着小麦色的光泽。五月顿了下，听到自己的心，在不规则地乱跳。

她正要避嫌地别开目光，却听到他的声音："给我放水，我要洗澡。"

还真是有指挥人的癖好！五月不满地嘀咕，但还是乖乖地往浴室里走。他身体不方便，生活上她能帮上他的，她一定会尽力。

"带我回来，不会就是为了洗个澡吧？"试好了水温，五月从雕花桌上抽了张纸巾擦干手上的水迹，问他。

离洛似笑非笑地望她一眼，拿过拐杖，勉强将自己撑起来：“不然，你以为我是要你随行伺候，洗鸳鸯浴？”

五月被他的话逗得脸红，下意识退开一步：“当然不是！”虽然他的身姿，真的足够完美，但是，还不至于让她昏头到陪他洗鸳鸯浴的地步。对于她强烈的反应，离洛似乎很不满，只从鼻腔里冷哼了一声，也不看她，拄着拐杖只身往浴室里走。

五月第一次见他用拐杖的样子，脚步又极度不稳，哪还有心情和他计较，只急急地上去扶住他，“当心点。”

听到柔软的叮嘱声，离洛偏头看一眼，乍然跌进一双透着担忧的清泉里。他终究还是没有推开她，任那双柔软的手，搀着进了浴室。浴室应该是改良过的。墙壁上安装了一排比较矮的扶手，让坐着的人刚好可以触及。地上安装了防滑的装置。

五月搀着离洛在浴室藤条躺椅上坐下，关上浴缸里的水，指着瓷架上的精油问：“哪一个你比较喜欢？”

离洛随手指了指一只淡蓝色的瓶子。顺手在头顶扯了条浴巾。五月依言，在水里洒了几滴。淡蓝色的液体颜色，集中在某一点，继而迅速地晕开，像层层美丽的云。

五月站起来，犹豫了下，还是问：“你一个人没关系吗？”

离洛挪动了下身子，不无讥诮地瞄她一眼：“你打算帮我？”

五月没吭声，她倒是想帮，但这种事情还真是有心无力。

“你该请个人来照顾你，这样生活上会方便很多。”五月诚心地提议，没注意到离洛的脸色突然骤变。

“这么多年我都过来了，一个人生活也没见死在这屋子里。你当真以为我是废人不成？”他将“废人”两字咬得极重。

五月赶紧解释：“你知道我不是那意思。”

离洛脸色极差，只哼哼了一声。眉心丘壑深拧着，也不看五月一眼，自顾自脱起裤子来。五月后知后觉，惊得低呼了一声，又急又羞地别过身去，逃似的奔出了浴室。靠在墙壁上，她摸了摸自己发烫的脸蛋，粗喘着气息。

凌乱的脚步消失在浴室里，离洛脱裤子的动作顿了顿，回头扫了眼空荡荡的空间，目光，深沉。

电视节目来来回回地转。五月心不在焉地把玩着遥控，时而抬头看一眼壁钟。离洛进浴室都快一个小时了，不会真出什么事吧？不敢往下想，五月心一惊，赶紧跑过去敲门：“离洛，离洛！你没事吧？”

“……”回答她的却是无声。五月急得把耳朵贴在门上，听了十秒，竟然连水声都没

有。

“离洛！！”敲门变成了胡乱的拍打，最后她索性推门进去。只见，偌大的浴池里，离洛此刻正安静地躺在水下。满池的泡沫，遮盖了他的挺拔的身姿。他这样毫无防备的神情，是五月第一次见到，俊朗而深邃的线条是那样的柔软而迷人，像一个纯澈的婴孩。浓密的长睫，沾染着幽幽水滴，轻轻阖着，在幽幽的壁灯投射下，落下一层淡淡的阴影。

五月看得有片刻的出神，一颗不安的心，总算慢慢放下。似怕吵醒了他，她轻步走过去，伸手探了探水温。

凉的！这样睡下去非得感冒不可！

她赶紧推离洛，蹲下身在他耳边低声唤他：“离洛，你醒醒……”

炯炯双眸没有睁开，水面却突然一阵骚动。五月只觉得手腕一紧，被一双手掌用力拉了拉。身体一个失衡，“砰”的一声，她狼狈地栽进浴缸。

“唔……”五月本能地挣扎，胡乱地抓住浴缸缸沿，从水面爬起来。还没缓过神来，只觉得一个灼热而坚实的胸膛，不紧不慢地欺上她的背脊，莫大的压迫感顿时让五月觉得难以呼吸。

“离洛……”她虚软地攀住池沿，想躲开他。战栗的嗓音撩人而性感。

离洛结实的长臂，紧密地搂住她的腰身。让她纤细的背脊，更紧密地贴合自己的胸膛。浸染了水，五月浑身的衣物几乎薄到透明，彼此之间仿佛没有任何的遮蔽物。他身体的热度，仿佛火山喷出的岩浆，源源不断地浸染进她的四肢百骸，让她有些无法招架，只能软软地靠着他。

“今天在威尼斯门口，为什么突然离开？”他迷人的声线，在她耳边颤动，像春雨打落在湖面。唇有意无意地刷过粉红的俏脸，燥热的气息，惹得她精巧的耳垂，一片诱人的红润。

“我没有……”洁白的贝齿在唇上划出一道浅浅的痕迹，她虚软的语气，完全没有说服力。

“嗯？”离洛挑了挑眉，显然不信。

五月努力找回自己的声音，转移话题：“离洛，你先放开我，水凉了……”

对她的话，充耳不闻。他的唇角，勾出一个浅淡的弧度，长臂一动，将她转过身来对着自己。缠住她腰部的大掌，却丝毫也不松懈。

“为什么我觉得你浑身都在发烫？”他邪魅地望着她，眼里几乎能融出火来。

若有似无地靠近她一寸，唇几乎贴上她的。

五月倒抽一口冷气，被逼得后退一步，清眸染着氤氲：“离洛，有什么话我们出去再说。这样子会感冒的……”她的呼吸，越来越乱，最后甚至不敢正视他的双眼。只慌乱地

落下眼睑，那一刻，眼前的一幕，让她如被雷劈中，整个人怔在那。

浴缸里的泡沫，早因为彼此的动静而化为乌有。水面下，离洛那双修长却明显呈病态的腿，似乎因长久被长裤包裹着，显得尤为白皙，因为很长时间没有运动的关系，腿部的肌肉已经出现了萎缩的趋势。在白色灯光下，看起来有些令人惊骇。

仿佛被人狠狠掐住了脖子一般，五月只觉得呼吸困难，目光却被什么定住了似的，始终无法从那双腿上挪开。

良久。肩上突如起来的剧痛，让她猛然回过神来。她抬头，离洛正像怒火中烧的狂狮一般瞪着她，洁白的牙齿，发泄似地狠狠咬住了她圆润的肩头。浴室里的气氛，和他脸色一样沉得叫人害怕。她那像见到鬼一样的目光，伤到了他骄傲而可怜的自尊！他恨透了这样的注视，尤其，这还来自于那个女人的女儿！！！

离洛被刺激到失去理智。寒气正从他的齿间一点点蔓延进她体内的每一个细胞，让五月忍不住打了个寒噤。

她下意识地想要推开他，他却猛然间抬起头来瞪向她，那双锐利如刃的眸底，蕴藏的暴戾气息将她整个人骇住。

“很难看，很狰狞，是不是？”离洛怒极反笑，那笑悲怆得近乎扭曲，有抹沉沉的痛楚在狂肆地荡漾。

五月含泪摇头，心里一阵绞痛，让她说不出一句完整的话。

虽然早知道他的腿被废，但自己真实见到的那种震惊，却还是无法形容。

“为什么哭？怜悯我？”他逼视她，冷笑，“戚五月，我不需要。”

“不是，不是怜悯！”怕被他误解，她急急地抹干眼泪，坚定地望着他：“我只是这里……疼……”

食指，颤抖地点了点自己的心窝。

她心疼……

心疼他的受伤，心疼他的倔强，心疼他被刺伤的骄傲，更心疼他那极力掩盖的自卑。

“你也知道什么叫疼？！”他突然用力抓住她的手，有些歇斯底里地按在自己毫无知觉的腿上，望着她的瞳孔倏然睁大，“戚五月，这些都是你妈和那男人留给我的印记！我会记得……一辈子都记得……总有一天，我会把这一切都向你讨回来！！”

说到最后，他眼底足以毁天灭地的恨意，吓到了五月。她只觉得背脊一阵发凉，冷汗不受控制地往外冒，连思绪都是混沌的。直到离洛撑着身体，独自出了浴室，她还呆呆地沉在冰冷的水里。离洛是那么的恨自己！那股恨意，直穿她的心脏，是那么的浓烈，那么的沉重，让她难以负荷。离洛为什么会变得这么恨自己？仅仅因为当年母亲抢夺了大妈的宠爱？

不可能！！不可能这么简单！！当年到底发生了什么？他的伤为什么会和母亲有关？

情绪一团乱，五月怔愣地从浴室里出来，整个人狼狈得像只落汤鸡，一路走过的地方，留下一地的水迹。环顾四周，没有见到离洛的身影。想到他含恨的眸子，她害怕地缩了缩脖子。拿起包，就准备逃离。

“等等！”冷沉的声音突然从楼上传下来。

和浑身湿透的她恰恰相反，离洛此时正一身清爽地坐在楼上，眉心深拧地俯视她。那双幽深的瞳孔已经恢复得和往常一样毫无波澜，仿佛之前的歇斯底里只是五月的错觉。

他淡淡地开口，依旧面无表情：“上来，我有话和你说。”

五月抬头定定地望着他。惊愕于他的情绪竟然可以收敛得如此之快。彼此僵持了好一会儿，她叹口气，还是放下包走上去。水迹，打在玻璃梯上，晕出一圈圈痕迹。像极了她此刻一圈一圈荡漾的心。很乱……

站定在楼道上，离洛远远地打量她一眼，衣服湿透地熨帖在她身上，勾勒出她凹凸有致的身材。

他幽深的目光紧了紧，微微抬手，指着一个房间：“进去换套衣服，换好了再出来。”

五月换好衣服出来，离洛正躺在天顶上望着夜空。几百坪的天顶，种满了薰衣草，就着夜晚新鲜的空气，清新的气息扑面而来。五月顿时觉得心底刚刚紧绷的弦稍微松懈了点。

她走上前，将手上的毛毯轻轻搭在离洛的腿上：“天凉了，湿气比较重，晚上最好不要在外面坐太久。”

他的脸，侧了侧，目光掠过毛毯，落在她脸上：“戚五月，你以为你有什么资格管我？”

一腔柔情，没想到却碰了个硬钉子，五月撇了撇唇，在草地上坐下：“我是为你好才说这么多，你要是不喜欢就在这儿坐上一夜也行。”

“对了，你这里怎么会有女孩子的衣服？”五月状似漫不经心地问，转移话题。

这些衣服是端木枫的吗？看起来似乎不像。端木枫比起自己稍微高挑些，她的衣服穿在她身上，应该不至于这么合身才对。

听到她的问话，离洛突然转过头来看向她。

这一次，他的目光在她身上停顿的时间稍长了些，似沉浸在某种深刻的记忆长河里，那双眼，渐渐地变得越加深邃复杂。

五月心一怔，突然意识到什么，什么也没想，便开口问：“是纯纯姐留下的？”

话才一出口，她便后悔了，她不得不说自己真真找了个最糟糕的话题。

明显感觉离洛的目光闪了闪，以为他会大发雷霆，她闭起眼准备承受，却不料他已经平静地转移了话题，“明天按时过来上班。”

五月愣了下，狐疑地望着他，好一会儿才回神开口：“主管让我打辞职报告，明天就该交了。”

离洛哼笑了声：“L.shine还不至于为了这么点利益来牺牲自己的员工。”他淡淡地开口。

双臂交叠枕在脑后，遥望着夜空，密布的星星落在他眼里，有点点星辉闪烁。言下之意，开除她的决定他并没有参与？

“我真可以回来上班？”她有些不相信。

虽然那天她确实是被逼急了，但是，因为她而落下的损失，也确实很大。

为了个无关紧要的员工，而损失好几亿，真不像离洛会做的事。

“伍帘那边怎么办？”

“小事情而已。”离洛有一搭没一搭地敲着轮椅边缘，答得很轻松，神采间有股运筹帷幄的自信。

五月相信他的处理能力，加上他答得如此轻松，她不安的心也跟着放下了。便不再多问，只点头：“知道了。”

事情落定，五月看了看他搭着毛毯的双腿，终是欲言又止。原本想问问当年的事，可是，最终还是将那些疑惑生生压下。那些过去对他来说绝对是一场不小的灾难，她不该再去残忍地剥开他血淋淋的心。

“明天还要上班，我就先回去了。”她看了眼时间，叮嘱他，“你也早点去睡。”

见她起身要走，离洛突然从夜空里抽回视线，落定在她身上，眼神犀利：“你和谁住？”五月一愣，以为他是知晓了小5的存在，又慌又乱地望着他，没敢回答。

这一幕，看在离洛眼里便成了心虚。他浓眉一蹙，脸色变得极差，“你男人？”

她男人？

五月飞快地想了下，便知道离洛是误会了。她和小5之间的谈话貌似比较亲密，被误会也不奇怪，总好过他知道小5的存在。

“嗯，可以这么说。”小5也算是她家的小男子汉，这不算撒谎。

锁住她的瞳孔蓦地紧缩，离洛的神情陡然变得阴鸷。薄唇不悦地抿成一条直线，也不说话，只是突然奋力甩开之前她盖在他腿上的毛毯。不管五月惊愕的样子，推着轮椅转身就走，独留下一抹冷硬的背影。

为什么又发脾气了？

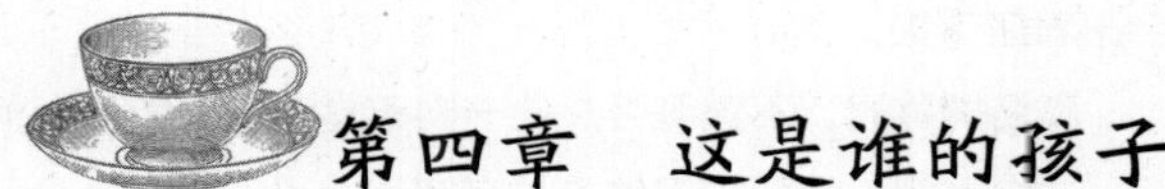

第四章　这是谁的孩子

五月重新回来上班，在公司里又引起一场轩然大波。这回自己和离洛的关系，已经是跳进黄河也洗不清了。五月也懒得去解释，反正久而久之有了新的谈资后，大家也就不会再在这老旧的话题上纠缠。

今天是难得的周末。公司休假，五月领着小5出来玩。一路上小5含着颗棒棒糖蹦蹦跳跳，开心得不得了。

"宝贝，这件粉色的怎么样？"童装店，五月拿了件小袄子来回看着，在他小小的身子上比了比。

果然可爱得很！

"大5，那是女孩子穿的啦……"小5弱弱地提醒，看大5一副爱不释手的样子，实在不忍打击。

"才几岁，分什么男女啊！"五月的执迷不悟，让小5直摇小脑袋瓜子。

趁着大5给自己挑衣服，小5坐在沙发上，捧着小脸好奇地看着外头的车水马龙。突然，他目光一闪。一男一女，亲密的身影，闯入他的视线。

竟然是凶巴巴大叔！！

推着他的阿姨也好眼熟。他歪着小脑袋，仔细想了想。哦，是电视上那个漂亮的明星阿姨！大5的情敌会不会太难搞了点？

小家伙撇着唇，坐在那，瞅着那两人好一会儿。最终，他推门，也不顾和五月打声招呼，就直往那两抹身影冲去。

为了大5的胜利，为了替大5夺得一席之地，他决定——英勇献身，慷慨就义。立志成为凶巴巴大叔的感情炸弹，不成功便成仁！！

法式餐厅的包间里，离洛正低着头点单。端木枫一双柔白的小手，有意无意地在他胸前打着圈，柔软的手指充满了暗示。

“如果被狗仔拍到，你的绯闻就又多了一条。”阖上菜单，他淡淡地提醒她，没有阻止她的动作。

端木枫轻笑，笑意娇媚：“反正又没有其他人。再说，真拍到了也没关系，你还不是会帮着压下来。”

离洛挑挑眉，不置可否。他一向不喜欢娱乐版面有他的存在。

“洛，明天我要去巴厘岛拍套照片，半个月后才会回来。所以……今晚，你去我那，好不好？”

待服务生下去，端木枫更大胆地挨近他，并且提出热情的邀约。离洛皱了皱眉，刚要开口，包间的门突地被人从外拉开。只见一团裹着可爱卡通的小肉球纵身扑了进来，一双莲藕般的小手臂直袭离洛的双腿。

“爹地……”一声奶声奶气的叫唤，让离洛和端木枫怔愣在那儿，面面相觑。

“洛，这是？”端木枫率先回过神来，一会儿看看离洛，一会儿又望望那小家伙，惊愕地瞪大眼。小家伙和离洛还真的有那么几分相似。不会真是洛的儿子吧？孩子的母亲又是谁？

离洛挑眉诧异地看着赖在自己腿边粉嫩嫩的“八爪鱼”。他到底是打哪儿冒出来的小鬼，竟然叫自己爹地？他可不记得自己什么时候播了这么一颗大种。

腿一贯是他的死穴，以往谁敢碰，绝对得不到好果子吃。但，这一次，很奇怪！他满腔的脾气，竟然被小鬼那一声软腻腻的“爹地”神奇地压下了。

“小家伙，你认错人了。”离洛伸手要把小家伙扯起来。

“才不会认错。妈咪说了，你就是我爹地！爹地，爹地！！总算找到你了，以后小5也有爹地了……”

小家伙死抱着他的腿不放，对他的话更是充耳不闻，一把鼻涕一把泪地往他裤腿上抹，小嘴还固执地“爹地爹地”叫个不休。那模样，任谁都不会怀疑小家伙的说辞。

当然，离洛要是知道小家伙说的每一个字都是真的，他的神情就不会有现在这么淡定。

“你妈叫什么名字？我替你找她带你回去。”离洛破天荒好脾气地和小家伙继续谈判。

“呜呜呜……坏蛋爹地，不要小5！！”听到要哄他走，小家伙突然扯着嗓音大哭起来，一双眼可怜巴巴地望着端木枫：“阿姨，你帮小5劝劝爹地，让他认了小5吧，不然小5要饿死在街头了……小5已经两天没吃饭了……”

离洛嘴角抽了抽。他信他才怪！两天不吃饭，还能长得这么白白胖胖？没有拆穿小家伙的谎言，唇角反倒越扬越高。他倒想看看小鬼到底想做什么。

端木枫看看那孩子和离洛相似的五官，又看看一直忍着脾气任小家伙胡闹的离洛，她大受打击地呆在那里。

“洛……他……他真是你的孩子？”

听到她的疑问，离洛不承认，也不否认，只哼笑了声，似在笑端木枫的愚昧。他冷静自若的态度让端木枫一愣。一会儿，她突然想通了什么，松口气笑起来，“我真是笨，这种无聊的事也相信。”

离洛做事一贯谨慎，怎么可能会无端多出个孩子来？她低头看向小5，语气立马转成严厉：“小朋友，撒谎可是不对的行为，下次不可以这么没教养哦！来，起来，阿姨带你出去找妈妈。”

端木枫“没教养”三个字，让离洛皱了皱眉，无端觉得听起来格外刺耳。他不苟同地睨了眼端木枫，但也没吱声。

“我不要去！我要跟着爸爸！”小5觉得好无奈。这个漂亮的阿姨真的很不好打发呢！连自己说的大实话也不肯相信。

“你看清楚了，他不是你爸爸，他是阿姨的男朋友！”端木枫有些不耐烦地伸手拉小5，疾言厉色地提醒他。

小5见某人一动不动，任对方拽自己拽得手腕通红，小小的心里无比受伤，无比沮丧，无比怨愤。

索性眼一闭，脖子一歪，装晕！

哼哼！今天，这个惹人嫌的电灯泡他是当定啦！就算是大5来拉他，他都不走。

“这小滑头竟然还装病，也不知道是谁教的。”端木枫厌恶地嘀咕起来，见一旁离洛的脸色越来越差，还以为是被小5惹的，连忙抬手要招来服务生。

“你一个人吃，我带他去医院。”端木枫的手被离洛压下，他面无表情地拆开热毛巾擦了擦手，弯身抱起小家伙，转身就走，连一眼都没看怔愣在原地，还搞不清状况的端木枫。

望着那离去的背影，端木枫简直傻眼了。该走的不该是那突然冒出来的小鬼头吗？为

什么情况突变，独独留下她一个人了？

小家伙偷偷看着身后那气得冒火的漂亮阿姨，心情大好地赖在离洛怀里。只是，大叔的胸抱起来硬邦邦的，和大石头没什么两样。还是她家的大5抱起来比较舒服。

不过，大叔这么强健有力的肌肉还真让人羡慕啊！要这样子的男人才可以保护大5吧？一定可以把那些欺负大5的坏蛋一个个打得落花流水！

“小鬼，该醒来了。”正乱想着，低沉的嗓音突然在头顶响起。

修长的手指，掐在他嫩嫩的脸蛋上。小5吃痛地缩了缩眉，就是不睁眼。不醒不醒，就是不醒。

“再装下去我可真要送你去医院了，喜欢打针？”离洛抱着他坐进车内，变得前所未有地有耐心。明明知道小家伙骗他，不但发不了火，还任由着他玩。这种感觉真是奇怪！

一听他的话，小家伙可爱的小脸几乎皱成了小菜花。他苦着脸，怕怕地睁开眼来：“醒了，醒了，不用打针啦……”

果然逃不过坏大叔的法眼。

“你家住哪？我让人送你回去。”离洛将他抱到身边坐好。

小5小嘴巴一撇，“我没有家……”

“小鬼，不许骗人！”离洛没好气地一巴掌拍在他小脑门上，力道自然不会大。

但小家伙揪着眉，哀哀直叫着：“哎哟……大叔，你就不能温柔点？这样子哪有女生喜欢你啊！”除了那个笨蛋大5以外！

离洛被他小大人的样子，惹得想笑，没好气地睨他，“现在知道叫我大叔了！说吧，你家住哪？妈咪叫什么名字？”

“人家才搬到这儿没多久，不知道家住哪。妈咪叫大5，我叫小5……”

大小5？这是什么乱七八糟的名字，又不是在演射雕！

“全名。”

小5小脑袋大摇：“不知道……”当然知道，但会告诉大叔才怪呢。

离洛一脸的不信。

“大叔，你相信小5啦，小5从来不骗人的！”

小家伙信誓旦旦的样子让离洛彻底无语。照小鬼这么说，之前的谎都是别人在撒吗？

“那我送你去警察局，拍个照做个认领。”

“大叔，不要啦，人家不要去警察局……”小5立马拒绝。

拖着他的手臂撒娇，大眼哀求地瞅着他，“大5说去警察局的都不是好孩子。小5是好孩子，所以大叔不要送小5去啦……”

什么乱糟糟的逻辑！离洛真不敢认同小鬼口中的大5。

离洛正要耐心地纠正小家伙的思维，打定主意送他去警察局，但望向那可怜兮兮的一双眼，他又莫名其妙地不忍心起来。

送小鬼去警察局明明是要帮他找家，看小鬼的模样怎么好像是自己在欺负他似的？

“去我那，我暂时收留你。”无奈，他改变主意，立刻放弃了送小家伙去警察局的想法。

雏菊园很大，足够收留上百个这样的小鬼。

“谢谢大叔！”小家伙立刻笑开，一头扎进离洛怀里。

小脸蛋上那甜腻腻的笑容，看起来比蜜还甜。

离洛竟看得有片刻的出神，一贯冷硬的心仿佛被一团柔软蓦地攫住……

这是种很神奇的感觉，却说不清也道不明……

司机发动车子，透过后视镜看到小5，小家伙长得格外漂亮，他不由得多看了两眼。

“离总，这孩子是打哪儿来的？长得真招人疼，一看就有福相。”

离洛没答话，倒是小5甜甜一笑，腻腻地叫了声叔叔，清脆地回答他：“我是大叔的儿子，亲儿子哦！”

“哈哈！小家伙真可爱！哪有叫大叔的还是亲儿子！”司机被他的孩子话逗笑了。

不过说实话，不说还好，一说起来，这孩子的五官和离总还真是有那么几分相似，这种巧合还真是难得，也算一种难得的缘分。

“是真的啦！只是大叔不要人家……”小5可怜巴巴地垂着小脑袋，让人看着都觉得心疼。

天地可鉴，他说的可都是大实话哦！

一旁，某人却是听得满头迷糊。这小鬼，真是个不折不扣的撒谎大王！

不过，他似乎一点也生不出讨厌的心。

爹地……

好像也不是个特别讨厌的词，从小鬼嘴里叫出来，好像还暖暖的，很舒服。

到了雏菊园，小家伙自告奋勇要推他进门。可是没走两步，一张小脸就因为月力过度而涨得通红，大口地喘着气。离洛发现了，小家伙虽然外表看起来白白嫩嫩的，但健康情况看起来并不算太好。不忍他挫败的样子，离洛不动声色地施了点力帮他，一大一小，才好不容易进了屋。

灯掣才一按下，小家伙一双圆溜溜的眼就瞪得好大。

“大叔，你们家房子好大好大哦，可以养小白哦！”小家伙淘气地东摸摸西瞧瞧。

离洛还在玄关处，挑眉问他：“什么是小白？”

“小白大叔都不知道，真是笨！”小5投过去鄙视的一眼，“小白就是小狗狗，大5最

喜欢的哦！只是家里小小的，养不了。”

说到这，小家伙一副好可惜的样子。一会儿，大眼又亮起来。

“等以后小5长大了，赚了钱钱，也要买这么、这么大的房子。”他摊开短小的白臂在厅里转了个圈，发挥着自己丰富的想象力，“养100只小白送给大5，大5一定高兴死了。”

离洛敛了敛眉，故意拆小家伙的台，“不高兴死，也会被臭死！”

印象里有个女人也很喜欢小狗，小时候为了欺负她，常常把那些狗要不送走，要不直接毒死，惹得她哇哇大哭。

“没童心、没浪漫细胞的大叔！”小家伙气得跺脚，一张小脸涨得红嘟嘟的，可爱得不得了。

真是个妖孽小鬼！也不知道是谁给了这种基因，以后长大了不祸害大批女人才怪！

离洛勾了勾唇，朝他招手：“小鬼，来，换鞋！”

小5“咚咚咚”一跳一跳过去，见离洛正坐在轮椅上弯着身子换鞋，他体贴地递过小手要帮忙，离洛制止他。

“这点小事我还做得来，你先给自己穿鞋。”他指了指地上一双新拖鞋。

小5新奇地盯着那双大大号鞋，试着塞了一只小脚丫子进去。

棉絮暖烘烘地包裹着小脚，软软的，好舒服，好温暖。这是小5第一次感受属于真正的男人的鞋，还是爹地的。和大5的差别真的好大，和自己的，更是天差地远。足足可以塞下三四个他的小脚丫，真是神奇！

“真像只小船……”小5拖着大拖鞋，雀跃地在地毯上来回蹦着。

一不小心左脚碰上右脚，生生摔了个四脚朝天。

“唔，痛死啦！”他爬起来，小脸蛋皱得像只包子，吃痛地揉着小屁股。

“小笨蛋！”离洛推着轮椅过去，见他一屁股坐在地上，正动手扯脚上的鞋子，他立马喝止，“不能脱下来。天这么冷，好好穿着。”

他，好像该给小鬼准备双小拖鞋才对。

被他一喝，小5缩了缩脖子，停下动作。不情不愿地嘟嘴：“知道啦，凶巴巴大叔！”

凶巴巴大叔？臭小鬼，他可是关心他！

关心？

离洛怔了怔，什么时候他竟然是这么懂得关心人的人了？望着脚边的小不点，终是笑了。也许，小家伙身上有招人疼的魔力所在。

“想看卡通片，还是打电玩？”离洛按开背投电视，准备先安顿好他。

却见小家伙正围着大厅走来走去，一双眼乌溜溜转着在寻着什么。

“小鬼，找什么？”离洛赶紧抓住转着圈的小身板。真不知道小家伙这么转下去，会不会真晕倒。

“大叔，你家连电话都没有哦？”

“当然有。”离洛顺手从墙壁上取下无线电话，揉了揉他一脸惊奇的小脑袋：“乖乖打电话，我先上楼换套衣服。”

“小5也要去。”小5一听他要走，屁颠屁颠就要跟上去。

“你不是要打电话？”

“楼上又不是不可以打。”小5把电话抱进怀里，跟在离洛身后进了电梯，一本正经地说：“得上去侦察侦察大叔家里有没有藏漂亮阿姨。”

离洛简直哭笑不得，按下2楼，好笑地随口问他：“你要替谁侦察？”

“当然是……”“大5”两个字还没说出口，在对方好奇的目光下，小家伙硬生生将话一转，“大叔未来的老婆！”

“人小鬼大。”离洛笑觑着黏在自己身边的小“牛皮糖”，心情变得前所未有的好。

多个闹腾的小鬼在身边，这种生活似乎也不赖……

离洛正在换衣服，小鬼头优哉游哉地在床上滚了好几个圈，电话通了才总算安生下来专心致志地煲电话粥。

“大5，是小5啦……”嗲嗲的嗓音让某男在一旁忍不住唇角抽动。

这种腻死人不偿命的态度哪像和自己说话时那嚣张模样？待遇差别还真是大！

“大5，你别哭了，会变成老太婆的……”

“在一个大叔家。嗯，大叔人还不错啦，要留我今天在这里住一晚哦！”

这小鬼是不是太自觉了？

到底有谁留他了？

“大5，你别担心啦……这么可爱漂亮的小5，没有人会舍得拐卖的……”

望着那带着小酒窝的漂亮脸蛋，离洛越发觉得这小鬼是个妖孽。

“知道啦，明天一大早一定让大叔乖乖送回来……嗯，当然知道地址啦，小5又不是笨蛋……”

离洛瞪大的一双眼几乎要把小家伙那得瑟的样子给瞪穿了。

他觉得自己根本是被这小鬼耍了。竟然还敢说自己才回国不久，根本不知道地址！！

“大叔，我饿了！”还不到六点，小家伙推开书房的门，可怜巴巴地望着正批复文件的离洛。

离洛抬起头来："想吃什么？"

"大叔会做饭？"小家伙两眼亮亮的。

效离洛双手一摊："不会。"

"原来和小5一样，都是大米虫，只会吃不会做。"小5努了努小嘴，提议，"大叔，我们去麦叔叔那吃，好不好？"

离洛阖上文件，狐疑地问他，"谁是麦叔叔？"

"真是个落后的大叔……"小5感慨，"当然是麦当劳叔叔。"

离洛嘴角抽了抽，打击他的兴致："不行，快餐对身体不好。"

小家伙亮晶晶的眼黯淡下来，沮丧地耷拉着小脑袋，"大叔和大5一个调调……好讨厌……"

小5简直不敢想象，以后大5和老爹要是双剑合璧了，自己会被打压成怎样一番惨状。

呜呜……估计这辈子都要和麦叔叔说再见了。

彼时，离洛放在书桌上的电话突然响起来，他先把小家伙抱到腿上放好，才接起来。小家伙并没有多少分量，他还能承受得来。

"洛，我刚收工了，一起吃晚饭，好吗？"端木枫的声音传来。

中午因为一个意外，一顿饭都被扫了兴，她便惦念着晚餐。

离洛有一搭没一搭地理着胸前毛茸茸的小脑袋瓜子，"你知道哪里的东西比较好吃？"

他顿了下，又补充道："最好是小朋友比较喜欢，营养也不错的地方。"

"城西那边有家很有名的卡通餐厅，我带小侄子去过一次，很不错。不过，你问这个是要做什么？总不是突然想带我去那儿吃吧？"端木枫还有些搞不清楚状况。

"不是。"离洛瞅一眼怀里把耳朵伸得长长，当着监听器的小家伙，忍不住失笑出声。

爽朗的笑声那么明澈、性感，这是端木枫第一次听到。她感觉到自己的心，在怦怦乱跳。

呆在那愣了好一会儿，才回过神来，"洛，你在笑什么？"

离洛把玩着小家伙的耳朵，漫不经心地回答，"没什么。晚餐你自己吃吧，我就不陪你了。"

"那晚上……"

"我晚上还有其他事情。"再一次拒绝。

"可是我明天就要走了。"端木枫极力争取。

"回来那天我让司机去接你。"话说到这，明显已经没有了回旋的余地。

这个话题，到此就该终止，端木枫是懂的。她有些挫败地听着电话里嘟嘟的忙音，好久才失神地挂断电话。和他在一起快一年了。为什么就永远走不进他的心？若即若离，像只永远不会有线可以拴得住的风筝。而此刻在他身边的又是谁？为什么能让他发出那样会心的笑声？

“听够了吧？”离洛收了线，扯了扯小家伙的耳朵，但丝毫没用力气。

“漂亮阿姨是大叔的女朋友哦？”小5奋力把自己的小耳朵从魔爪中解救出来。

离洛撇了撇唇，不置可否。

小5顿时长吁短叹：“唉……苦命的大5……”漂亮阿姨是漂亮，不过还是没有大5好。

大叔的眼光也不怎么样嘛……

“这和你们家大5有什么关系？”离洛一手抱着他，一手推着轮椅往外走。

说漏了嘴，小5也不担心，倒是一本正经地解释：“大家都有男人要，就我们家大5没人要，当然命苦咯……”

“你管得还真多！”离洛嗤他，没纠细去研究他的话。小孩子的话，能指望有多少逻辑根据？

果然……

那一晚，小鬼死活就“赖”在了雏菊园。晚上，哪张床也不要，就要和他挤一张床。睡相又差得要命，离洛好几次醒来替他掖被子，以至于自己睡眠质量差得要命。

这种经历，对离洛来说绝对是第一次。但是，感觉似乎还不赖。

睁眼醒来，看到有张生气勃勃的小脸出现在眼里，那颗一贯冷然的心，竟觉得很暖，很暖。

脖子被一双水嫩的小手臂紧紧抱着，几乎要喘不过气，但，那种被依赖的感觉，好得让他简直无法形容。

“大叔，起来，起来！！”一大早，被小家伙用胖乎乎的手指戳醒。

“小鬼，再敢闹就把你从窗户里丢出去！”困顿的威胁。

小5小脸苦巴巴地皱了皱。

还真是个坏脾气的老爹！偏偏大5还喜欢得要命。

“大叔，送我回去啦，再不回去大5肯定要急疯了……”小鬼不怕死地继续闹他，见他不动，索性掀开被子用软绵绵的小手去挠他脖子。

“挠痒痒，挠痒痒……再赖床，太阳公公要打小屁股了……”小家伙自顾自地嚷着，

逼得离洛简直要发疯。

换作是别人敢这么做，他早一脚给踹下了床。

但是，听到小家伙那稚嫩的嗓音，他就是硬不下心来发火，反而认命地从床上爬起来：“小鬼，你到底是哪来的疯孩子！！！”

根本就是他的克星！！！

小5翻了翻白眼，很无奈地望着他：“说了是大叔的，大叔偏不信。”

离洛还当小家伙在胡说，惩罚性地掐了掐他的小脸，没放在心上。

从床上下来，小家伙赶紧推着轮椅过来，离洛问他：“洗漱了吗？”

小5摇着小脑袋：“没工具。”

“邋遢鬼。”离洛状似嫌弃地看着他，嘴上却说，“去用我的。”

“是，谢谢大叔！”小家伙开心得一蹦一跳往盥洗室里冲。

竟然可以和爹地用同一支牙刷，要是被大5知道了，大5说不定会直接疯掉……

离洛望着那雀跃的小身影，有些不懂他的欣悦是从哪儿来，但还是忍不住会心笑开。

让司机直接把车开到小鬼报的地址处。离洛替他解开安全带，替他拉开车门，小家伙却还坐着不下去。离洛怔了下，感受着怀里的暖意，心头突然生出一股难以言喻的感怀。

“嗯。”他淡应。

“就知道大叔肯定要想小5。”小家伙得意地摇头晃脑，又找司机要来笔和纸，歪歪扭扭地写了一串号码，“大叔要记得给小5打电话。”

“嗯。”离洛看了一眼，将号码输进了手机里。

“那大叔一个人要记得好好照顾自己，不能老是和漂亮阿姨出去玩。”大5要知道会伤心的……

“知道了，啰唆的小鬼……”嘴上这么说，唇角却向上弯起。

“小5也会想大叔的。”小家伙又抱着他的脖子，在他脸上狠狠啵了一口才终于恋恋不舍地爬下车。

一步两回头，朝他挥手。离洛心头突然无端地生出一股满足感。有人惦念的感觉，真的，极好。

那抹小身影彻底消失在了小区里，离洛担心他也许会又折回来，所以又等了一会儿。但是，小5并没有再出来。这让他微微觉得有些失落，好一会儿才收回视线，吩咐司机把车开走。

看到儿子完好无缺地回到家，五月这才松了一口大气，从昨天就开始烦乱的心总算是得到平复。朝门外看，却没见到小5口中那个神秘大叔。

“宝贝，下次不准再随便跟人回家！我看你是要吓死大5才安心。”五月板着脸教训他。

天知道她昨晚一晚上都没合眼。小5知道大5是担心自己，赶紧捧起她的脸，重重地亲了口，讨好地保证，“下回再去大叔那，一定先和大5报告。”

“还去？”五月没好气地戳了戳他的小脑门：“今天能回来算幸运了，以后要真被人卖了怎么办？被卖了还怎么照顾大5？”

“大5放心啦……大叔卖谁都不会卖小5的……”小家伙稚嫩的嗓音里尽是笃定。

五月也不知道儿子这份笃定是打哪来的，但只要他安然无恙地回来了，她也就安心了。

也不舍得再教训他，只好下次把小家伙看紧些，免得他又乱跑。

周末的清晨，景初找五月出去逛街，本来要领上小5，小家伙却不肯跟去。只从床上蹦起来，开始整理自己的大背包。

“大5，你一个人去陪景初阿姨好了，小5去找大叔玩。”小家伙大眼里闪着兴奋的光。

“大叔？昨晚的那个？可人家是上班族，哪有时间陪小5？”

“没关系，今天是周末啊！大叔说了，今天一整天都没事。”

见小家伙兴致高得不行，五月也实在不忍心再阻止他，只好由着他。

到下午的时候，五月回到家，小5还没有回来。

她便打小5留给自己的电话号码，拨过去，竟然是小家伙接的电话。

五月要去接他回来，被他拒绝了，只说晚点大叔会送自己回去。五月丢下电话，心里极度怨愤。抱着自己窝在沙发上，不满地嘟囔：“大叔、大叔，满口都是大叔！”

别人都说娶了媳妇忘了娘，他倒好，只在外头遇到个神秘大叔就把娘给忘了。

五月怨愤着，挑了居家服进浴室洗了个澡。

出来的时候，已经将近下午5点了，小鬼头是不是也该回来了？

端了杯茶，她站在窗边往楼下看。

深秋的夕阳，将这个繁华似锦的城市镀上了一层耀眼的金边，看起来是那么的虚浮而不真实。

楼下，一辆商务车驶进了小区。

14楼的高度，五月看得不是很清楚，但隐约觉得这车很熟悉。和离洛的其中一辆，似乎很像。

她眯了眯眼，撩起窗帘，却只见之前那辆商务车正好已经驶出了小区，根本连个牌照

都看不清楚。

她撇撇唇，双臂撑在窗台上。实在搞不懂自己刚刚在期待什么。离洛怎么会到这儿来？

沮丧地回到厅里，等了一会儿……

“大5！大5！！”一阵阵清脆的叫声，像黄鹂鸟似的从外边雀跃地传来。

直接感染了大5的情绪，她唇角忍不住扬起，往外跑。

小家伙已经自己掏了钥匙开门进来，大背包背在他小身板上，摇摇晃晃的。

五月看得一阵心怜，赶紧接过。

“宝贝，你背炸弹了？这么重！”

小家伙呵呵傻笑：“大叔真是傻瓜，去超市买了一大堆零食，回家才发现都是他自己不喜欢吃的。没办法，只好全塞进小5包里了。大5，你都没看到大叔那气得想咬人的样子，好像小白哦。”

小家伙说得眉飞色舞。五月把大背包翻了个底朝天，发现竟然全是小5喜欢的东西。

铜锣烧……甜甜圈……巧克力……

“宝贝，这位大叔好像很喜欢你哦？”原本还担心小家伙被拐卖，现在看起来好像不是这么回事。

“那当然！”小家伙骄傲地仰着小嘴巴，拆开铜锣烧吧唧咬了一口。

能有自家爹地不喜欢自己儿子的吗？

五月笑着捏了捏他软嫩嫩的小脸：“臭屁狂。改天叫你这位大叔来家里吃饭，大5给他做好吃的。”

“嗯啦，有都（的）是机会。”小家伙含着铜锣烧，口齿不清地应她。

35楼的办公室，简洁宽敞，视野开阔。

男子微微靠在轮椅上，如深海的目光俯瞰着楼下，有种指点江山的雄心在涌动，眼底掩不住的却是那抹往常被自己藏得极为深沉的忧伤。

“笃笃……”几声敲门声，将他惊醒。

他微微敛眉，待那双眸底再没有多少情绪，才正色转头，命令：“进来。”

进来的是大卫，他神色匆忙：“刚刚接到台湾那边打过来的电话，那边的凌晨居楼盘临时出了点问题，设计图需要大幅度改动。”

离洛蹙眉，翻阅了下手上的文件：“出了什么问题？”

“那边的楼盘突然坍塌。楼盘那地质疏松并不是太明显，勘测队当日没检查出来，好在昨天施工队休息，并没有出现任何伤亡的情况。但即使这样，损失也绝对不是小数

目。”

“勘测队竟然会犯这种低级错误。”离洛冷哼了一声。

幸好还在施工期，若是已经交盘，那损失才叫无法估量。

他强忍着没当场发火，只甩开手上的文件，冷静地吩咐大卫：“明天你和我一起亲自去台湾一趟，让专业设计团队先过去。还有，通知那边重组勘测队。记住，要的是最好的，半点失误也不允许。”

吩咐到这儿，他停了停又查漏补缺：“带上几个财务组的人，对那边的损失做个大致的估量。”

“好！”

当天下午，公司里人人自危。虽然不确定台湾那边的项目到底出了什么事，但大家都知道绝对不会是小事。不然离总不会带走这么一拨人，甚至还要亲自出动。

五月其实有些担心。倒不是担心公司的事，离洛的能力她信得过，只是有些担心他的腿，也不知道去台湾会不会突然作痛？

景初端了杯茶水路过，看她一副心有戚戚的样子，便逗她：“心不在焉地在想什么？让我猜猜……”

“一定是因为离总要去台湾了，是不是？”

五月一愣，心虚地推她：“赶紧回去好好工作，现在正是要紧时刻。”

她的情绪估计是表现得太明显，以至于景初都看出来了，最近还时不时地拿离洛开自己玩笑。

连景初都能发现，那么离洛呢？

五月有点不敢想象，离洛若是知道自己的心思会是什么反应。一定会觉得她癞蛤蟆想吃天鹅肉，不识好歹吧！

她重重地叹口气。好不容易打发景初回了座位，席凉烟又过来给她丢了个大炸弹，震得她好半晌才回过神。

“明天去台湾？为什么？”她又惊又愕，不由得加大了嗓门，惹得同事们频频朝她“暗送秋波”。

“公司的决定。”席凉烟把机票放到她手上，“记得带上证件，早上9点的飞机。”

“可是，财务部不是已经有人去了吗？”被八卦的目光炙烤得不行，她学乖地把声音压低。

“兴许是缺人手。好了，别追问了，公司的决定你照着做就是。”

席凉烟丢下话，踩着优雅的步子走了。

五月简直是欲哭无泪。她根本走不开！她要是去台湾了，小5怎么办？

再说，这去处理的也不是小事情，去多久都还是个未知数。

“喜羊羊，美羊羊，懒羊羊，沸羊羊，慢羊羊，软绵绵，红太狼，灰太狼，别看我只是一只羊，绿草因为我变得更香……”

浴室里，是稚嫩的童音熟练地哼着小曲。五月仔细地搓着他的小身板：“宝贝，和你说个事。”

稚嫩的童声一停，大眼好奇地望着她。

“大5明天要出差，不知道什么时候能回来。这段时间你先去景初阿姨那里住，好不好？大5已经给景初阿姨说好了。”

“不用麻烦景初阿姨，小5住大叔那就好了。这样大叔就不寂寞了。”

五月边帮他擦干身子，拿块大浴巾裹着他，抱进自己怀里边想了下，一会儿才说：“那你先给大叔打个电话，他要是同意了大5就让你去。”

好一会儿。小家伙一脸失望地抱着电话爬到五月腿上。

五月也猜到几分，赶紧把电视频道换到小5喜欢的少儿频道，安慰道：“没关系，咱们去景初阿姨那里。大叔是男人，要忙男人的事，哪有时间常陪着你？”

“嗯，大叔也要出差……”小5遗憾地撇了撇唇。

“大5，你出差是去哪？”

“去台湾。”五月拿吹风机来帮着他吹湿漉漉的头发，“大5回来给你带很多很多好吃的。”

“那大5……”小家伙还要说什么，忽然顿住，转过头瞪着五月，“大5，你也去台湾哦？”

五月挑挑眉：“什么也？难道你家大叔也去台湾？”

小家伙不回答她，只嘻嘻笑着拿毛巾搓自己的小脑袋，刚刚皱起的包子脸，现在灿烂得跟朵葵花似的。

原来某人和某人是一起去。

今天，又是秋末的一个艳阳天。

五月送了小5才赶到机场，离飞机登机的时间仅剩下10来分钟，即使还是早上，机场还是很热闹。

小孩子的吵闹声，伴着行李在地上滚动的滚轴声，格外地有活力。五月去换登机牌的时候才发现公司给自己定的票竟然是头等舱。

待遇真好。她笑了笑也没多想，听到广播里在催，她急急忙忙过了安检。

上机的时候，旅客差不多都已经到齐，五月提着小手包上去的时候，只觉得头等舱的人都朝她看了过来。

“戚小姐，还以为你不来了。”一道笑意盎然的男音让她微微顿了顿。

她微抬起头，看向头等舱前排的位置：“大卫？”

怔了下，下意识地往机舱里扫了眼，果然……

离洛正闭着眼坐在左边，头微偏靠着窗，淡淡的晨曦从窄小的窗口投射在他身上，为他镀着一片暖暖的金色。

五月看得有片刻的出神。大卫笑了笑，指着离洛旁边空出的位置，开口：“戚小姐，飞机马上就要起飞了，赶紧坐好吧。”

五月微一点头，在离洛身边坐下，声音很轻地问大卫，“你们不是昨天就去台湾了吗？”

大卫摇头，“昨天去的是专业部队。”

五月“哦”了一声，便不再继续说话，怕吵醒了离洛。

“昨晚离总为了台湾的事忙了一晚上，一直到现在还没合眼。”大卫补了一句。

难怪看起来一脸疲倦的样子。五月不忍地叹了一声，按灯找来空姐。空姐礼貌地蹲下身：“请问您需要什么样的服务？”

“麻烦你给我两条毛毯，谢谢。”

空姐送了两条毛毯过来，五月抽了一条，对叠好，小心翼翼地搭在离洛腿上。他似醒非醒，浓卷的睫毛眨动了下，却没有睁开眼来。看着他睡得酣畅的模样，五月心一悸，笑容不由得更柔了几分，又将另一条毛毯轻柔地搭在他身上，这才终于放心了。

他，睡得似乎更加安逸了。疲惫的神情，渐渐放松，仿佛找到了一个舒适而安全的港湾。

一边，大卫欣然地看着五月所有的动作，笑容欣慰。看来以后离总不会一直这么寂寞。

等了几分钟，飞机开始在地面滑行，机翼的轰鸣声，夹杂着广播声在机舱里响着，离洛还是没有醒。

五月随手拿了本飞机上准备的杂志在翻阅，不久后，睡意也渐渐地向她袭来。她困顿着，微微后仰，靠在座椅上安静地睡了。

五月再醒来是被热醒的。肩膀上有沉沉的力道压着自己，不用偏头，她便知道是离洛靠着她。他的呼吸，有些深重。灼热的液体，应当是他额头流下的汗，渗进了她白皙的颈窝。

“你不舒服？”她猜测他是醒着的。

刚要侧身去看他，他的头却朝她用力压了压：“别动，让我靠一会儿。”

他侧了侧目，深邃的目光落在窗外。天气依然好，层层白云如浪花飞溅，碧蓝的天空光润如玉。

“你腿又痛了。”五月真就不动了，但是语气很笃定。

因为，又有一滴汗，落进了她的衣服，像岩浆一样直接灼着她的皮肤。

“你好吵。”他似有些不耐烦，咕哝一句，骨节分明的手指动了下，拉下了挡光板。

光线从他棱角分明的脸上，渐渐淡去，那张俊朗却明显苍白的脸，变得不甚明晰。

“你带药了吗？我给你拿药。”她不死心。

他却伸手按住她的，他的手心冰凉，隐隐有冷汗。

“陪我说说话。”他突然说。声音沉沉的，透着异常的暗哑，却又像令人沉醉的佳酿，无比性感。

也许是没有了那么强烈的光线，他以往的冷漠和疏离在这一刻有些收敛，这让五月不由得一阵心悸，他很少这么和自己说话。

“你想聊什么？”她的嗓音很轻很柔，仿佛溺在佳酿里。

“不知道。”他的手，还握着她的，手心的冷汗，夹杂着她因为紧张而渗出的热汗。

五月将空出的手，替他拉了拉滑到他胸前的墨色毛毯，她找话题：“财务部人手不够吗？”

“够。”他只淡淡地吐出一个字。

她愣了下：“那公司为什么又派我过去？”

“我怎么知道？”他松开了她的手，眉心又皱了皱，似很不耐烦。

五月顿时被他堵得没话说，撇了撇唇，好一会儿没说话。之后的气氛，变得有些尴尬。

“你真去相亲了？”他突然坐直了身子，那双如深海般的眸子，轻轻眯着，视线顿在她脸上。

话题转得太快，五月有些回不过神，所以停了好久才回答：“是陪人去而已。”

“是吗？”他薄唇勾着，似笑非笑，淡淡地挪开了视线。那模样不知是信了，还是压根不在乎。

五月想，兴许，他只是随口一问而已。

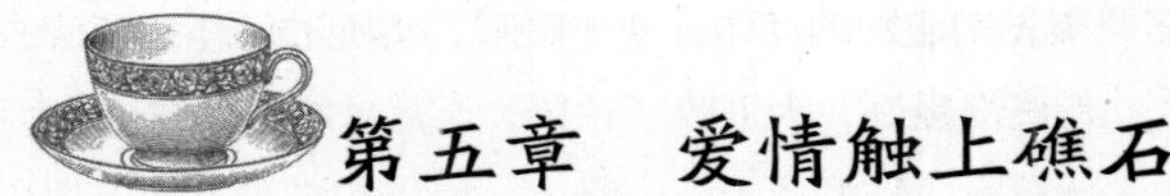

第五章 爱情触上礁石

安静的机舱里，突然响起些脚步声。是空中服务员送来餐点。五月早就饿了，今天实在太赶时间，根本没来得及吃早餐。

"两份，谢谢。"她礼貌地朝空姐比了个手势，空姐优雅地笑着，将餐点递过来。

五月将折起的餐桌放下来，又侧身替离洛打开了他的，将其中一份稍多的放在他跟前。

离洛挑了挑眉，将身上的毛毯掀开，顺手搁在一边，露出他纯白的衬衫。他解开袖口别致的金纽扣，利落地挽起袖子，露出半截有力的手臂。

五月望着他的动作，这才总算放心了，看起来他并没有大碍。

他低着头优雅地吃东西，似乎是因为东西并不好吃，他起初眉头还皱着，到后来就渐渐地松开，应当是习惯了。

"我记得你以前从不吃飞机上的东西。"五月塞了口寿司，偏头笑着看他。

他也不抬头，只答："我还不想饿死。"养尊处优的性格，早在那场灾难中磨灭。

"你没吃早餐？"她猜。

"没这种习惯。"

"这样很伤身体。你有胃病，应该按时吃早餐。"五月索性放下筷子"教育"他。

离洛用餐的动作顿了顿，良久，他才自嘲地开口，嗓音干涩："有谁在乎？"

也不抬头，便重新用起餐来。家破人亡，如今，还有谁会在乎他的感受?

五月怔愣地望着他突然变得冷硬的侧脸，“我在乎”这三个字跳到喉咙口，几乎要脱口而出。可是，她终究还是没有说出口，仿佛有什么东西沉重地压在她的胸口，让她难以喘息。

最终，只低下头，安静地吃东西，却已经是食不知味。

下了飞机，陌生城市的空气扑鼻而来，不同的机场，却也一样热闹。

大卫去提行李，五月便推着离洛。才出来，这边已经有人在等着，见到离洛急急忙忙上来接了大卫手上的行李。

街边，墨蓝色大奔，在川流不息的人群中，靠在路边。

大卫过去拉开后座的门，离洛撑着轮椅的边沿坐进去，五月原本担心想要搭把手，离洛似事先知道她的动作，便一瞪眼，将她的动作瞪了回去。

待离洛坐好，大卫收了轮椅，五月才在离洛身边坐下。

一行人，往酒店走。一路上，离洛和来接机的人都在谈着凌晨居的事，五月并没有仔细去听，只将视线淡淡地落在窗外，看着这座城市在眼前一闪而过。

五月就住离洛的隔壁，大卫则在对面。房间在21楼，宽敞简洁，视野极其开阔。站在楼上，远远地可以看到一座摩天轮。

云层下，透着梦幻的色彩。五月随意收拾了下自己的行李，因为离洛没有吩咐她做什么事，只好坐在房间里看了一会儿电视。

一会儿，她起身，往隔壁房间走，正要抬手敲门，却发现门恰好是虚掩的。

“离洛……”她试探地唤了一声，透过门缝往里瞧。没有听到回答的声音，她便往里走了几步。

“有事？”略有些冷淡的嗓音突然传来。

离洛正摆弄着那台银白色的苹果电脑，见她进来，他只微瞥了一眼，又将目光重新落了回去，收了封邮件，很快地浏览起来。

突来的声音，吓五月一跳：“我以为你不在。我想问问凌晨居这边需要我做什么工作。”

离洛好一会儿没说话，直到五月以为他不打算答理自己时，他才边关电脑边指着身后的行李箱，答非所问：“帮我整理好行李，挑套衬衫出来。我一会儿要出门。”

五月“哦”了一声，帮他收拾行李。

他带的衣服其实不多，行李箱里电子产品几乎占了一半的空间。

五月看上一件烟灰衬衫，左边的彩金的胸针雕琢成羽毛的款式，做工精细，极其别致。

“这套怎么样？”她转身征求他的意见，回头却见他竟脱了上衣，露出那结实的胸膛。

五月心一跳，赶忙转回头，没有注意到身后的离洛，唇角微微扬起了一个弧度。

“就那件吧。”好一会儿，他泰然自若地回答，望一眼她紧张的背影，径自推着轮椅进了浴室。

五月之前查看过酒店的浴室，地板虽然是德国防滑的，但因为没有扶手，她担心离洛会有些不适应。

“一个人能行吗？”还是没忍住问。

看离洛没答理她，直接把浴室的门锁上。收拾好了行李，挑好衣服，因为担心他，五月不敢走。悬着颗心，坐在床上，等他出来。

彼时，离洛随手丢在沙发上的手机却突然响了起来。

“是谁？”浴室的水声，顿时停止，男子低沉的嗓音隔着门板传来。他似乎笃定地知晓五月还没有离开。

五月赶紧起身，拿起手机来看。屏幕一闪一闪，显示着“端木枫来电”……

心头一片艰涩，她握着手机走到浴室门口：“是端木小姐打来的。”

嗓音闷闷的，很明显。

离洛顺手扯了条毛巾擦着身上的水迹，脸上没有多少表情，只隔着门吩咐她：“替我接。”

“我？”五月怔愣地望着闪烁的屏幕，握着电话的手指没动。

浴室的门，“哗啦”一声突然开了。

离洛推着轮椅出来，一身白色浴袍裹着他结实的身姿，微微露出他健硕的胸膛。利落的短发还滴着水迹，滑过他棱角分明的俊脸，整个人透着一种说不出的性感。

五月看得有片刻的出神，急忙回过神，将手机递向他：“你接。”

电话断了，不出十秒，又重新响了起来。

“你替我接，我赶时间要出门。”他坚持。

也不管五月的为难，他已经从床上拿了五月替他挑好的衣服，重新进了浴室。

五月实在不懂他的意思，自己女朋友的电话，让另外一个女人来接，也不怕对方误会！

望着那重新阖上的浴室门，再看一眼还在震动的手机，她撇了撇唇。

接就接吧！他都不在乎对方误会，自己还怕什么？

“洛，好久才接人家电话……”才按下通话键，撒娇声就传了过来。

即使是有些嗔怪的语气，但那娇软的调调，足够让男人浑身酥麻。离洛大概就喜欢这

样的女孩吧！印象里，小时候的阮纯也是极爱撒娇的女孩。但比起端木枫来，又是另外一种味道，甜美，清新，可人……让女人都会忍不住为她折服……

“你好，端木小姐。”五月停了乱想，开口，“离总现在手上有点忙，所以……”

“你是谁？！凭什么接洛的电话！！”没想到会是女人的声音，怔愕之余，端木枫大叫起来，直接切断了五月的话。要知道离洛的私人电话从来不准任何人擅自接听。

大卫不可以，她也不可以！而现在，这个女人竟然能这么做，那说明她和离洛的关系绝对不一般。想到这个，端木枫不由得又嫉又妒。

“我是L.shine的员工。”五月隐晦地回答。

“L.shine的员工？”

“嗯。一会儿离总不忙了我让他给端木小姐回电话。”

“你和离洛到底是什么关系？为什么可以接他的私人电话？”

对于充满醋味儿的质问，她无奈地叹口气：“我们只是上下级关系。我会转告离总你的来电的，再见。”

浴室的门，再一次拉开。这回，离洛已经一身清爽，利落地从浴室出来。

“端木小姐好像误会什么了。”五月将手机递给他。

“能误会什么？”离洛接过电话，富含深意地抬头看五月。

“误会……我和你的关系……”在他别有深意的目光下，五月莫名地低下头去，声音也不自觉地轻了些。

“是吗？那你倒说说她能误会我们是什么关系？”仿佛没注意她的不自在，离洛依旧定定地看着她，唇角含着一丝若有似无的笑意，玩味的意味很明显。

他绝对绝对是故意的！五月才不上当：“你打电话去问你女朋友好了，我怎么知道她在想什么。”

女朋友？

三个字让离洛眯了眯眼，唇角的笑意已经敛去：“你出去，我该出门了。”

真是阴晴不定的人。

五月不知道自己哪儿得罪了他，只得依言出去，临走前突然想到什么，又折回来：“我能知道我的工作内容是什么吗？”

离洛将电脑收进随身的包里。他抬起头来，漫不经心地回答：“随行保姆。”

完全无视整个人当场石化的五月，他拿手机拨电话：“是我……约了几点？……好，走吧……”

电话才一断，对面房间的门打开，大卫也西装笔挺地出来，手上拿着的电话刚好收线。

“离总。”他打招呼，看到五月，笑容更大了些，“戚小姐。”

“走吧，来不及了。”离洛看了眼手表，吩咐大卫。

大卫“嗯”了一声，赶紧接过他手上的东西：“戚小姐，现在我们去见地质局的人，不一定什么时候回来。晚饭你大概要自己解决了。”

“大卫，我到台湾来的工作，不会真是……随行保姆吧？”最后几个字，她几乎有咬牙的冲动。

她的利用价值难道就真的这么低？

大卫笑笑，刚要开口，离洛朝他递了个别有深意的眼神过去。大卫立马了然：“离总的腿需要人照顾，我担心忙起来自己抽不开身，所以只好自作主张将你也带上。”

所有的责任一把揽在自己身上。

天知道，那天是谁突然要求自己多买张机票，临时加订一间酒店房间。

“哦，原来是这样。”

五月点了点头。原来，是大卫的主意，并不是离洛要带上自己的。她低着头没去看离洛的神情，心里突然有种说不出来的感觉，微微有点小失落。

“离总，听到是我的主意，戚小姐好像很失落呢！”只有两人的电梯里，大卫笑着开口。

“你想说什么？”离洛明知故问。

“看得出来戚小姐对离总的感情很不一般啦！听说她最近在上按摩课，也不知道是……”

“你想多了。”离洛突然截断他的话，似想到什么，他脸色沉了沉。“她有很要好的男朋友……”

而且，他们甚至还是同居关系！想到这个，离洛盯着一层层跳动的电梯按钮，心里莫名地烦躁无比。

五月直接拦了车，往凌晨居的工地去。虽然离洛没在那，但她去看看情况也是好的。

凌晨居的工地现在已经是一片狼藉，机械在陆陆续续地运走，不少人在忙着丈量，检测，大家都忙得如火如荼。

临时办公室里，五月才一进去，就听到有人心急火燎地挥着手上的文件。

“这份报表谁能帮我整理下？10分钟就要。”

“询哥，我抽不开身。手上这些报表新工地那边马上就要呢。”有人一脸为难地回答他。

大家纷纷表示为难时，一双小手伸过去接过，解了大家的燃眉之急："我来吧。"

"你是？"询哥半信半疑地望着五月。

她赶紧掏出工作证，自信地一笑："今天刚从内地赶过来，整理报表不成问题的。"

仔细看了工作证，询哥这才放心，立刻吩咐她投入工作："行，那马上。这边赶工比较急。"

说完，那头他又转身趴在桌上写写画画，没抬头。工作紧张得不成样子。

此后，五月又帮着大家分担了些工作，她心细，做出来的报表从没出错，效率也高，这么一来二去，大家对她的工作能力也渐渐信任起来。

大伙一起吃完晚饭，五月刚要回酒店的时候，询哥抱了一大堆资料塞到五月手上："就你和总裁住一个酒店，你就帮着把这东西送过去给他好了。"

"嗯，好。"五月答应得很干脆。

"每一份都得离总签字。就麻烦你等在那，万一离总有什么不解的地方你就解释一下。这些报表反正都是从你手上经手的，要解释也不困难。"询哥交代她，又塞了张房卡递给她，"这是离总房间的卡，大卫先生刚让人带过来的，资料放酒店房间就行了。"

"行，交给我吧。那我就先走了。"五月边说着，边将一叠叠文件放进一个环保袋内装好。

拦车回酒店。这个城市的夜已经有些深了，霓虹升起，映照着它的繁华与热闹。看着一盏盏路灯，映在车窗上，又渐渐往后退去，五月心里觉得很满足。至少，今天没有真的无所事事。应该也帮上离洛了吧？

回到酒店，已经是晚上8点。五月随意梳洗了下，换了套干净的衣服，才搬着文件往离洛房间里走。

敲了好一会儿门，却没人应答。想必是还在应酬没有回来。她没有擅自打开门进去，只是给离洛拨了个电话。

"喂，戚小姐。"接电话的是大卫，"离总还在忙着，有什么事吗？"

"哦，没有。只是凌晨居那边有叠文件嘱托我送过来，我拿着离总房间的钥匙，也不知道是不是可以进去。"

"进去吧，没事。麻烦你在离总房间里稍微等一下，应该过不了多长时间离总就回来了。"

"好。那谢谢了。"

收了线，五月刷卡进门。空气里，没有属于离洛的气息。她坐在床沿上，仔细地将文件一叠叠分好类。

又等了好一会儿，离洛却迟迟未归。随着夜色加深，五月只觉得困意一点点袭来。

不一会儿，她便靠着床头，沉沉睡去……

深夜。酒店长廊，暗紫色壁灯散发着淡淡的光晕。

离洛已经有了几分醉意，跟在他身后的大卫更是醉意醺醺，被人搀着步履蹒跚地往房间里走。

离洛拿备用卡打开房门："把他安排好，你们就先走吧。早点休息，明天还有几场恶战。"

"是，离总。"

两人架着大卫，进了另外一间房。离洛下意识看了眼自己隔壁的房间，房门紧闭着，看不到任何光线。

她……应该已经早睡下了吧！紧紧凝视着那扇厚重的门，心底突然一阵烦闷。最近的自己很失常。

比如，今晚几杯酒下肚，那张小脸就开始在脑海中乱窜……

比如，在临到台湾前，自己竟然会毫无理由地将她带上……

深吸口气，他甩了下有些昏沉的头。似乎想将某个人从脑海中剔除掉。

转身，进了自己房间。锁上门，他没有动，吐了口酒气，只疲惫地往后靠在轮椅背上。

因为酒精的缘故，往常那双深邃如海的眸子，带着几分不甚清明的迷离，自然没有注意到房间的灯此刻正大亮着，更没注意到床上那隆起的一团。

好一会儿，他才动手扯开真丝领结，脱下衬衫往浴室里去。

实在太昏沉，一出来，他连睡衣都来不及穿上，只迷糊地关上灯掣，便撑着身体，一头扎进床内。

闭眼，他深吸了口气，便意识到房间里有其他不属于自己的气息存在。没有侵略性，反而很香，很软——独属于女人的味道……

客房服务？他嘲弄地挑了挑嘴角，连眼都懒得睁，只命令："出去。"

今晚，他累了，不想花心思应付这种女人。

似被他突如其来的声音吵到，身边柔软的一团动了下，却没有乖乖地出去，反而是更加靠近他，一双纤细的手臂带着柔软的力道轻轻环过他的腰。

"宝贝，别吵我……"软语咕哝一句，小脸大胆地在他胸膛上蹭了蹭。一双纤长的细腿，更是无意识地跨过他的腰肢。

那模样，娇憨可人，却又那么的性感撩人……

明知道对方是经验老到的酒店小姐，但离洛还是察觉到了自己身体明显的变化。

浑身的肌肤熨帖着怀里那温香软玉，他不受控制地低头，凑近对方的脖子深深嗅了嗅。

纯净而清新的气息，让他心头一阵燥热……

这不是属于劣质香水的味道，也不是沐浴的清新，而是一种……从骨子里透出来的气味……

这味道……

又是如此……又是如此……

明明是熟悉的，却怎么也抓不住……

火热的大掌抬起，没有推开她，反而探进被褥里，拥住她。

带着轻茧的指腹一寸寸划过娇嫩的肌肤，灼热的温度，温软的触感，让他忍不住哼吟了一声，只觉得浑身的血液都在倒流。

“今晚就是你了……”嗓音低哑地哼一句，他突然翻身，不容反驳地压上柔软的娇躯。

火热的唇瓣，直接堵上她的，将她甜美的呼吸尽数收纳。

熟悉的气味，越发的清晰，让他欲罢不能……

大掌极具侵略性地直接挑开女子的上衣纽扣，仿若带着电流的手掌，一寸一寸爬过她如凝脂般嫩滑的肌肤，似乎是吻得够了，他的唇一点点往下，刷过她优雅的脖子。

迷迷糊糊的五月，是被口干舌燥的灼热感给烧醒的。她半眯起眼，惊醒过来。

原以为自己正在家抱着小5睡大觉，可现在，情况远远不对！

察觉到此刻的自己正被人沉沉压着，而且，对方还是个男人。

这样熟悉的味道——永远不会错认的味道。

离洛……离洛……

惊愕地睁开迷茫的眸子，小手拼命地推他，“离洛……你醒醒……”

他醉了，她知道。现在，似乎自己也醉了，醉在这场酒意朦胧的吻里。

可离洛醉得异常厉害，根本听不到五月的呼喊，只紧紧抱着她，拉扯她身上的衣服，更迷醉地将自己沉入她身体里。

五月惊吓地后退，努力地半撑起身体，眼里竟然已经有了泪，“离洛，你醒醒……我是戚五月，你很讨厌很讨厌的戚五月！！”

她失控地叫起来，似乎努力想唤起他的意识。

她不要这样被羞辱。

离洛所有的动作，在她喊出那一句话后，乍然停住。呼吸，粗重。那双如狂狮般的双

眼，乍然睁开。在黑暗里，竟然那样亮。

他不可置信地瞪着五月，黑暗中她即使看不到，但依旧能清晰地感受到他眼底的怒火能将她彻底焚化……

他有些狼狈地猛然推开她，一翻身，顺手就将灯掣按下。

房间里，明亮如昼的灯光霎时照到房间的每个角落。照出离洛健壮的体格，难堪、羞耻，在吊灯下无法掩藏，逼得她落下泪来。

离洛整个人震住。探手将地上凌乱不堪的衣服捡起来，递给她，胡乱咆哮着：“穿上，立刻从这里滚出去！”

否则，他不敢担保，自己会对她做出什么事来。即使，已经知道是她的情况下！

他的一声厉吼，让五月觉得越发的委屈。

她也不去接他递过来的衣服，只是咬了咬唇，深吸口气仿佛在鼓足勇气，喑哑的嗓音，透着脆弱的颤抖：“刚刚的事，我们是不是……需要好好谈谈？”

不然，以后她又该彻底逃离有他存在的生活吗？

“道歉？或者是想要我负责？”离洛打断她的话，好不容易别开的目光又重新落在她脸上，盯着看着，目光起伏不定，让人无法看透。

好一会儿，他帅气的唇角最终勾出嘲弄的弧度：“戚五月，你无缘无故进我的房间，睡在我床上，你不觉得最好应该先给出一个合理的解释吗？”

让她穿上衣服，她却还不怕死地在磨蹭，是真想将他逼疯才罢休？

离洛有些抓狂。身体无法压下的对她的渴望，让他脸色看起来差极了。

他凌厉地质问，让五月一怔，这才想起自己待在这的目的，她红着眼眶解释：“我是替询哥送资料过来，想等你回来和你解释一些地方……却不知道自己怎么就睡着了。”

离洛顺着她手指的方向看去，果然床头的角落里，堆叠着一堆已经整理好的文件。

她没骗他，更没有想要勾引他！！

自作多情的狼狈，让他心头一阵烦躁，闪躲着她的目光，他将她的睡衣胡乱地丢在她身上：“回自己房间去。以后再敢进我房间，你就死定了！”

他恶劣地警告她。

五月心沉了又沉，此刻他一定懊恼死了。

若一开始就知道躺在这里的是她，他大概连半根毫毛都不屑去碰。

她咬着唇，没有说话，更不指望他向自己道歉，没把她捏死，已经是他的仁慈。

忽视背后那道灼热如火，炙烤得她口干舌燥的目光。

五月穿上衣服，仓皇地往门外走，像逃跑一般，始终不曾回头。

五月拉开门，还未踏出房间半步，迎面撞上一张妆容极其精致的面容。

她整个人当场愣在那里。

看得出来是悉心打扮过，端木枫穿着一身短小的黑色缀亮片的礼服站在门外，纤细的手臂微微抬着，显然是要按门铃。

乍然见到仓皇奔出来的戚五月，那张精致的脸上僵滞了下，又惊又愕，下一秒，勃然的怒火一点点将那张美丽的脸撕裂开来。

“你……你怎么会从这里出来？”端木枫指着五月的鼻尖厉声质问，没有忽视掉她身上皱得凌乱不堪的睡衣，还有她那仓皇的神情……

凭端木枫女人的直觉，也猜得出来刚刚在这个房间里，势必是经历了一场凌乱的激情。

五月被她看得有些心虚，她羞耻地闪躲着她的目光，咬着唇侧身，避开她就要出去。

她无法解释，更有些难以启齿。

毕竟离洛是端木枫的男朋友，她确实有权利这样质问自己，也有权利去怀疑、去生气……

五月的沉默不语，更激起了端木枫的怒意。

见她要走，正在气头上的端木枫哪里会放人？

她气急地猛然拽住五月的衣袖，粗暴地想要将她拉回来。

猝不及防，五月的睡衣被这一拉，只听“哗啦”一声，被褪到了细臂间。她雪白的肩头，霎时暴露在空气里。肌肤上，点缀着斑驳的印记，那是属于情爱的痕迹。

怔愣地望着那些无法敛藏的痕迹，端木枫倒抽一口冷气。

“贱女人，你竟然这么不要脸地勾引洛！！”她气得咬牙，狠狠的一巴掌就朝五月脸上扇去。

五月只觉得脑子里有瞬间的空白，脸上像被烙铁烙着一般，痛得让她连太阳穴都在突突地跳动。

她深呼吸了好几下，才甩去耳边的嗡嗡声。

她强压下身体的颤抖，冷静地将睡衣整理好。

抬起眼来，瞪向端木枫，眼神明亮，不卑不亢：“端木小姐，麻烦你让一让。”

原本还存在的愧疚感，在这一巴掌下，全部灰飞烟灭。

那些端木枫所谓的“勾引”罪名，本身就不成立，她又何须觉得愧疚？

端木枫哪里肯这么轻易地放过她？不但不让，反而将她拦住。

今天她是打定主意要教训教训戚五月，让她下次再不敢这么嚣张。

“在闹什么？要闹出去闹！”冷厉的男性嗓音突然而至。

两人顺着声源回头看去，只见离洛正脸色极差地坐在轮椅上，就那样置身事外地看着她们。

那冷漠的样子，让人觉得仿佛她们的争吵和自己并无半点关系。

“洛……”刚刚气势凌人的样子瞬时收敛，端木枫眼眶泛红，落下委屈的泪来，“你怎么可以这么对我？我有哪里比不上她……你怎么可以和她……”

说到这，她住了嘴，嘤嘤哭起来。低眉，咬着唇，楚楚可怜地望着离洛。

离洛俊朗的眉敛了敛，毫无波澜的眸底看不出任何情绪。

只是目光淡淡地落在五月又红又肿的半边脸上，好一会儿，再看向端木枫时，心头尽是无端的火舌在窜动。

但那双眼，却依旧无波无澜。

见离洛不说话，端木枫索性绕过五月，在他身边蹲下来，纤细的长臂占有性地环住离洛的脖子。

这无疑是在向五月示威，更是告诉她，这个男人，是她端木枫的！

她戚五月，休想！！

怔愣地看着那一幕，五月心一窒，有些难以呼吸。

只觉得被端木枫刮过的左脸更痛了，连带全身所有的神经都在扯着疼。

疯一般地想拂去盘旋在他脑海中那张微肿的脸，更想证实刚刚对那具娇躯的前所未有的迷恋不过是自己一时的错觉，也许……

每个女人，在酒精的驱使下，都能让他有种欲罢不能的享受。

所以……

不顾房间的门还未锁上，不顾门口还有个呆滞的观众，他发狂地回应端木枫的吻。

五月觉得自己那颗脆弱的心脏几乎要炸裂开了，无数根针从每一个细胞里生出来，同时扎着她，几乎让她痛不欲生。

别开泪水泛滥的眼，她踉跄地一步步挪出房间，好几次扶住冰冷的墙壁才不至于让自己倒下去。

“砰！”冰冷的一声响，门被关上。

那狼狈的影子，消失在他眼底。

离洛只觉得胸口一痛，狠狠推开了端木枫，冷冷地吼道：“出去把门关上，我需要休息。”无意再应付她，一头扎进床内。

翌日。

“戚小姐，戚小姐……”一声声焦急的呼喊伴随着敲门声惊到了五月。

五月急急忙忙从床上翻起来，随意整理了下衣服，赤着脚就去开门。

大卫满脸焦虑地站在门外。

“怎么了？”五月也跟着紧张起来。

“离总的腿突然很不舒服，我手上有很多重要工作，所以……”

不等大卫把话说完，五月已经折身回房间，边说着话，“我换了衣服，马上过去。”

大卫折回离洛的房间时，他正伏在写字桌上，比画着设计图。

整个桌面上，落下的全是纸笔、长尺之类的工具。

精神健硕的样子，哪里有大卫口中说的“很不舒服”？

“离总，你去床上躺一会儿吧，今天已经坐了超过4个小时了。”大卫提醒他。

得赶紧把现场准备好，否则待会儿戚小姐一来便会被看穿。

离洛不知道他心里打的主意，画完一笔，才抬起头来漫不经心地“嗯”了一声。

因为坐的时间太长，两腿麻到几乎发酸。去床上躺一会儿，会舒服很多。

他将桌面收拾了下，将图纸和工具一律搬上床。

知道他是打算在床上工作，大卫塞了个枕头，垫在他背后。

房间的门，就在此刻被敲响。大卫料到该是五月来了，便去开门。见到五月，离洛不无惊讶。

“有事？”尽量用冷静的语调问，态度很冷淡。

“你们先谈，我出去一下。”大卫赶紧闪躲，侧过五月时，还不忘在她耳边低语，“离总就拜托你了。”

“嗯。”五月轻应了一声，却不敢面对离洛。

毕竟……昨晚的事，仍然让她有些耿耿于怀。大卫关上门出去了。偌大的房间里独独剩下她和离洛对峙着。空气里，一种说不上来的压迫，让她觉得有些难以呼吸。

“如果是想要提前走，就免谈。”见她发呆，离洛率先丢出话，低头拿着铅笔径自在纸上勾勒起来。

“大卫说你腿很不舒服，所以……我过来看看……”

“不舒服？”离洛先是讶然，下一秒，想到大卫那别有深意的笑，便了然。

“你又不是医生，会看什么？”语气里不无嘲弄。

他不是不懂大卫是什么意思。以为戚五月对自己有不同的意义吗？是了！确实是有不同的意义，却,远远不是他料想的那样！

“你吃过药了吗？”五月尽量不去想昨晚的事，只将注意力集中在他腿部上，让自己觉得轻松自在些。

“嗯。”他完全可以不接受大卫的好意，却偏偏奇怪地顺着大卫的谎言在继续。

“现在觉得怎么样了？有没有好一点？”她离他还是那么远。

他不悦地撇了撇唇，言简意赅地开口："没有。"

突然掀开被子，睡袍盖住的腿落在她眼里，忽视掉她别扭到几乎要逃跑的样子，吩咐她："替我按摩，这就是你来这的工作。"

五月噎了口口水，半晌没有动。

靠近他，无异于靠近一个巨大的磁场，自己一定会一声不响地被吸引进去。

见她僵滞在那没有动作，离洛放下手上的图纸，冷不防地探手拽住她的手腕，将她的手强行按在自己腿上。

"你最近不是在上按摩课吗？不试试？"这是无意中从席凉烟那儿得知的，但不知道她为什么会突发奇想地去上按摩课程。

又不需要去当专业的按摩女。

五月深吸了口气，强制拂去脑海里那些乱七八糟的东西，小心翼翼地替他按摩起来。

柔软的指尖落在他腿上，掌握的力道很有分寸，温柔地一寸寸舒展着他的筋骨。

他的视线，有意无意落在她娇俏的侧脸上。

她微微倾着身，柔顺的发丝落在他腿上，遮住她半边侧脸，只露出她楚楚动人的下颌。

"怎么样？这样的力道还行吗？"她突然抬起头问，视线恰恰和他撞个正着。

心不自禁地漏掉一拍。

离洛却泰然自若地点头，只"嗯"了一声，便将视线调回图纸上。拿着铅笔涂涂改改着。

五月不由得关心了一句："如果很不舒服的话，工作最好还是放一放比较好。"

他动作没有停下，也没有抬眸看一眼五月，只是淡淡地问："你脸怎么样了？"

那种淡淡的语气，仿佛是漫不经心，又似随口一问，和关心搭不上边，但还是让五月心悸了下。

她抬手抚了抚脸颊，还是有些触痛。但她只是撇了撇唇，摇头："没事。昨晚做过冰敷，已经好了很多。"

他似乎了然地"嗯"了一声，这才扫了眼她还有余肿的脸，眸子眯了眯，神情有些复杂。

这傻女人又怎么会是端木枫的对手？

端木枫教训起人来，向来不手软。

"你的腿……最好不要承受太多压力。"她突然有些涩然地开口，似想增加说服力，又立马补充了一句，"医生说的。"

他好奇她语气里的涩然是从哪儿来："什么压力是你所谓的太多压力？"

她抬了抬眼睑，看着他："比如说人体重量。"

人体重量？

先是疑虑，下一秒离洛的唇角，忍不住扬了起来。她是以为自己和端木枫昨晚激情过度？

"听医生胡扯！"他嗤了一句，神情却突然明朗起来，又低下头去看图纸，敛藏唇边的那份笑意。但五月没有忽视他情绪的转变。

随着他情绪的起伏，氛围也从紧张变得轻松了很多，五月边揉捏着他的腿，边好奇地探头去看他手上的图纸，问："这是凌晨居的最新设计图？"

"嗯。还只是个初模。"他按着尺，又勾了一笔。

"你设计的？"五月十分惊奇地看着他，似乎有些不相信。

凌晨居是L.shine一项很重要的投资项目，之前的设计她看过，精致巧妙，绝对是出自大师手笔。

似乎对她怀疑的样子很不满，他皱了皱眉："你那是什么表情？"

"之前那份设计，不会也是出自你之手吧？"她有些不可置信地瞪着那张尚未成型的图。

他瞄了她一眼，没答。但答案明显已经是不置可否。

"没想到你的设计这么厉害。"五月吐了吐舌，"这么说来，内地新开的楼盘，露天之城也是出自你的设计啰？"

"嗯。"他波澜不惊地点头，"既然要大量的资金投入，就需要选自己最喜欢的设计。"

五月突然感慨："以前都不知道你会这么多。五年的时间，好像真的变化很大。"

对他，了解得越多，就越发觉得自己其实一点都不了解他，也许，会觉得陌生……

"难道你以为我还是以前那个离洛？"他的语气里，突然多了几分伤感。

五月摇头，自然是知道时间的魔力的，如她，不也不再是从前的戚五月了吗？

每一个人生经历都是一场历练，只会将人打磨得更加成熟……

"以前都没想过我们还会有见面的这天。"想到那日，自己见到他的失控，她都觉得好笑。

离洛突然想问问，她这几年在国外的生活，但话到唇边又突地顿住。

有什么好问的？这和自己有什么关系？

场面一下子安静了下来，他认真地低头做起设计来。

静谧的氛围里，只听到笔头画过图纸"沙沙"的声响。

大概是她的按摩功力确实很到位，离洛腿上的麻痹感渐渐褪去，柔和的力道，让他觉

得舒服了很多。

“对了。”好久，五月打破了安静的氛围，有些迟疑地开口：“有个问题一直想和你谈谈，可是……”

“说。”他言简意赅地应一声。

五月深吸了口气，准备劝他：“你的腿……”

哪知道，话才出口，原本还在认真画着图纸的离洛，猛然一顿，凌厉的目光，蓦地朝她扫去。

五月被他那眼神吓得惊了好一会儿，才解释说：“你别误会我的意思，我只是想劝你接受治疗。医生说过你的腿完全有可能重新站起来的。”

看着他这样，她比他并不好受到哪儿去。不是同情，而是有种感同身受的痛楚。

离洛脸色冷了下去，唇线紧绷着，也不说话，只低着头继续忙自己的事，一副对她的话充耳不闻的样子。

知道离洛的固执，五月不死心，又鼓起勇气唤了一声：“离洛……”

“你闭嘴！”他没好气地吐出三个字。

五月唇一撇，手上的力道刻意加重了几分，很有报复的意味。

“喂！戚五月，你找死！”离洛吃痛地大吼，不得不抬起眼来狠狠瞪他。

似乎已经习惯了他的大吼大叫，五月胆子大起来，拍了拍他的腿，明亮的大眼巴巴地瞅着他，“去接受治疗吧。”

离洛一愣。

有片刻沉溺在那双柔和温暖、盛满期待的眼里。

“不去。”醒过神来，还是拒绝。

不去看她失望的双眼。

实在厌恶透了曾经那种一而再、再而三倒下的挫败感，那对于一贯骄傲的他来说，羞耻更多于痛苦。

五月长叹口气，实在拿他没辙了。幸而小5很听自己的话，不会任性到离洛这种地步。

不然这么多年，她非得头痛死不可。听到均匀的呼吸声，专注在图纸上的离洛才又抬起头来。

果然……

五月侧躺在不远的沙发上，浅浅地睡了。乌黑如绸缎的发丝，半遮住她美丽动人的巴掌小脸。

她蜷缩着窝在沙发里，像只慵懒的小猫。拿开图纸和工具，他下床，推来轮椅坐上

去。

一直到沙发边上，看到五月似乎是因为冷了下意识地往沙发里面缩了缩，他便探手将她打横抱起来。

已经不是第一次抱她。她还是那样轻，躺在他臂弯间，仿佛没有重力。

将她放在床上，酒店的圆床一贯很大。她蜷缩着，只占了左边一小块地儿，似乎很累的样子，她睡得极沉。

离洛靠在右边的床头，做着设计最后的勾勒，强制自己忽略身边那扑鼻而来的清新，但，心里却突然觉得不那么空了。

仿佛被什么塞得满满当当，让他觉得心安，很多年都不曾有过这样的感受了。

那天，五月做了一个很长很美的梦。

梦里有一个有力而稳重的肩头，仿佛可以为她，为宝宝撑起整片晴朗的天。

分担她的忧愁和苦恼，分享她的快乐……

以至于，那一天，她睡得是那样的沉，那样的深……

在台湾又待了几天，凌晨居的工程又重新走上了正轨，股票市场渐渐开始回暖。

几天后，五月接到通知，大部队将回内地。

回程的飞机上，依然只有她和离洛、大卫，还有几个随行的助理。

其他的专业团队，仍然留在台湾，继续跟进凌晨居的项目。

因为事情总算得到圆满的解决，比起来台湾时，离洛的神情明显明朗了很多，一派轻松的样子。

他穿了件黑色滚金灰边的衬衫，前胸的三颗纽扣随意地散开，微眯着眼往后靠在位置上，慵懒的样子看起来很闲适……

偏头看到坐在一旁的五月，一脸开心的样子，不由得挑眉，漫不经心地问：“有这么开心吗？”

应该要觉得遗憾才对吧！这一趟，她根本就没时间出去看风景，感受这个城市。

毕竟，每一个随行的人都忙得像热锅上的蚂蚁，她又哪敢清闲？所以不需要照顾他时，她多半都是自己偷偷跑去工地，帮着大家打打下手，整理那些资料。几天的日子，倒也过得很充实。

“要回家了当然开心。”一抹甜腻的笑，自五月脸上荡漾开。

这么多年来的漂泊，让她对于这个“家”字几乎已经麻木了，但只要有小5存在的地方，就称得上是“家”。

看着她的笑，离洛突然觉得很刺眼。

那是一种发自内心的，幸福的笑。只有想到心爱的人才会露出的笑容。

他目光一暗，有一抹暴风骤然集入双眼，化作了寒冰。

“还真看不出来五年前毅然离家出走的戚五月，也会变成一个恋家的人！”他的语气里，不无嘲弄。唇线绷得紧紧的，眼神重重地望着她，神色冷漠。

是因为那个她称为“宝贝”的男朋友，所以她才迫不及待想要回去？

不懂他为何情绪突如其来地转变，五月耸耸肩：“其实我一向都是恋家的人。”

又拿了条毛毯，不动声色地替他盖住双腿，离洛正要负气地拒绝，却没想到被五月强压住。

她突然抬起眼来，对上他阴沉的眸子，眼底有着笑意：“为什么突然生气？”

离洛一怔。

满腔说不出来的不悦对上她那腻腻的笑，突然觉得有些狼狈。

他别扭地别开脸，避开她的窥视：“谁生气了？”

不等五月再追问什么，他径自闭上了眼，不再说话。

他确实是生气了……

心里涌上来那种怪异的感觉，酸酸的，涩涩的，说不出来的复杂，让他觉得烦闷！

一路上，离洛再没有说话。气氛很怪异，五月不由得也觉得闷起来，仿佛有什么东西沉沉地压在心头。好几次开口想和他说什么，至少该问清楚他为什么突然生气才是，可是，他却闭着眼，似已经睡着的样子。五月便没说话，以免打扰到他，打定主意等到下了飞机再说。

几个小时后……

下了飞机，五月的行李大卫帮忙提着，她推着离洛，正要开口。

下一秒，有人在背后叫他的名字：“洛！”

她一怔，顺着他的视线看去，端木枫正站在人群里朝他热情地挥手。

心底，拂过一丝涩然。下意识地低头去看离洛的表情，他依旧那样，神情没有任何起伏。

见到他们，端木枫兴致勃勃地奔过来。

“洛，欢迎回来。”直接忽略僵直着身子站在离洛身后的五月，她蹲下身拥住离洛。

“你怎么来了？”离洛任端木枫拥着，并不推开她，又别有意味地瞥了眼戚五月，才开口问。

“当然是来接你。洛，想我了吗？”她柔腻地撒娇，仿佛已经不记得前些天在台湾经历的那些不愉快。

望着怀里笑容灿烂的佳人，离洛勾了勾唇，“嗯”了一声算回答，语气却没有多少温

度。连回答，都有些敷衍。但端木枫已经很高兴，她笑容越发张扬，抬头仿佛这才注意到五月，脸上挂着笑，那双美目里却好似能射出刀来。

“戚小姐，这几天麻烦你照顾我们家洛了。”她佯装客气地伸手握住五月，修剪得很精致的水晶指甲借机掐进五月的肉里。

五月痛得皱眉，挣扎了一下，没能抽出手来，她便也不客气地瞪着端木枫：“端木小姐，你一向都这么凶悍吗？再用点力我手筋是不是该被你挑断了？”

端木枫被她噎得抽了口气，一时半会儿找不到话来。

上回甩她一巴掌，她一声都没吭，端木枫便以为她是个任人摆布的软柿子，却没想到原来她也不是什么省油的灯。

五月用了点力气才从端木枫手上抽出手来。手心已经布满了四个指甲印痕。

这女人还真是毒辣得很！

她撇了撇嘴角，低头，没好气地瞥了眼正坐在那若无其事地观望的离洛，似是怨他。

可是，她能怨什么？

难道怨他，在这几次端木枫接连对她的伤害里，他从来没有施过帮助吗？

要帮他也该帮端木枫吧！毕竟那才是他的女友。

而她戚五月算什么？顶多是一个旧识而已，或者……是他打心底厌恶的人。

自嘲地撇了撇唇，忍不住自怨自艾。不知道是不是手心太痛的缘故，五月只觉得鼻头有些发酸。

突然，很想哭……

在失控前，她狼狈地提起行李，准备先走。

才走出没两步，另一只没受伤的手却突然被一双大掌牢牢握住。

回头发现是离洛，她生气地挣扎了下。

“和我们一起走。”他就那样直直地盯着她，语气里尽是霸气。

端木枫站在一边，脸色难看极了。

森冷如寒的目光扫向戚五月，手却探过来握住离洛扣着五月的手，生怕这一松，离洛便会消失在她的生命里。

“洛，既然她要先走，就让她走好了……”

“你闭嘴！”他突然回头厉斥了端木枫一声，面色阴沉得吓人。

与其说端木枫这样任性的人是愚蠢，还不如说她是被惯坏了。

端木枫被他的脸色吓了一跳，眼泪一下子就滚出眼眶：“洛……你从来都不对我凶的，现在却为了这个女人这么对我……亏我在商业上帮你周旋……你怎么可以这样？”

对于端木枫的哭诉，离洛却充耳不闻，只是盯着五月。

眉头越拢越紧，昭示出他已经处在耐心失控的边缘。

五月清浅一笑："不用了，离总。我家里还有些事，今天就不去公司了。明天一定准时报到。"

说罢，也不等离洛的反应，便从他手里抽出来，拎着行李，转身离开。

心微涩，却不曾回头。

原本，离洛就不属于自己，端木枫才是他的正牌女友，所以，她何必横在中间当个不识趣的电灯泡？

第六章　旧时仇恨的真相

回来后，离洛和五月并没有因为这次出差中发生的小意外，而变得更亲密。仍旧和以往一样，仅限工作上碰面。

这天，陪过客户，离洛从包厢里推着轮椅出来。

长廊上，两个年轻女子在说着话。

“纯纯，这么久没回来都不记得这地儿了吧？今天你有口福了，来了个顶级厨师，听说想吃他的东西还得提前预约呢！我这找我哥求了好久，才求到这么个号。”

“是吗？我真幸运……”纯澈的嗓音，听起来很乖巧，流畅。没有刚刚那道嗓音的抑扬顿挫感。

这声音……

离洛坐在轮椅上，背脊僵了僵。

大卫的动作也跟着顿住，低头去看离洛，只看到他微侧的脸，半明半暗地隐在朦胧的灯光下。

轮廓很深，紧紧绷着。

“纯纯，你的那个小跟班呢？这回怎么没跟来？你们在国外是不是早已经修成正果了？”

“没有，没有……我们真的只是朋友……”明显有些急了，那轻柔的声音急促了几

分。

离洛不去看，几乎都能想象得到那张清新的小脸此时一定泛着淡淡的酡红，拼命地摆着手在解释。

“抱歉，我先接个电话。”那个唤作“纯纯”的女孩子拿着电话转身。

“哎哟，小跟班打来了……”

离洛还来不及离开，年轻女子转过身来。着一身白色的小洋装，搭了件黑色开司米小外套。温婉，柔和，典型的大家闺秀。

猝不及防，两个人恰恰撞个正着……

望着眼前坐在轮椅上的男子，阮纯小巧的唇瓣翕动了好几下，喉间却像被什么东西堵住似的始终没有发出声来。

有多久，有多久没看到这张熟悉的脸了……

梦里，很多回梦见……

以为，这辈子再也不会遇见。却没想到，会在回国的第一天就这样，不期而遇……

离洛也不说话，见到阮纯的那一刹那，他一贯了无波澜的眼里起伏了下，除了惊愕，似乎还有些其他的东西……

“好……好巧……”阮纯紧紧扣着手里的电话，望了眼离洛又慌乱地低下头朝电话里开口：“阿修，我现在有点急事，就先挂了。晚点一定给你回拨过去。”

不等那边说什么，她匆匆忙忙地挂了电话。

目光这才又一次落向离洛，笑容变得有些不自然，有些激动：“洛哥哥，我回来了。”

一声“洛哥哥”，让离洛僵了下。时光仿佛又回到了那个青涩的年纪。

小丫头扯着他的衣角，羞答答地说：“洛哥哥，等长大了，纯纯就嫁给你，好不好？”

“好。洛哥哥会等小纯纯长大……”他宠爱地抚着她的头顶。

曾经他们是那样的好……

可是，后来呢?

后来为什么就分开了？分开的理由，已经不记得了。只是还记得那个爱哭爱笑，爱跟着他的小丫头。

回过神来，他只是淡淡地扯了扯唇角，搭在轮椅上的手，紧了紧。

“阿修也回来了吗？什么时候回来的？”尽量平静地仰视她。

“嗯，今天刚到。我们去蔷薇园了，找不到你，也找不到叔叔阿姨……”阮纯似乎突然发现什么，话题一顿，眉心皱起，一抹痛楚袭上她清澈见底的眸子：“洛哥哥，你……

你怎么了？

“为什么……”

为什么会坐在轮椅上？！

她的唇，激动到不断地颤抖，毫无血色。

接下来的话，始终说不出来……

离洛目光沉了沉，落在自己腿上，自嘲一笑：“没什么，只是断了。”

说得那样云淡风轻，仿佛没有伤，没有痛一般……

其实，早已是痛到让他恨不能麻醉了自己而已！

“为什么会这样？！为什么会变成这样？！”对于这个事实，阮纯明显无法接受。

她一会儿看看大卫，一会儿看看离洛，震惊和痛苦里夹着迷茫和困顿，那样的她，像个受了伤的孩子……

“我现在不住蔷薇园了，以后别去那儿找我。”离洛依然很冷静，报了公司的地址，“以后有事需要帮忙，就去那里找我。”

说完，他没再继续，动手自己推起轮椅来。

大卫连忙追上去，阮纯哭着赶上来，抓住轮椅：“洛哥哥，你住哪？你现在住哪？”

她哽咽着，心里从来没有这么痛过。

即使是和阿修离开这里的那一刻，也不曾像现在这样痛。

预想过很多很多回和洛哥哥的再见，却没想到现实竟是这样的残忍……

“除去周末都可以在公司找到我。”依然没有说他的私人地址。

已经没必要了……

再多的牵扯，对于他们来说，已经是多余。如今，他是残疾，再配不上她。

他绝情地转身，故意忽视她落下的泪。

这一次，阮纯没有追上来，只站在那，呆呆地看着他消失在自己的视线里。

离洛和大卫离开，周身的气氛明显冷了很多。

一大早。

五月打了卡，走进大厅，就听到前台小姐很抱歉地在说着什么。

“对不起，小姐，您来早了，现在离总还没到公司。”

“哦，这样啊……”很失望，很低落的声音，轻轻的，很惹人疼，“那我坐在这等他好了，他进办公室会经过这儿吧？”

“会的，小姐。”前台小姐笑着点头。

五月望着那抹娇小的背影，熟悉感不断地涌进脑海里。

她不自觉地顿住了脚步。

那抹身影终于回过头来，那一刻，她也见到了五月。

“五月？”惊愕后，阮纯不由得欣喜。

她向五月走过来，望一眼她胸前的工牌：“原来你在这里工作吗？”

能见到熟悉的人，对于常年在国外的阮纯来说，有种说不出来的亲切和熟悉感。

“纯姐……你……回来了？”看着眼前这么多年依然那样漂亮得体的女子，五月的脑神经反应变得有点慢，她噎了好几下，才找到自己的声音，“你来找……离总的吗？”

“嗯。”阮纯点头，提到离洛，她美丽的唇角一抿，露出小女人甜蜜而内敛的笑。

见五月有些发怔，她不由得问道：“怎么了，五月？大清早有心事吗？”

仿佛沉沉压在心头的感情被阮纯看穿，五月心虚低头，“没有，只是突然见到你，觉得很惊讶。你哪天回国的？”

她不着痕迹地转移了话题。

“上个星期才刚回国，就见到洛哥哥了。”她挽着五月的手，笑着，“你和洛哥哥在一个办公室吗？也不知道这几年他过得好不好。对了……”

她兀自喃喃的声音突然顿了顿，看向五月，她略带羞涩地压低声音，“洛哥哥现在结婚了吗？”

五月摇头回答她。阮纯高兴极了，漂亮的唇瓣微微弯着：“那他有女朋友吗？”

五月顿了下，好一会儿才迟疑地点头：“嗯……有了……”

果然，听到她很失落，很失落地叹气。

她轻声呢喃着，“还是晚了吗？”

五月心里五味杂陈，说不出是什么味。阮纯应该是比自己更早喜欢上离洛的吧！

从自己进离宅的第一天起，就见到她喜滋滋地跟在离洛身后。她总是一身洁白，像个小天使。

偶尔，离洛欺负自己时，小天使总是站出来替她打抱不平。

可是，后来，小天使走了。离洛欺负她，开始变得肆无忌惮。现在，小天使终于回来了。

“洛哥哥！”一声雀跃的呼声，将五月的思绪拉回来。

看到阮纯，离洛微讶。没出声，目光轻轻掠过了一旁低着头站在那儿的五月。

“离总。”五月微鞠躬，算是打招呼，疏远的样子，倒是让一旁的阮纯比较惊讶。

“洛哥哥现在还喜欢欺负五月吗？”她不由得问，眼底的单纯像个未经世事的孩子。

“没有，没有……”五月赶紧摇手解释，她勉强笑了笑，将手上的文件紧了紧，“我先上去工作了，你们先聊。”

她没有理由待在那，也不想……

在经过那晚离洛的羞辱后，再见到他总觉得有点尴尬。

“五月怎么了？”阮纯没发现什么端倪，只是迷惑地看着她仓皇而逃的样子。

离洛看着那迅速消失在电梯里的身影，狭长的眸子眯了眯，稍许，回到阮纯身上。

没有继续五月的话题，而是问：“找我有事吗？”

“要有事才能找你？”阮纯调皮地笑，“我就想来看看你。”

这是在公司的大厅，来来往往的职员，目光都若有似无地飘来。

“上楼再说吧。”离洛微微正色。

清早的电梯拥挤得很厉害，五月蜷缩在角落里，压抑得有些喘不过气。

电梯光洁的镜面，映照出她略微苍白的脸。

想到阮纯，她又往里边缩了缩。

这么多年，她不管面对什么困难，或者羞辱诋毁一贯都是不卑不亢，可是，唯独在阮纯面前，她却有种没来由的自惭形秽。

不仅仅是因为阮纯各方面都完美，而是因为，小时候，离洛那些话，在她心底生了根。

——戚五月，你什么时候能学学纯纯？总是这样一副邋遢的样子，看了都倒胃口！

——戚五月，你再吃就要变成肥猪了。你看看小纯纯，那才有淑女的样子。

——戚五月，纯纯是天使，而你，连丑小鸭都算不上！

那些也许都是儿时的玩笑话，可是，这一句句伤害的话却在她那幼小的心里生了根发了芽。

那时候的她就知道，不管自己做得多好，总比不上一个人。

那就是，阮纯——离洛的小天使。

在离洛办公室里待了一会儿，阮纯起身进了洗手间。

洗手间的门才阖上，化妆间的门就被推开，似乎有两个职员踩着高跟鞋进来了。

“海伦，看到总裁今天带进办公室的女人没？”声音刻意压得很低，但阮纯依旧听得很清楚。

“嗯，看到了，看起来挺面善的。”另外一个回答。

“可不是！怎么也比那端木枫要好。”

“离总的女人可真不是一般的多。你说来了这位后，楼下的戚五月怎么办？”

“那还能怎么办？她都能和端木枫共享了，再多一个也一样。”

“那倒是……”

“行了行了，不说了。补了妆赶紧出去，大卫又在催了。”

又闹腾了一会儿，化妆间这才恢复了安静。

阮纯待了好一会儿，才终于推门出来，一贯的笑容僵在唇角。

动作有些机械地将手伸到水龙头下，水静静地淌过她的掌心，好凉，好冷……

原来，洛哥哥的女朋友不止一个……

还有，五月吗？

小时候洛哥哥不是总爱欺负她吗？为什么长大以后，就变了？

再进办公室，离洛正坐在窗边抽烟，见到她进来，他立刻拧灭。

“洛哥哥……”阮纯轻轻叫了一句。

离洛抬头看她，眉心紧了紧：“怎么了？脸色不好。”

阮纯勉强挤出一抹笑：“没事。”他还像小时候那样，关注她每一分神情的变化吗？

她走近他，在他跟前的写字桌前停下，大眼单纯地望着他：“洛哥哥，中午一起吃饭，好不好？”

他微怔，看着那张灿烂而纯净的笑脸，下意识想拒绝的，可是……

“好。”却已经不由自主地点头，只因为，不想看到那张脸上，露出一点点失落。

他的小天使，应该永远那么快乐吧！

阮纯开心地捧着脸，嘻嘻笑起来，“就知道洛哥哥最好了。”

“打电话把阿修一起叫上吧，很久没和他一起吃饭了。”他突然说道。

阮纯一愣。

“不要啦！”大摇着脑袋，断然地拒绝他的提议，她撇了撇嘴，撒娇：“我都和阿修一起吃了八年的饭了，这顿省了也没关系。改天你再和阿修单独吃，好不好？”

脸上虽然还挂着笑，但心头却因为洛哥哥的这个提议，很不是滋味。

他一直都知道阿修喜欢她，喜欢了很多很多年。这种饭局，却要叫上他，是想把自己推给他吗？

看她坚持，离洛也没再勉强。

即使分别了八年没见，但她的软语撒娇，还是让他没有半点抵抗力。

“那洛哥哥继续工作吧，我不闹你。”她提起手包，乖恬地站起身。

“你去哪？”见她就要走，离洛下意识地问，“这么多年没回来了，城市都变了样，你出去一准迷路。小时候就是个小迷糊。”

听了他的话，阮纯捂着嘴笑起来。

“洛哥哥对我还是这么好，嗯，看来这次我回来得没有错。”她调皮地朝他眨眼，

“放心啦，我会认得路的。记得今天中午的午餐哦！”

她欣然地出了门。

看着她远去的背影，离洛微微发怔。

往昔的小女孩已经长大了，那份曾经对她习惯的宠溺，似乎还在。

只是，又似乎有些不一样了……

最初那种时时刻刻揪动着他心扉的感觉，似乎已经被这八年的时间磨得越来越淡，越来越淡。

“喂，你好。”五月接起内线电话。

“你好，戚小姐，前台有位小姐找你。”

怎么会突然有人找自己？

五月有些狐疑，但还是很快地挂了电话，整理了下工作服就出去。

“五月，是我！”才到15楼的前台，就见到阮纯在那朝她招手，笑容温婉，像一朵空中兰花。

没想到会是她，五月惊愕后上前：“纯姐姐，有事找我吗？”

“抱歉，上班的时候来打扰你。”阮纯略带抱歉地看着她。

五月摇头笑：“没事，现在手上刚好没什么事忙。要不进茶水间去坐坐？”

“也好。我正想和你叙叙旧。”

五月领着阮纯进了茶水间，倒了杯茶递给她。

阮纯抱着茶杯站在窗边俯瞰着楼下，神色变了又变，似在想着什么。

五月只站在她身边，没有打扰她。

好一会儿，阮纯抽回视线，略有些哀伤的视线落在五月身上：“真是难以想象洛哥哥这几年受了多少苦……”

从高山上陡然跌落到一无所有，再到现在……该是经历了多少痛苦……

五月怔愣地看着她眉心里的不忍，紧了紧手上的杯子没有接话。

“五月，你知道洛哥哥住哪吗？”她突然问，轻轻浅浅地啜了口茶。

“离总没告诉你吗？”五月挺诧异。

阮纯微愣，脸色沉了沉，失落地点头，“嗯，他只愿意告诉我公司的地址。五月，你一定知道对不对？你告诉我吧……好不好？”

阮纯软软的手，拖着五月，眼里有着恳求。

五月不由得一阵心软：“我去拿笔和纸，写给你。”

阮纯笑起来：“好。那麻烦你了。”

“不麻烦。”五月放下茶杯，去外面拿纸和笔。

看着她的背影渐渐消失，阮纯恬静的笑，一点点在脸上僵住。

渐渐地……变成忧伤，酸涩……

原来，洛哥哥和五月之间……真的一点也不简单……

私人地址，不愿意告诉自己，五月却知道得这么清楚……

不到一会儿，五月就拿着张小纸条进来，见阮纯正盯着手上的杯子发呆，沉重的阴郁团团笼罩着她，整个人看起来那么楚楚可怜。

“纯姐姐……”五月低声唤了一声，把纸条递到她跟前。

阮纯这才回过神，勉强挤出一抹笑，看了看纸条，小心地收进包里：“谢谢。”

“不用。”

“对了，五月。”阮纯突然看定她，“你知道洛哥哥的腿是怎么变成这样的吗？”

她摇头：“五年前我也不在国内，最近才回国。”

“哦，原来是这样……”阮纯了然地点了点头，唇舌突然有些干燥，她啜了口茶，又别有深意地看了五月一眼，好一会儿似下定决心才开口：“其实，这次回来，阿修把事情的始末都告知了我。”

五月安静地听着，等着她继续。

“五月，其实洛哥哥会变成这样……”她舔了舔唇，“洛哥哥家里酿成的惨剧，和戚妈妈脱不了干系……”

五月心一紧，不明所以地瞪大眼望着她。

离家的惨剧为什么会和自己的母亲有关系？！！

“听说戚妈妈在外面有个……”阮纯似在斟酌用词，好一会儿才艰难地说出口，“有个相好的……为了谋取离家的财产，所以戚妈妈和对方才谋划了这场悲剧……”

“砰！”

阮纯的话才一落，五月手一松，手上的玻璃杯狠狠砸在茶桌上，发出一声惊悚的声响。落碎在米色地板上。

她备受打击地整个人僵在那里。脸色苍白如纸，瞪大的眼，尽是不可置信……

“五月，你没事吧？”阮纯似乎被她的样子吓到，赶紧推了推她。

五月猛然回过神来，连手指都是苍白的。

因为阮纯的碰触，她起身狼狈地后退一步，也不理她，只蹲下来捡着地上破碎的杯子。

手不断地颤抖，一不小心，玻璃碎片划破了指腹。

殷红的血，一下子就透过薄薄的肌肤渗了出来。

让她痛得拧起了眉，连同全身的骨头和心都在一起痛着，痛得让她有片刻的窒息。

她不敢相信，怎么会是这样的事实。

她以为离洛恨她，不过是因为小时候母亲的突然进入……

一贯温柔的母亲，真的会变成那样狰狞的杀人恶魔吗？

她不敢相信，不敢相信……

五月连假都忘了请，失控地往楼下冲，不顾阮纯在身后的呼喊。

楼道上，恰恰遇见刚从洗手间里出来的景初，一见她眼眶通红，景初吓了一跳："五月，你怎么了？"

"我没事……景初，麻烦你帮我请假……我有事，出去一趟……"她尽量压抑自己的哽咽声，但却没办法。

景初赶紧从包里拿纸巾递给她，"先别哭了，我帮你和主管说一声。"

五月道了谢，出了公司。

阮纯站在楼上，看着楼下那抹匆匆消失又再出现的身影，唇角微微弯起。有些残忍的事实，五月终归是无法逃避的。

五月冲到楼下，坐在花园的长椅上，脑子里有长久的空白。

大街上的车鸣声此起彼伏地响着，她却半点都听不进去，耳边回旋的全是阮纯的那些话。

她试着逼着自己冷静下来，可是，没法。

泪，落得越来越多，她颤抖着手，好不容易才从口袋里掏出手机来，按着刚刚从阮纯那儿要来的电话。

等了好一会儿，那边才接通。

"喂，哪位？"温润的男音如涓涓溪水一般透过电波传来。

"阿修哥哥……"五月哽咽了下，才艰难地找回自己的声音。

她和叶修也算是旧识，但是并没有和离洛那样熟。

那边顿了下，似乎认出她的声音，"你是……五月？"

他并不确定。

五月吸了下鼻子："嗯，是我。"

"你在哭吗？出什么事了？怎么会突然想到给我打电话？"对于她的来电，阿修明显有些诧异。

"阿修哥哥，我想向你证实一件事。"她尽量压抑着抽泣声，冷静地说话。

叶修认真地听她说着，她把刚才阮纯说的话一五一十地和叶修说了，叶修那边却停住

了，很久都没有声音。

“修哥哥，你告诉我实话，好不好？”她抽噎起来，他越是不出声，她心底的不安和恐惧就越是无限地放大。

那些感情，膨胀在她心头，压着，沉着，几乎要让她透不过气。

“五月，别哭了……”叶修有些艰涩地开口，“事情都过去了，别去想了。只要你自己知道你是无辜的就好了。”

五月不知道叶修还在那边说着什么，她只知道她一个字都听不进去了，剩下的只有嗡嗡嗡的声音。

挂了电话抬头时，眼前已经是一片白。

她起身，走了一步，小腿却一软，她狼狈地跌在地上，手心磕在小卵石上，顿时渗出了血。

可，这算什么痛？

拦了车，直往离家的墓地。墓地的气氛，很沉闷，闷得让人透不过气。因为是私人墓地，所以并没有人来往。偶尔只有乌鸦，哀叫一声悲凉地划过。

有了时间的缓冲，五月终于冷静了很多，一双眼因为流泪太多，还红肿着。

上回去母亲的墓地时，就觉得奇怪，为什么母亲和离家不葬在一起。现在才知道，原来是这个原因吗？

她坐在冰冷的墓地上，双臂环抱着自己，怔怔地望着那些镌刻在墓碑上的一张张冰冷的黑白照片。

她零零碎碎地喃喃着，多半是道歉的话。

悲剧已经酿成，她甚至不知道该做什么来弥补，只是……

现在完全可以理解，离洛为什么会那么那么地恨自己。

设身处地地想，如果换作是她，她也许会有过激的行为也说不定。

到公司后，才10点多一点。洗了脸，深吸了口气才上15楼。其实她已经很难再进入状态。

见她回来，景初偷偷溜到她身边，担心地看着她，也不问，似乎怕触痛她心底的伤。

今天一大早，那样歇斯底里的哭，着实吓到了景初。

真真是第一次见着五月那样失控的样子，好似天塌下来了似的。以往的她，总是隐忍，有韧性。

五月拍拍景初的额头：“我没事，发泄过了。”她吐口压抑在心头的气，“乖乖回去工作吧。别担心我。”

“那我真工作去了。”景初不放心地又回头。

五月突然想到什么，回头拉了拉她：“对了，景初，今晚帮我个忙，好不好？”

“晚点我把小5寄放到你那去，可能要晚点才能去接他。”

“没问题，要是太晚，小家伙睡了就别接了，明早我送他去幼儿园也没关系。”

待到中午，五月没什么胃口，原本无力地趴在写字桌上，却被景初强拽着拖起来去吃饭。

没想到在一楼的时候，竟然恰恰遇见离洛从专用电梯里出来，阮纯巧笑倩兮地跟在身后。

五月下意识想逃，她抓着景初的手本能地紧了紧，低着头就匆匆忙忙准备出去。

她还没做好心理准备，现在全然不知道自己该如何面对他。

景初见她这模样，先是狐疑，下一秒见到离洛和他身后的女子，她的神情也顿了下。

五月是因为那女子，所以一早就哭得那么吓人的吗？

感受到五月抓着自己的手，略微在颤抖，她也回握住，给她力量。

没和离洛打招呼，牵着五月匆匆走着。

却不料……

身后，响起一道清脆的声音，“五月！”

五月背脊僵了下，和景初对视一眼，不得已顿下脚步，徐徐转过身，挤出很难看很难看的笑脸。

“纯姐姐……”她打招呼，没敢正眼去看离洛，只低着头，轻轻咬唇，用低到连自己都难以听清楚的声音，唤了一声，“离总。”

“五月，你没事吧？”阮纯靠近她一步，眼底有担忧，“抱歉，我不该说的……”她用只有她和五月能听清楚的音调说着。

五月没说话，她只想尽快终结这个话题离开。

因为……她明显地感受到离洛的目光，正紧紧地胶着在自己身上……

就和两束火似的，烧得她浑身都痛。

阮纯看五月脸色苍白着，也看出来她对这个话题的敏感，便知趣地收了声。

连忙改口，提议：“我和洛哥哥刚要去吃饭，要不一起去吧？”

“还是不了，我和同事约好了一起。”五月婉拒。

“这样啊……”阮纯不无失落，但也不好勉强，便只好说，“那下次一定去。”

“嗯。”五月点头承应。

和景初一起正要走，便听到离洛的冷彻彻的声音传过来，“你上午不上班，去哪了？”

五月一怔。

难道她上午离开了公司，离洛竟然知道？

他们之间，可是隔着20层楼的距离……

阮纯也是讶然，而后……略带酸涩地看向离洛……

这样的关注，绝非正常。

“戚五月，公司是个进进出出都随你意的地方吗？”见她发呆，离洛的语气不自觉又加重了几分。

那样看似毫无波澜的目光落在她身上，却像一块重石沉沉地压在她胸口。

五月咬了咬唇：“我有点重要的事，不得已才请了假。抱歉，下次不会再出现这样的情况了。”

她突如其来的乖顺让离洛讶异之余，更是觉得莫名的心烦气躁，他正要发作，手臂上一阵温暖袭来，便听到阮纯软软的声音响在他耳边：“洛哥哥，又找五月的麻烦了！”

她撅了撅唇：“还以为长大了就不一样了。赶紧放你员工去吃饭吧，她们不饿我也饿了。”

五月感谢阮纯替自己解围，也不等离洛点头示意她们走，她便拖着景初仓皇地跑出公司。

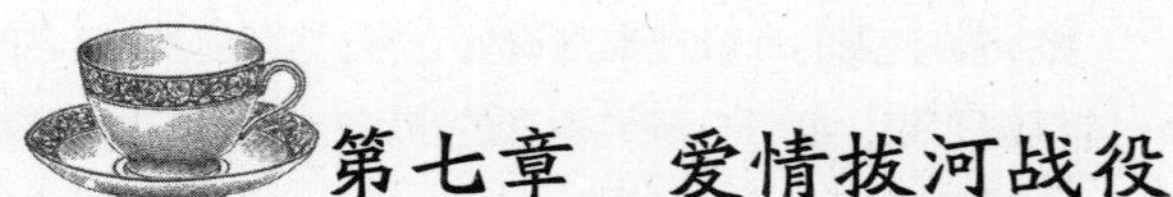

第七章　爱情拔河战役

半夜。

大卫将离洛送到雏菊园的房子，便开车走了。墨黑般的夜，小区里安静得偶尔能听到小虫的鸣叫声。房子周围的花坛里，菊花已经开了，风吹过偶尔能闻到几许花香。各种颜色在浅浅的路灯下，照得很不清晰。

离洛正按密码要开门，一旁的灌木丛里，突然传来一阵窸窸窣窣的声音。

他也不惊，只顺眼看过去，竟看到一张熟悉的小脸。

在浅淡的灯光下，看起来有些朦胧，但他依旧毫不费力地认出了对方。

“你在这里做什么？”他低沉的嗓音冷冷的。

探手，便扯住了对方的衣领，将她从灌木丛里揪了出来。

五月踉跄了下，脚步有些不稳地跌出来，因为喝了酒的关系再加上冰凉的晚风刮过来，她脑子昏昏沉沉的，乱得狠。

“你们小区管得严……保安不放我进来……我只好偷偷溜进来……”她有些醉态朦胧，委屈地吸了吸白皙的小鼻头，蹲在他脚边，一双大眼像黑曜石般巴巴地瞅着他。

白皙不施粉黛的小脸，透着一层薄薄的酡红，在一层略显昏暗的灯光映衬下，看起来干净清新，像颗剔透的水蜜桃，仿佛只一触就会破碎。

离洛心一动：“你喝酒了？”

她点着脑袋，不清不楚地“唔”了一声算回答了。

轮廓精致的下巴抵着膝盖，略带迷茫和困顿的目光只呆呆地落在他的腿上。

原来……

离洛的腿变成这样，也和母亲脱不了干系吗？

自责又狠狠啃噬了她心脏一口，让她痛得揪起了眉。

以为真能借酒消愁，却没想，那些愁绪像块大石头，重重抵在她心上，根本无法挪动半分。

离洛没问她怎么回事，只输密码，印了指纹，门“吧嗒”一声开了。

他径自推着轮椅进去，五月有些后知后觉，他身影消失了，她才愣愣地站起身，跟着进去。

房子里，灯光大开，照着她和他……

他换了鞋子，顺手开了暖气，也不管她，只推着自己进了电梯。

大概有半个小时的时间……

离洛洗了澡，换了一身浅灰色套头毛衣，没有往常在工作时那份紧绷，看起来很居家。

从楼上看大厅时，只见五月光着脚整个人背着身趴在沙发里，他只能看到她那紧绷的，隐隐颤动的背脊。

她的脚趾生得很漂亮，一根根像玉一样洁白，仿佛遇火能化。

但此刻，似被冻着了，有些微微泛红。

离洛不动声色地将地暖打开，坐到她对面的沙发上。

这么近的距离，能听到她隐隐的啜泣声，像小兽的呜咽，一声声落在他心头。

他觉得莫名其妙，但更多的是心烦意乱：“喝醉酒了，跑我这来发什么疯？”

她到底怎么了？

很少见到她这个样子，这样隐忍的啜泣，那么哀伤……

上回在伍帘面前，他设计弄她，她也是放声大哭，但不曾这样压抑。

离洛讨厌心里那种无端来的让他觉得窒息的沉闷感。

五月抬起略有醉态的脸，泪将沙发打了个透湿，将那双眼冲刷得更加剔透明亮。

她就那样望着他，直到他眉头越蹙越紧，唇线也绷得紧紧的。

即使意识混沌，她也知道，离洛没了耐心。

她的泪，一下子扑簌扑簌就重新滚了下来，唇瓣一翕一张，只无意识地反复重复那三个字。

“对不起……对不起……对不起……”

紧紧扣着沙发边沿的手指，一片苍白。

“我知道你恨我……也许恨不能杀了我……我做什么都没办法弥补……”她不知道自己在说着什么，只是凭着本能有些语无伦次，“如果……你不想看到我，我就辞职，以后再也不会出现在你面前……”

离洛坐在对面，冷冷地看着她。在她的道歉声中，他的脸色，越加沉重难看。

那双眼，仿佛随时能射出冰凌子来。

她知道了……

如果没猜错的话，应当是从阮纯那里得知的。

这就是今天她如此反常的原因？

自责、愧疚，所以想辞职逃离？

所以，来道歉不过是想让那颗不安的心，平顺下去？

离洛从鼻腔里哼了一声，五月还在那哼哼唧唧，因为嗓音沙哑，那些凌乱的字眼从她嘴里呢喃出来，已经不甚清晰。

许久，他都只是眯着眼看着她，那一副淡然的样子，似在看一个唱着独角戏的小丑。

对不起……

说得再多又怎么样？能挽回他那个幸福的家吗？又能挽回他的腿吗？

几条人命，岂是一声“对不起”能负荷得起的？

终于，她似累了，渐渐地收了声，脑袋偏在沙发上，闭上了眼。

长长的睫毛很清晰，一根根在灯光照射下，形成了一团朦胧的阴影。

依旧挂着泪，颤抖着，像蝴蝶扇动的翅膀……

她一声声道歉，成功勾起了离洛对那段惨痛经历的回忆。

他不怒反笑，唇角微扬着，却是冰冷的弧度。

微微后仰着，靠在沙发靠背上，隔着几米的距离看着她悲伤的睡颜。

“何必道歉呢？我受过什么伤，终归你都是要受回去的。”他喃喃起来，声音轻得就像羽毛划过天空。“戚五月，既然送过来了，你就别妄想逃了……”

早晨醒来的时候，五月头痛得要爆炸了似的，身子都是一阵阵酸痛。

睁开眼才发现，昨夜自己竟然在沙发上睡了一夜。

而且，还是在离洛家里……

身上有一床薄薄的被子，是离洛替自己盖的吗？她已经不记得了。

也不记得自己是怎么来这儿的，只知道昨晚一个人在家里喝了不少酒，然后迷迷糊糊记得见着了离洛。

自己似乎一直哭了很久，也道歉了挺久……

可是后来呢？

后来离洛怎么回答自己的？

她已经完全没了印象。

捶了捶脑袋，她起身将被子叠好，身上的衬衫被睡得有点皱了，黑色小外套被她搁在了一旁。

抬头看了下墙上的壁钟，好在时间尚早，离上班还有一段时间。

想来离洛还睡着吧！

他一向不是踩着准点去公司，也许早上他习惯了睡得晚一点。

五月便没上楼去叫醒他，只径自去厨房。

意料之内，厨房里依旧是空荡荡的一片，上回在角落里找到的大米依旧在，只是已经长了霉。

五月叹口气，还真是巧妇难为无米之炊。

正犹豫着要不要出去替离洛将冰箱都填满时，只听大厅里“叮”的一声，电梯从二楼下来了。

五月走出去，刚好看到离洛一身铁灰衬衫，从电梯里出来。

丰神俊朗，精神奕奕。

五月有些不自然，自从阮纯告诉她事情的真相后，她再也没办法装作没事人一般坦然面对他。

愧疚就像一副十字架，沉沉地压在她身上，让她抬不起头。

“厨房里没什么可以吃的，要不……我们一起出去吃早餐吧。”她轻轻地提议。

离洛从玄关一个竹篓里扯了张报纸坐在沙发上一目十行地看着，没吱声。

“昨晚……不好意思，我喝高了……”见他不说话，她又真诚地道歉。

他这才从报纸里抬起头来，上下打量了她好几眼。

“以后喝醉了，别上这儿来，这里不是你发酒疯的地方。”眼里有几分毫不掩饰的嫌弃。

“我昨晚发酒疯了？对不起。”五月有些懊恼，昨晚的事她根本没几件记得清楚的。

他又低下头去，看着报纸，眉心轻皱：“记得把被子和沙发消了毒再走。”

他实在不太喜欢酒精味。

“哦。我会记得的。”五月老实地点头，脑袋垂得低低的。略微有些惆怅。

好一会儿，五月见他根本没有要出门吃早餐的意思，便只好顺手拿了沙发上的外套说道：“我去买早餐，你想吃什么？”

“不用了，我没吃早餐的习惯。”他头也不抬。

“不好的习惯就应该改掉。”五月振振有词，“那我替你决定好了。”

离洛索性不答理她，正准备出门，此时，门铃却突然响了起来。

五月放在门把上的手顿了顿。大清早有客人来访，她是不是该回避一下？

“是大卫，开门。”离洛依旧看着手里的报纸，笃定地吩咐她。往常大卫都是这个点过来。

知道是大卫后，五月倒长长松了口气，也没去看可视电话，径自拉开门。

“洛哥哥，我给你带了……早餐……”原本清脆高扬的嗓音在见到五月的那一刹那，戛然而止。

阮纯的笑容，僵滞在脸上。五月也没料到会是阮纯，惊愕了好一会儿她才回过神来，叫了她一声：“纯姐姐。”

“原来……你在这……”阮纯脸色很不自然，努力了好几下才挤出一抹笑容，“那个……洛哥哥在吗？”

她朝里探了探脑袋，尽量掩饰心里在翻滚沸腾的情绪。

从五月略微有些皱的衬衫完全可以判断出来，昨晚她定然是留宿在这里了。

原本以为她和洛哥哥之间不过是隐晦暧昧，却不想，原来已经发展得如此亲密……

五月赶紧侧身，将她让进去：“他在，正在里面看报纸。”

五月将阮纯领进去，看得出来她对这个宅子有一定的熟悉度，也许她是无心表现，但却深深刻进了阮纯心里。

那就像一根铁钻钻进了她心扉，痛得阮纯五脏六腑都在痛。

酸涩的味道，似羡慕又似嫉妒，像爬山虎一样，徐徐地爬满她整个心窝。

离去的这几年，为什么五月和洛哥哥之间，就变成这样了？他们之间，明明有着解不开的仇恨，而自己和洛哥哥之间……曾经有那么多，那么多美好的过去……

离洛和五月一样，没料到会是阮纯，他先是一怔，而后放下报纸来，问：“你怎么知道我的地址？”

阮纯尽量轻松地笑，没供出五月：“要知道还不简单？你又不是隐士。”

也是，阿姨或者叶修都知道他的住址。

这么想，离洛也就没在这种没多大意义的事情上纠缠，只问：“大清早来找我，有事？”

阮纯走过去，黏着他坐下，手挽着他的手臂，还像小时候那样亲昵。

只是……不同的是，洛哥哥的手臂，比儿时有力、强健了很多，就这样挽着也让人觉得很有安全感。

她摇着另一只手上打包的东西：“给你来送早餐咯，你最喜欢的海鲜炒饭。我亲手做的。”

离洛显得很讶异：“你学会做饭了？”

“那当然。”看到他眼里的赞许，阮纯扬扬小脸，“在国外不自己做非饿死不可。臭阿修又没有做饭的天赋，所以我只好亲自动手了。”

看着那摊在面前的海鲜饭，离洛微微一笑，唇角划开一个优美的弧度，那双如海一般深邃的眼里都缀进了阳光。

五月一怔，有片刻的出神。

这次回国以来，真真是第一次见到离洛这样的笑容。

她以为，这样的笑容，与他已经是彻底的诀别了，却不想，原来不是。只是能解救他的小天使没有回来而已。

他们笑得那么开心，五月却是一种说不出来的五味杂陈在心头弥漫。

阮纯从厨房里替离洛拿来筷子，这才注意到五月脸色不对，她略有些抱歉地说：“五月，你也没吃早餐吧？我真不知道你也会在这，要不就多带一份了。要不，你和洛哥哥一人一半，我去给你拿碗。”

她说着就要转身去厨房，五月回过神来赶紧拉住她，“不用了，纯姐姐。我出去吃就好，也快到上班时间了。”

她的嗓音，略有些涩。

离洛拿着筷子，也没动手，只是坐在那里微微抬目，不动声色地看着五月。

那眼神似什么意味都没有，又似蕴藏着异常的情绪，谁也琢磨不透。

五月又和阮纯说了几句，套上外套拉开门准备出去。才踏出去，就恰恰撞在一个来人身上。

她还没抬头看清楚来人，只看到对方精致的高跟鞋，紧接着是对方倒抽一口冷气，继而……

尖叫声，在她耳边响起。

“是你？戚五月？你怎么就阴魂不散！”端木枫气得咬牙切齿，如刃的目光毫不客气地将她上上下下打量了个透，“你昨晚睡在这？你……你还真是不要脸！”

五月被她叫得一阵头皮发痛。

果然一喝酒准误事，原本只是简单地留宿一晚．现在却弄得人人皆知。

这种情况就算当事人有心要解释也不见得会有人信，再说，端木枫一早对五月就有了恨意，哪会听五月的话？

“怎么了？”阮纯走出来，她那弯弯柳叶眉轻轻皱着，走到五月身边看着端木枫。

刚刚她不顾形象高声尖叫骂五月不要脸的话，阮纯和离洛在里面听得一清二楚。

离洛没动静，倒是阮纯出来了，她一向不喜欢这种说话粗鲁的女孩。

“没事。”五月摇摇头。

对于端木枫这样的态度，她其实已经很习惯了。

“你又是谁？”见到阮纯，端木枫脸色一沉再沉，她趾高气扬地瞪着对方。

也许是出于女人的直觉，她下意识觉得这女子不简单。

“纯姐姐，进去再聊吧。我先走了，一会儿就不过来了。”五月担心阮纯一个人应对端木枫吃亏，便把她往里边推。

在离洛面前，即使端木枫敢放肆，离洛也不会撒手不管。

果然……

离洛根本看都不看端木枫，只悠悠地放下筷子，朝阮纯招手：“纯纯，过来。”保护意味很明显。

五月心里有些复杂，虽然酸涩，但终于放了心。

便不再说什么，转身出去了。

这里也许是端木枫的又一个战场，但是，她不需要参与，因为，原本就和她无关。

不过不用猜也知道，在这个战场上，端木枫占不了上风。

离洛可以看着端木枫打她，掐她，骂她，但是阮纯不一样，端木枫要是敢那么对待阮纯，她丝毫不怀疑，他会和端木枫拼命。

那天五月走后没多久，竟接到阮纯的电话，她只说自己受伤了，进了医院。

五月心一沉。

想来阮纯的受伤定然和端木枫脱不了干系。

幸而那天是在室外工作，去工地拿个资料，五月只好和随行的人说了声，那人倒干脆，看她着急的样子，就一口答应，让她先走了。

五月到医院的时候，离洛绷着脸坐在长廊上，端木枫就站在他对面。

医院来来往往的人，有人认出端木枫，甚至拿手机在拍照，但是他们谁也没理会。

何必理会呢？即使拍到了卖给狗仔队明日也见不了报。

五月微顿了顿脚步，就站在离他们两米之遥的距离外。

她想，他们应当是知道自己来了吧！可是，他们谁也没有看向她，只听得端木枫在说话。

“离洛，你为什么就不愿意相信我？”骄傲的端木枫在此刻眼里竟有几分祈求。这多少让五月有些吃惊。

大概她对离洛真是爱了吧！只有在真爱面前，再骄傲的人才会甘愿褪下自己的自尊，任人践踏。

“我凭什么要相信你？”离洛的嗓音，是五月从未听过的冷，他如利剑般的眼对着端木枫，“你敢说你没扇她？端木枫，恶心的事你也做得够多了，就罢手吧！”

他的语气还是那样，淡淡地没有起伏，但绝对的绝情、刺耳。

端木枫身子颤了颤，一个不稳，倒在长廊的椅子上。

兴许她也没料到，离洛竟然会用“恶心”这样不堪的字眼来形容自己吧……

离洛没有伸手去扶她。

也许在他看来，这一切都是她应有所得。

对她的不耐和厌恶，早已到了极限，今天她算是把他的极限也打破了。

他推门，进了病房，没再看一眼狼狈地倒在那，一脸苍白的端木枫。

五月看得不由得一阵欷歔。

现在的端木枫，哪有一点像之前那样趾高气昂要扇自己耳光的明星？

看着这样的她，五月不由得想到自己……

心里狠狠一阵痉挛。

其实她和端木枫都一样……

想得到，却不管如何努力，那个男人永远都不会属于她们。

求而不得的感觉……很难受……

“看什么？戚五月，你少给我幸灾乐祸！”端木枫骂起来。

戚五月那样一眼也不眨地看着自己，那双明亮的眼里，有说不出来的情绪。

很柔软……

像同情，又像受伤……

这刺激了端木枫本性里的骄傲，她努力撑起自己，将背脊绷得紧紧的，睁圆眼倔强地瞪着五月，眼眶里的红润，却骗不了人。

“你休息一下再走吧。”五月只是淡淡地开口，也不扶她，也不靠近她。

没想到她会这么说，端木枫怔了好半晌。

看着她，似在打量她的用意。

五月看出她的心思，她目光幽幽落在长廊的某一点上：“他的眼里，除了她，应该装不下其他人了，所以，何必呢？”

她这话，是说给端木枫听的，却同样也是告诉自己。

离洛和她之间的距离，不仅仅只是一个阮纯的距离。还有那毁天灭地的仇恨……

端木枫突然笑起来，有些悲戚：“我一直以来都把你当情敌了，却没想到还有只黄

雀。戚五月，那女人要和你玩，你玩不赢她的。”

五月模模糊糊有些懂端木枫的意思，但是，她不想去深想。

爱一个人，使点小手段谁不会呢？

人都是自私的。

她只摇头，笑笑：“我不会和她玩。”

感情的战争里，她在起跑点就输了别人一大截，何必去自不量力？

直到端木枫走了，五月才进病房去看阮纯。

房间里，传来清脆的银铃般的笑声。

五月这才放心，看来，她并没有什么大碍。

她的额头上贴着一块小小的纱布，还有些殷红的印记。

躺在床上，抓着离洛的手，贴在她一边肿起的脸上。

不用问，五月大概也猜出来了，那一巴掌定是端木枫扇的。

“洛哥哥真是没用啊，让人这么欺负我。”阮纯没好气地觑视离洛，眼里却分明缀着笑意。

她知道，这回离洛和端木枫算是彻底BYE了。

换作是别人这么说自己，离洛一定大发雷霆，早就甩手走人了，但面对阮纯却不一样。

“我才一转身你就被欺负，还真是没用。”

“谁叫你不让我当跟屁虫进卧室？”她娇嗔。

“大小姐，我可是进去换衣服。”

“那又怎么样？又不是没看过……”最后的话，她似有些羞涩，压得低低的。

“幸而还知道害羞。”他那样子，还像儿时那样，对她宠着惯着，“我以为你出国几年，弄来了欧式做派，就没了以前大小姐的架子。”

“五月，你来了？”说得正火热的两人终于发现了悄无声息站在那儿的五月。

“你怎么会来？”离洛偏头看向她。

其实在她进来的那一刹那，他就发现了她，只是他不吭声。

也许，阮纯也早注意到了她……

五月略有些僵硬地笑笑，刚要解释，阮纯抢先说：“我打电话让她来的，洛哥哥不会又想找她麻烦吧？”

听阮纯这么说，离洛便没再说话，只是坐到一边。五月靠过来，看到阮纯肿起的脸：“脸红肿得很厉害，我回去煮个蛋过来给你敷敷，会比较有效。”

“不用麻烦了，我一会儿就回去，让家里的阿姨敷就行了。”她转身看向离洛，“洛哥哥，一会儿送我回家。今晚去阿修家里吃晚饭，莫姨打电话让我把你一起叫上。”

离洛倒没迟疑，干脆地点头。

阮纯又拉五月：“五月，一起去吧，反正是一家人。”

五月为阮纯话里的“一家人”三个字怔了下，她下意识看向离洛，分明从那双眸子里看到了一丝嘲弄。

心紧了下。大概也只有阮纯会把她戚五月当离家的人吧！她自己都不曾觉得她和他们是一家人呢！从小，就那样格格不入。

她只好推辞，“我就不去了，今晚有个课程必须得去上。”

“这样啊……”阮纯点点头，也不勉强，“那只好算了。”

在病房里待了好一会儿，五月才走。

阮纯打完点滴，离洛把她送回去。想来一家人看到她满脸的伤，又该痛心了。

五月一直在犹豫一件事，那就是自己到底是不是该辞职。

如若说真辞职，她确实是不舍得，撇开L.shine的福利和她的经济状况不谈，同事之间的氛围也很难得，竞争自然是有，但却没有那么多勾心斗角。

但若是不辞职，她总觉得很难面对离洛。

犹豫了很久，她最终打开电脑郑重地写下了“辞职书”。

递给席凉烟的时候，席凉烟惊愕了很久，最后才叹了口气，让她坐下。

“最近常常请假，是不是生活出什么困扰了？如果方便的话不妨和我说说，也许有其他解决方法。”这么久的相处，席凉烟对五月也有了一定的感情。

加上五月工作上很细心，绝对是一个难得的称职员工。

“只是突然觉得有点累了，想休息一段时间。”五月说。

席凉烟再一次确认：“你考虑好了？L.shine的待遇一向不错，以后再找这么好的工作也许没那么容易。”

五月还是郑重地点头。

她户头上还有几万块，那是每个月一点点存下来的，以备她和小5的不时之需。趁着这段时间找工作，应该不是问题。

“那好，我帮你收起来。会拿给离总亲自过目的。”席凉烟这才将信收进抽屉里。

五月倒是一愣：“辞职信需要经过离总吗？”

他日理万机，这种小事还得他操心，那每天岂不得累死？

“原本是不需要的。但是昨天大卫突然交代下来，财务部的辞职信都需要交给离总过目，离总同意了才行。”对于这项突然的规定，席凉烟原本还有些诧异，但今天一看到五

月的辞职信她便也猜出来了几分。

估计这封辞职信的效果不会太大。这项规定确实很奇怪，但五月也没怎么放在心上。其实离洛看不看都没多大意义，她真执意要走，离洛想来也不会留她。

辞职信这事儿就算起了个头，但过了好多天，五月偏就没等到个结果。好几次去问席凉烟，席凉烟都只说离总太忙，还没来得及过目。五月也只好等着，好在近段时间她都没遇到过离洛。

秋季转眼又走了。

今年的冬天，似乎更冷。才初冬而已，整个城市已经被蒙上了一层淡淡的薄雾。五月依旧没拿到辞职的通知。

她一个人走在下班的路上，并不急着回去。

小家伙刚打电话告诉她，今晚他要晚点才回家，最近省里在每家幼儿园里挑孩子，准备排练元旦节目了。

被小5这么一说，五月才惊觉，再过那么一两个月，元旦又该到了。

时间过得还真快，不过是在流水之间。一个人的家，这种冬天显得尤其冷。于是她刻意放慢了脚步往回走，寒风将她没有化妆的脸蛋刮得有点红。

她踩着地上铺满的落叶，沉浸在窸窸窣窣的声响里，是被一个略显急促的电话铃音拉回神的。

“戚小姐，离总的腿出问题了！”大卫的声音难得地有点慌。

五月一听，心便往下沉：“怎么回事？”

离洛的腿痛已经不是旧疾，想来这回真比较严重了，大卫才这么急躁。

“不知道，只知道在痛着。他在房间里不肯出来，医生护士在外面站了一圈，谁叫也不开门。都急死了。”大卫也实在想不出办法了，才找五月，“戚小姐，要不你赶紧来看看。这么下去不是个办法！医生下最后的通牒了，这腿再不治这辈子都没办法走路了……”

五月已经是心烦意乱，只说了句马上到，赶紧收了线。

站在寒风中，心急火燎地等了十来分钟才终于拦到了辆车，赶紧往雏菊园开。

路程明明才行了二十来分钟，五月却好像过了好几个钟头似的。

一分钟比一分钟难熬。

中途想给大卫打个电话问问现在的情况，她又怕吵到他们，便强忍着没去问。

好不容易和保安解释了很久，进到雏菊园，越过法国梧桐小道，远远地就见到那座宅子的门敞开着，隐隐地能见到好些人影在走动。

五月踩着高跟鞋，加紧跑了几步。一进门，就见到一群医生护士在厅里急得团团转。

五月也来不及打招呼就往楼上跑。

"洛哥哥……洛哥哥……"阮纯竟然也在，站在离洛卧室前，她胡乱拍着门，急得眼眶都红了。

房间里，传来"噼里啪啦"的声响，什么东西砸在门板上的声音。听得人心头直打颤。

阮纯见到五月，她微微惊诧，眸子闪过一抹异样的情绪。

大卫急急忙忙上来，很少看到他这样慌的样子："戚小姐，你试试吧。阮小姐也没办法，我们这几个人站在外面也着实是束手无策了。已经不可以再打止痛针了，再打腿就完了！"

五月点点头，也顾不得和他们一一寒暄了，只好凑到门边。其实她并没有多少把握。

这么多人，包括阮纯也在，都拿离洛没辙的话，她能成功的概率几乎是没有。但现在不过是姑且一试罢了。

稍微靠近房间一点，五月已经很清晰地听到离洛痛苦的呻吟声，那一声声格外的凄厉。

五月心里一阵痉挛的痛。

离洛此时一定是痛得无法忍受了，不然他不会在明知道外面有这么多人的情况下，还让呻吟声渗出来。

犹记得，那天在飞机上时，他倔强地忍耐。那样让人痛心……

五月拍门板的手，都泛着苍白，手心有冷汗。

"离洛……"她轻轻叫了一声，不敢逼得太紧。

房间里的哼吟声，蓦地顿了一声。

大卫眼一亮："戚小姐，你再大声点。离总能听到你的声音！"

"离洛！"五月稍微提高了音量，又叫了一声，门在此刻突然就开了，估计是离洛按了密码。

五月已经顾不得欣喜，闪身进去。

大卫和阮纯，跟着也要进去，门却已经紧闭上，将他们都隔绝在外。

五月走进去，房间里，并没有开灯，但依稀能见到地上凌乱的碎片。

这个时间，天色虽然还没完全黑下来，但也已经隐隐有些模糊。

偌大的床上，中间微微凸起一团。

离洛像个受伤的孩子一般，蜷缩在那儿，身体颤抖得很厉害。

那样健壮的身子，在此刻看起来竟是那般不堪一击。

他的脸对着门口，额上尽是冷汗，唇角苍白得没有半分血色。

往常长卷极有生气的睫毛，此刻看起来恹恹的，搭在下眼睑处，晕出一圈阴影。

只模糊地看一眼，五月便觉得胸口被人活生生地砍了一刀。

不知道该怎么办，出于本能，她走过去，探手轻轻地，温柔地将他密密圈进怀里。

圈得那样紧，那样密，那样用力，却又那样小心翼翼。怕不小心弄疼了他，又怕只稍一放手，他便消失……

“离洛！”她趴在他耳边，低低地唤他，颤抖的唇几乎贴在他冰凉的脸上。如果可以，她多么希望这样的痛，可以全部都转嫁给她……

他身体痛着，她的心，也跟着紧抽着。没有片刻的安宁。

疼痛里，他还残存着意识。

感受到她的温度，那馥郁的香味侵袭着他的神经，他像找到了港湾的孩子，伸臂用力地将她抱进怀里。

她的脸，紧紧贴着他的脖子，灼热的呼吸，晕染着他冰凉的肌肤，只想给他多一点温暖。

他的痛，是那样强烈，五月想转移他的注意力，便不断地和他喃喃着说话：“还记得小时候么？因为离伯伯给我一颗糖，你揪着我就骂，还把那颗糖给抢走了。那一回我真的急了，哭着又抢回来。那还是我第一次和你作对呢，把你气得够戗。后来你恨得让人找来砖块，狠狠砸在我脑门上。”

她说着，娓娓道来，那轻软的嗓音像棉絮在空中挥舞：“我脑门上现在还留着很长一串的疤痕，所以，在国外的时候，每回只要洗头发就会记起你。”

她还在说着……

不断回忆着儿时那些他们一起走过的记忆。

也许任性，也许粗蛮，也许很多都是泪，但那却很美，因为曾经的他们都那么单纯。

渐渐地，熨帖在她脸上的肌肤，也不再那么冰凉，有些回温。

颤抖的身躯，缓缓地安静下来，蜷缩的“婴孩”渐渐地舒展开身体……

第八章　两者只择其一

维持同一个姿势一动不动，五月有点累了，等离洛安静下来，她竟也有了点睡意。

听着他的呼吸从粗重到渐渐的均匀，她松了口气，眼皮耷拉了下去。

不知道睡了有多久，直到一串突兀的铃声乍然响起，才将她吵醒。

拿过电话，是一串陌生号码。

怕吵到离洛她立马接起，侧着身子，想坐起来，离洛的长臂却依旧横亘在她腰肢上，一动不动。

她便只好贴着离洛，尽量压低声音说话。

“戚小姐！麻烦你赶紧到村千医院来一下。”

五月的睡意一下子就全没了，她背脊冒着冷汗：“是不是我家宝贝儿出什么事了？”

她已经全然慌了，没有注意到身边的男人微微发僵。

“小5同学在舞台练习的时候突然昏厥，现在正在重症监护室，医生说让家属赶紧过来！”

后头的话，五月已经完全听不到了，她只觉得整个人都是昏沉的。

挣扎着从离洛怀里出来，她什么也说不出来，只能机械地往外走，步履慌乱而匆忙。

才离开他一步，手却被一双大掌蓦地拖住。

“留下！”他躺在那，那双略显疲惫的眼半睁着，写满了固执。

“不行，我现在必须去医院一趟……”她快哭了，连手都在颤抖。

重症监护室……

天哪！到底是要有多严重才会到重症监护室！

再一次挣开他的手，她的眼泪都要出来了。

“戚五月，你再走一步试试！”走到门口，他冷冰冰的话蹦进了她耳里，一字一句，硬邦邦的像块石头。

砸得她心寸寸地痛。

可是……她却别无选择……

“对不起，离洛……好好照顾自己……”没有回头，她只喃喃地道歉，拉开门疯了一样往外奔。

小5需要她……没有她在，小家伙会害怕……会痛，会哭……

只要一想到，那么小而脆弱的身体此刻插着满身针管，躺在病床上，被无情的病魔折磨着，五月就觉得自己的一颗心仿佛被搅拌机在搅着一般，痛不欲生。

“戚五月！！”他还在唤她，嗓音透着沙哑，还有……挽留……

五月太清楚，这三个字的意义……

他在留自己！这个骄傲的男人，也许什么也不会说，但这三个字，真真包含了太多……

可是，她不能留下……她必须得先走……

阮纯在长廊上来回走动着，有些坐立难安。

眼见着五月进了离洛的卧室，她却被关在门外，那种惆怅和酸楚像细菌一样，啃噬着她每一个细胞。

为什么这么多人都拿洛哥哥束手无策，却偏偏五月一出现就什么问题都迎刃而解？

她做的并不比自己多，不是吗？

很多很多的不甘，在往外涌……

离洛卧室的门突然就从里面被打开。

大卫和阮纯皆是一愣，下一秒，阮纯率先上去。

却见五月红着眼眶，慌乱地往外冲。

房间里，传来又是一阵噼里啪啦的声响。

“怎么这副样子？是不是洛哥哥出什么事了？”阮纯一下子也慌了。

“不是……不是……离洛没事……”五月赶紧解释，嗓音哽咽，“我家里出了点事，要先走一步……”

大卫看她心急火燎的样子：“我让人去送你。”

“谢谢。”五月自然是接受的，现在，她只想赶紧去医院，“纯姐姐，麻烦你去看看离洛，有你在他会好很多的。”

“我知道，放心，我会好好照顾他的。”阮纯宽慰她。

五月和大卫便匆匆走了。

到楼下的时候，医生还是叫住她，“戚小姐，要是可以的话，你最好能劝离先生赶紧接受治疗，否则就晚了。”

“我知道，我会尽力的。”五月快速地应答着，疾步和大卫往外走。

心里头乱糟糟的，让她觉得有点痛。

一边是孩子，一边却是孩子的父亲……

其中任何一个难受，她都痛不堪言……

坐在后座上，她握着手袋，低着头默默流泪。

大卫心惊地看着：“戚小姐，是出很严重的事了吗？要有什么需要帮忙的不妨直言。”

五月只是摇头，将脸埋在掌心里，有些无助地喃喃：“我真不知道该怎么劝离洛……他会听吗？”

若是离洛不接受治疗，错过了最后的治疗时间，又该怎么办？

还有小家伙……

现在到底是什么情况，她全部不得而知。

惴惴不安几乎要将她整颗心占得膨胀，几乎要爆炸。

大卫叹息一声：“戚小姐，别这么难过。离总已经不是小孩子了，如果戚小姐也拿他没辙的话，那他也许真的打算放弃治疗，我想，再多说什么都是没用的。”

五月不做声，只是捧着脸，肩膀微微轻颤着。

天知道她多么希望离洛可以重新站起来！

如果他可以再站起来，那么，他对她的恨意，是不是会稍微减轻那么一点点？

五月从大卫车上下来，直往医院里奔。

小家伙依旧躺在重症监护室里。

透过冰冷的玻璃，五月呆呆地看着安静地躺在病床上的小5。

他看起来那么脆弱，病房里微弱的光，为他小小的身子镀上一层朦胧的晕黄。

那一圈圈的好似烟雾。

他像极了那凡尘里的天使，只属于她的小天使。

只是……

她的小天使，现在痛苦着，被病魔狠狠折磨着。

以往白里透红的小脸蛋，现在只剩下触目惊心的苍白，连软软嫩嫩的小嘴巴也是白的。

氧气管插在小鼻孔里，他似连呼吸都是痛苦的，小小的胸膛只要微一起伏，那稚气的眉就跟着皱起。

那皱眉的样子和他爸爸，真的好像。

五月趴在玻璃上，只想离自己的儿子再近一点，再近一点……

冰凉的泪，贴着她的脸，沁在玻璃上。

小家伙的身影，在她眼里，一点一点变得模糊……

不知过了多久……

她只麻木地站在那，手脚全部冰凉。

一刻都不敢动，视线更是一眼都不敢离开小5。

她不在，小家伙会害怕的。

长廊里，传来脚步声。

医生护士来来去去，推门进了监护室，心电图闪烁得厉害，偶尔有尖利的机器声传出来。

五月全都听不见。

她不吵，不闹，只那样安静地看着自己的儿子……

有好心人似乎是不忍，给她搬来椅子，让她稍作休息，她也不动，依旧呆呆地站在那儿。她的宝贝正在里面受着那么重的苦，她不过是这样站着而已，算什么呢？

“谁是戚小5的家属？”门再一次被打开，一身白袍的医生出来。

五月一怔，这才猛然清醒，她擦干眼泪：“医生，我就是。”

“病人可以转到普通病房了，但是必须得尽快接受心脏移植的手术，不然拖不了多久了。”

五月觉得整个世界晕眩了下，好半晌没有接过话。

医生见她摇摇欲坠的样子，伸手扶了她一把：“赶紧准备好钱吧，手术费加心脏至少也需要50万。”

小家伙转到普通病房。很多时候都是醒着的，不停吊点滴。病房里有阿姨，也有奶奶。

小家伙嘴甜腻腻的，身体稍好一点就溜下床，这边奶奶打针痛的时候，他就乖乖地趴在奶奶耳边和她讲他那老掉牙的童话故事。

那边阿姨做完化疗回来，他就央求大5煮美美的粥给阿姨喝。他会学小猪打呼噜，会学小狗乱吠，逗五月开心。于是，没几天他就将整个病房的人全给收买了。

五月只要一进病房就能听到大伙的呵呵笑声，然后就尽是夸小家伙的话。

今天也不例外。五月在公司请了假回来，原本和另一个小朋友窝在一个床上的小5，赶紧溜下床，扑到五月怀里。

“宝贝，玩累了吧？”五月心疼地将他抱到床上，摸了摸他的小额头。

“嗯，有点。”

“那好好睡一觉，等醒来就有美美的粥喝了。”五月替他盖上被子。

她必须出去一趟。手术这几天就该进行了，她需要钱。

50万，对于她来说绝对不是个小数目。银行账户上，这么多年的积蓄也不过几万块。

她唯一的朋友就是景初，但是她没有找她开口。

景初刚买了房子，每个月需要付房贷，她不能再加重她的负担。

“大5，我要是觉觉了，你会不会害怕？”小5露出一双铿亮的双眼，瞅着她。

五月鼻头一酸，如果可以，她多么希望这辈子都将这双干净清澈的眼留住。

“好好睡，大5……才不怕。”她挤出一抹笑来。

“小5晕倒的那天做了好长好长一个梦……梦到大5在丑丑地哭鼻子……小5好困好困，好想觉觉……可是大5一哭，小5就不敢觉觉了……”他停了停，小手从被子里伸出来，手背上布满了针孔。

他像平时那样，戳了戳五月的脸：“大5以后不许哭鼻子哦，小5会好好的……真的！”

五月再也忍不住，抱着小东西哭出声来。

病房，一下子安静得没有声音，只有在偷偷地抹眼泪的人。

可怜了个好孩子，却被病魔折腾着……

哄着小5睡了，五月从病房出来已经是下午。

初冬里，即使有阳光照着，冷风也已经有些料峭了，刮在衣服上，渗进肌肤里是那样疼，刀割一样。

五月走出医院，望着路上川流不息的车群，突然不知道自己该何去何从。

她现在该做的，就是想尽办法筹钱。

50万绝对不是小数目，能轻易拿出50万的，在她认识的人里，只有离洛……

只有他才能救自己的孩子……

那也是他的孩子……

她打电话过去，听到电话里的彩铃声，她的心莫名地紧张得怦怦乱跳。

“喂，你好，这里是L.shine办公室。”大卫温和的声音传来。

“大卫，是我。请问离总在办公室吗？”她尽量让自己的声音听起来平静点。

“哦，戚小姐。离总现在正在开会，也许不方便接电话。这样吧，我帮你进去问一声。”

“那好，谢谢了。”

那边电话没挂断，但已没了人声，想来是进了会议室。

五月能听到自己紧张的呼吸声，在电话里回荡，她像溺水的人抓到一根浮木一般，死死地握住电话。

等了好一会儿。

“戚小姐。”不是离洛，依然是大卫的声音。

“离总让你亲自来办公室一趟，有什么事可以到这边再说。”

这样自然更好。

五月连声道谢，赶紧拦了车往公司走。

到公司，一路遇见不少同事。

“五月，你怎么又来公司了，不是请假了么？”

“家里没什么事儿吧？”

同事的关心，让她沉重的心，稍微好转了些。

一一打过招呼，她直接上了35楼。

到的时候，是大卫出来迎她的，把她领到休息室，只说：“这会开得挺久了，一到年末事就多了起来。你在这先等一会儿。”

“好。”五月捧着小助理送来的热茶。

她也不坐着，在休息室里来回踱着步，真真实实的坐立难安。

只要一想到医生给她下的最后通牒，她就忍不住要大哭一场。

“戚小姐，怎么不坐坐？家里没什么事吧？听凉烟说你请了挺长时间的假。”大卫关心地问。

小5的事，五月也不知道该从何说起，她怕自己一不小心就说漏了嘴，只好说：“再多的事也总会好起来的。”

她微微侧脸，看向大卫，换了个心里一直在惦念的话题：“离总的腿现在怎么样了？”

大卫摊摊手，略显无奈地摇头：“上回戚小姐走后，又痛了好一会儿，痛到昏厥了才罢休。”

大卫几句话，轻描淡写，但让五月听得一阵心惊。

那天走得实在太急，她也是没办法，却没想到，他后来还遭受了一场痛苦的炼狱。

听了这些，她心头不免更加悲切起来。

两个都是她最爱的人……却偏偏……

“离总。”思绪被突然打断，五月抬起头来，休息室的门被推开，离洛一身酱色修身衬衫坐着轮椅进来。

大卫识趣地出去，一时，休息室里只剩下了离洛和五月。

离洛就坐在那，面无表情地望着她。

那样的眼神，冷冷的，毫无起伏，就像冬日里的深海，夺人呼吸。

这让五月觉得备感压迫，她的手心，微微出汗。

在他对面坐下来，没有主动开口。

“有事？”离洛淡淡的一眼朝五月瞥过去，她握着玻璃杯的手一紧。

苍白的唇动了动，有些艰涩地开口，“我……我有朋友进了医院，急需要钱……所以……”

第一次找人借钱，一次就是个天文数字，于她确实很为难。

“哦。”仿佛完全没有看到她的为难，离洛刻意将语调稍稍扬起，又不咸不淡地啜了口咖啡，“原来是借钱来的。”

五月抿了抿唇角，忽视他语气里的促狭：“离洛，求你帮帮我，我一有钱了，马上就还你！一定！”

她定定地望着他，那双明澈的眼底有着恳求。

离洛的唇角，蕴出一抹邪魅：“救你男朋友？”

那晚，她抛下陷在痛苦中的他决然地走掉，就是为了他?

离洛恨戚五月。

就在那一晚，她的怀抱和温柔让他以为这个世界还有属于他的温暖……

可是，当他沉浸时，那份温暖却突然抽离，决绝的离开，再一次将他推进那无止境的痛苦深渊。

“就算是吧……”五月脑子里一片空白，她根本没有想太多，只胡乱地应着。

只要能救小5，是她的什么人那都不重要。

离洛的唇角僵了下。下一秒，一抹笑袭入他眼底，有笑容却没有温度：“我为什么要救他？”

他冷漠地摊手：“我可不是慈善家。”

“我会还你的。求求你帮帮我，只有你……只有你可以帮我了……”五月失控地抓住

离洛的手，语气甚至是哀求的。

他皱眉，厌恶她落下的眼泪，不耐烦地抽开她的手："我对当慈善家没兴趣！"

转身，准备走。

五月觉得自己的心都要裂了："离洛，就这一次……求你帮我这一次……我知道你恨我，恨不能杀了我。但是……只要你愿意帮我这一次，我什么都愿意做……即使是要我的命，我也给你……"

她肝肠寸断的哭泣和卑微的乞求，成功地让离洛顿住了脚步。

他回头看她，眼神清冷，"你真什么都愿意做？"

没有波澜的语气，五月却分明感到那简短的话语里夹着一场疯狂的暴风骤雨，即将朝她席卷而来。但是，她已经别无退路。

只能坚定地看着他："是！什么都愿意做。"

他却笑了，那笑让五月神经蓦地绷紧，她闻到了危险的气息。

"跪下。"唇，轻幅度地动了下，只从唇间吐出两个轻浅的字眼。

仿佛没有听清楚他的话，五月怔了下，略微迷惑又似讶异地望向他。

"要我救他，那就——跪下来求我！"最后的五个字，他几乎一字一顿，每个字都透着一份残忍，一份嘲弄。

分明看到了五月的身子僵直地顿住，他以为她会放弃。

戚五月看似隐忍，却有属于她自己的自尊，这样的屈辱，她不会甘愿承受。

可是，让他震惊的是……

她深吸了口气，丝毫不曾犹豫，双腿一曲，眼见着就要跪下。

小5——她的宝贝。

这一跪，是值的。

小家伙的命，比什么都来得重要！

能够这样羞辱她，离洛觉得自己应该开心的。

可是，看着她当真要跪下的那一刹那，他只觉得有一股火如岩浆喷发一般，瞬间从他胸口燃烧，爆炸。

炸得浑身每一个细胞都疯狂起来。

他发狠地去拉五月的手腕，始料未及的她膝盖还未触地，就被他狠狠定在墙上。

她朦胧的雾眸，对上一双喷火的深眼，不由得被那样冲天的怒意惊了下。

"戚五月，我改变主意了！"他几乎是咬牙，一字一句，"取悦我。我高兴了，你要一千万我都给你！"

五月困顿地望着他。

取悦？

她不懂他的意思。

“吻我，主动！”他启发她，手上的力道加重了几分。

语气有着无法反驳的霸气。

五月整个人怔在那里，背脊僵硬地贴在冰冷的墙壁上。

他似乎真的打算把自己羞辱到底！

见她不动，他极不耐烦，动手扯她，她不得已弯下身来。

他冰冷的唇，狠狠地印上她的唇，不等她适应，直接攻城略地，用力地蛮横地吮着她的红舌，像婴孩贪恋母乳那般沉迷。

五月有种灵魂被人掏空的感觉，他的吻，没有温度、更没有温柔，只有近乎粗暴的，让她觉得惊恐的掠夺。

不知道吻了多久，直到五月以为自己要窒息而死时，离洛突然松开了她的唇。

还来不及喘口气，身子却被他蓦地一个翻转，他的膝盖，不由分说抵住她的腿窝。逼得她不得不坐在他腿上。

他骨节分明的手指，是那样的好看，此刻却不顾她的反抗和挣扎，粗蛮地撕扯着她身上的衣服。

在碰触到她如凝脂般肌肤的那一刹那温热感袭来，他墨黑的瞳仁忽闪了下，心头的怒火在那一刻仿佛得到了一丝安慰。

他开始疯狂地吻她，抚摸她，不，与其说是抚摸，倒不如说是重重地碾压。

五月看着自己那可怜的自尊被狠狠摔在地上，被他无情地踩得粉碎。她只觉得自己那颗不堪重负的心，一沉再沉……

最终，堕入那冰凉的深海中四分五裂。

她仿佛掉进了那深海里，沁凉的海水漫过了她的胸腔，盖住了她的呼吸。

回身，死死地抓住他放肆的手。

“离洛，别这样对我！”她的唇，被咬得一片触目惊心的白。

料到借钱不会太顺利，却远远没料到会遭遇这样的羞辱……

“不是什么都愿意做吗，现在就想打退堂鼓？”他奚落的眼神对着她，“趁我还有兴致时，乖乖放手！”

他倒想看看为了这些钱，为了那个躺在医院里，所谓的她的男朋友，她能作践自己到何种地步！

他的话，让五月一怔，似猛然惊醒。

是了！

为了那50万,为了小5，她不该拒绝他的。

脑子里不断地给自己下达“放手”的命令，可是……颤抖的手却越握越紧……

不可以!

她无法承受这样的羞辱!

“五……”他逼迫地望着她。

她深吸口气，不敢看他锋利的眸子。

“四……”他的声音，冷如冬日寒冰。

她抓着他的手指，隐隐泛白。

“三……”

她的手，蓦地松开。

而他，也冷冷地松开了她。

“戚五月，游戏到此结束!”他唇边漫出一抹恶劣的笑，冷得让人不寒而栗。

很好!

这女人果然会作践自己!!

推着自己离开，他不疾不徐地抽了张纸巾，自若地擦拭着自己的唇瓣。

动作是那样的随意，慵懒。

五月却觉得难堪得说不出话来，连求他的话，都哽在了喉间。

她胡乱地整理自己的衣装，扣上扣子。她的动作，不如他那样泰然，两手都在颤抖，甚至差点扣错扣眼。

不等离洛先走，她慌乱地夺门而出，一路低着头，泪落了一地。

由上而下，离洛阴晴不定地望着那蜷缩在大街上的孤单身影。

35楼，楼下的车，看得都不清晰。

他却轻易地将那抹身影，看得那么清晰。

“离总，最近戚小姐好像被什么烦恼深深困扰着，刚听席主管说今天上午她来公司请了近一个月的假。”大卫也注意到了那抹身影。

离洛哼了一声:“她真以为这公司是她家的!”

大卫没做声，一会儿，却见离洛转过身望着他，突然说:“去查查戚五月的工资卡卡号，拨几十万上去。”

大卫一怔，继而又了然，忙笑着问，“几十万大概是多少?”

“你看着办。”他答得很随意。

擦干眼泪，五月茫然地坐在公园的石凳上。

这样子红肿着眼眶去病房，小家伙一定会担心，她想等自己状况稍好一点再去。

索性去银行一趟，看看自己账户上具体还剩多少钱，再另外想办法。

十分钟后，五月望着银行卡傻眼，户头上竟莫名地多出50万来。

几乎不用思考，五月也已经知道这钱是来自哪了。只有离洛。

心里顿时五味杂陈，也困惑不已。

离洛，为什么突然又帮了自己？

虽然疑惑，但五月没有将卡上的钱退回去，她现在需要钱，不需要骨气。

五月永远都不会忘记那天医生推开手术室的门，取下口罩，告诉她手术成功的那一刻。

那样的喜悦，几乎将她整个人淹没。

愉悦地和紧张地陪同在侧的景初抱个满怀，而后紧紧握着医生的手，喋喋不休地说着谢谢。

不顾形象地边笑边抹眼泪，那一刻，仿佛全世界的阴霾都散尽了，剩下的便全是阳光。

之前受的委屈算什么呢？和这一刻比起来，根本就不值一提。

病房里阿姨、奶奶们也都高兴得不得了，像办大喜事似的，将存在柜子里的那些水果全整理出来洗得干干净净，用大盘子盛着摆在病房门口，招待来来往往的每位医生或病人。

又过了一段时间，小家伙的伤口渐渐痊愈，便出了院。

出院的那天，景初不出意外地又来了。

五月已经和她形成了默契，熟到不用再说感谢的话了。

这段时间若不是有景初一直陪着自己，不断地给自己打气，五月真不知道自己是不是可以撑得过来。

倒是离洛……

五月不知道该用什么心情去想他。

那天他的蛮横以及他带给自己的羞辱，依然让她心有余悸。但是……他却突然出手，救了小家伙一条命。

光凭这一点，她就没办法再怨他，也不想怨他……

只要小家伙安然无恙，她可以无怨无悔地承受任何伤害。

用一颗感恩的心，面对这个世界。

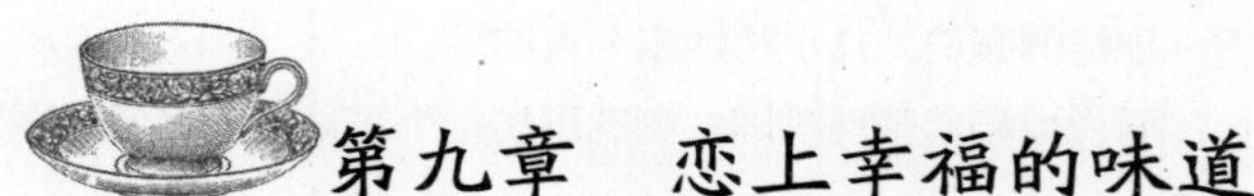

第九章　恋上幸福的味道

又是一个周末。

大卫刚送了各部门的一些资料，让离洛过目。

医院里又打电话来催他去看看腿，他没仔细听，敷衍地应了几声，便挂了。

在楼顶花房里画了一会儿设计，门铃突然响了起来。

拿起厅里的可视电话，却没看到来人的身影。

推开门，就只见到一个偌大的背包坐落在他宅子前方的大理石阶梯上，背包上微微露出一个小圆头顶盖。

听到门响，那背包动了动，一张粉嫩粉嫩的小脸侧过来，“大叔！好想你哦！”

小家伙一跃而起，“咚咚咚”扑过来抱住离洛的腿。

看到那雀跃的小身影，离洛的唇角，忍不住高高扬起。

“喂，你怎么瘦了这么多？”他提着小家伙手上的大背包，将他拽起来，又皱眉看那张脸，不悦地抱怨：“你妈是怎么照顾你的？虐待吗？”

小家伙直摇脑袋，边把身上的背包取下来，丢进玄关里，又主动地从鞋架上取大叔的大棉拖鞋。

“才不是大5虐待我，是医院的饭太难吃。”小家伙跑进厅里，踮着脚尖抱起电话和五月报了平安。

挂了电话后，发现大叔正皱着眉头上下打量自己。

“你怎么了？为什么进医院不给我说？”

“大叔生气啦？”小5讨好地捏了捏离洛的袖子，“小5的老毛病啦，大叔就别担心了，现在已经全好了，以后再也不用喝那苦巴巴的汤汤水水了。”

“确定全好了？”离洛将他的大背包拿进来，背包有点重量，他随便看了眼，竟全是各式各样的药丸。

“这些都是你要吃的？”

“嗯。”小5老实地点头。

“这么多你怎么吃？”离洛不由得心疼。

“大叔要帮小5把药磨碎，再加糖，拿勺子喂小5喝，那样就能吞下去啦！”

要求还真多！

“知道了。”离洛却破天荒地没有半点不耐烦，只是仔细地看那些药的一些药性说明。

看来小家伙是心脏有问题。

“你确定全好了？”他又确定一次。

“确定啊！医生叔叔说的，以后再也不用去医院了。”

离洛这才放心，替他仔细把药收好。

从小家伙来以后，这个家就不再清冷了。

他将设计图收好，带着小家伙在整个宅子里玩。

一会儿抱着泳圈教小家伙游泳，一会儿替他下载最新一集的柯南，一会儿还进行最幼稚的游戏——打地鼠。

两人玩得不亦乐乎，累得七倒八歪，瘫在沙发上。

“小鬼，去洗个澡。”离洛拍拍小家伙满头是汗的小脑袋。

小5乖乖爬起来，把自己脱了个精光，像鬼子进村似的往二楼浴室里冲。

不出一会儿，裹着块大浴巾就出来了。

大叔家里没有小5可以穿的衣服。

离洛忍不住笑：“晚点我们一起去超市。”

“大叔，我好饿。”小5抱着肚子，爬到沙发上，窝在他身边坐下。

离洛拿自己外套盖在他仅裹着浴巾的小身板上。

小家伙大病初愈，一点都不能怠慢。

“你病才好，得去吃点有营养的东西。”离洛顺手把电脑打开，开始查资料。

“大5说小5只可以吃清淡的东西，手术的伤口才会好。”小家伙也把小脑袋凑到电脑

屏幕前。

一大一小，正看着。

离洛的电话此时却突然响了起来。

他看了一眼，是大卫的。

“离总，戚小姐说有事要和你谈。”五月并不知道离洛的私人电话，所以要找他，必须得通过大卫。

“我们有什么好谈的？”离洛略微冷淡地哼了一句，侧目，看到歪在自己身边的小东西，他突然想到什么改了口，“你告诉她有什么事，让她来我住处找我。”

大卫接了指示便挂了电话。

这边离洛把电脑收好，告诉小5：“再等一会儿会有人过来替我们做饭。现在你乖乖坐在这看电视。”

“那大叔去哪？”见他起身，小家伙屁颠屁颠跟上来。

离洛笑，真真实实喜欢这种被赖着的感觉：“工作。不工作挣钱，谁给你买巧克力？”

小家伙俏皮地吐舌，乖乖地退到大厅：“知道了，大叔赶紧去挣钱给小5买巧克力吧！”

五月打电话过来是想和离洛谈谈钱的事。

听大卫说让她过去，她便直接上了公车往雏菊园走。

因为来过好几次，雏菊园的保安也认得她了，便不再拦她。

站在门前，五月不由得想到那天在公司的事，依旧有些胆战。

深吸了口气，才终于鼓起勇气按下门铃。

厅里，原本歪在沙发上正玩游戏的小5听到门铃声，就蹦蹦跳跳跑去开门。

门打开的那一刹那……

两个人，四只眼，都瞪得比银铃还大，那模样滑稽极了。

“大5！”

“小5！”

两声惊呼，回荡在厅里。幸而离洛在楼上，房子的隔音效果绝对上等。

“小5，你……你怎么会在这？”而且还穿得这么……怪异……

裹着浴巾，外套分明就是离洛的！

大大地套在他身上，衣摆都在地上拖曳，实在太滑稽。

实在太惊诧，以至于五月一句话都难以说完整。

“大5为什么会来这？”小5也没料到会和大5这样子相遇，“你就是大叔口中说的给我们做饭的那人？！”

“大叔？”五月抓到了小家伙嘴里的关键词：“原来他就是……你口中的大叔！！”

也就是说……

每次小家伙都是和离洛在一起？！

天啦！这是不是也太危险了？离洛会不会看出什么端倪来？

五月又慌又乱，也没多想，抱起小家伙就要走：“宝贝，咱们先回去。”

还没转身，就听到略微低沉的嗓音传来：“戚五月，你搞什么鬼？不至于是想把这孩子抱去卖了吧？”

谁要卖了？虎毒还不食子呢！

五月没好气地在心里哼唧一声，不得不顿住脚步。

小5偷笑，低语：“大5，看来我们走不了了。”

他仰着小脖子看楼上的某人：“大叔，这不是我们小区的阿姨吗？就是她要替我们做饭吗？”

小区的阿姨？

小家伙到底在玩什么？

五月一脸的迷惑。

“嗯。”离洛应一声，从楼上下来。

五月硬着头皮抱着小5进去，她当真有一肚子迷惑没解开，但现在又不是“严刑拷打”的时候，只好暂时搁置。

离洛下来，她下意识地把小5抱紧了些，又往后退了一步，和他保持着一定的距离。

“离总。”略微疏离地打招呼。

离洛冷冷地看了她一眼：“你们很熟？”

她眼底暗藏的熟悉，他并没有忽视。

五月一颗心，一阵怦怦乱跳。暗自庆幸离洛还不知道小5和自己的关系，但是……

他那犀利的，仿佛能洞察一切的眼神，却让她觉得心虚、害怕。

“当然熟悉啦！大叔又不是不知道，我和阿姨住一个小区啊！”小家伙比她先说话，那泰然的样子，她学都学不来。

五月傻傻地望着小家伙。

他两条嫩嫩的臂膀，抱住她的脖子：“我常上五月阿姨家里蹭饭吃，五月阿姨的手艺可好了，中午让五月阿姨给大叔做爆炒牛肉。”

五月阿姨……

五月嘴角都在抽搐。

还真是……不习惯！

她暗自偷偷观察离洛的神色，只见他将视线久久地停驻在小家伙和她之间，那样子不知是信还是不信小5的话，总之，他也没再在这个话题上打转。

这样，五月也长舒了口气。

“今天就在厨房里做饭。”他的目光，淡淡地掠向五月，“既然小鬼说你厨艺那么好，那么，就由你来吧。”

小鬼暗喜。

真是没想到，自己有一天还能和大5还有大叔爹地一起吃顿饭呢！

五月倒是微怔，放下小5，为难地看着那空荡荡的厨房：“我想做饭前大概得先去超市一趟。”

离洛自然知道自己的厨房干净得不成样，便认同她的说法：“嗯。”又交代了一句，“尽量挑清淡一点的东西，小鬼大病初愈。”

五月心颤了下。

没想到，离洛那样清冷的人竟然也会这么关心小家伙。

他若是当爸爸，一定会是个合格的好爸爸吧？

而她，擅自剥夺了他身为爸爸的权利，是不是太过于自私？

想到这个，五月自己被吓了一跳。

好端端的，她怎么会生出这样的想法来？

他若知道了小家伙的存在，后果会是什么样，她光想想就觉得不寒而栗。

“发什么呆？已经11点多了，再不去就来不及了。”离洛拿了车钥匙出来，还见她在发呆便催了一声。

五月连忙回过神来，小5屁颠屁颠跟在大叔身后，还在喊：“五月阿姨，快点啦！小5肚子要饿扁了。”

听得出来，小家伙是那样的兴奋！

五月没小家伙那么快适应，她迟缓地跟在他们身后，一脸纠结。

天哪！这到底是怎么回事？为什么他们三个人会无缘无故绕到一起去？难道是上帝在玩她吗？！

到车库，离洛把钥匙递给五月：“会开车吧？”

五月点头接过。

离洛领着一大一小，在私人车库里众多车辆中的一辆前停下。

是一辆银灰色跑车，看起来极新，看样子他很少用。

示意五月先上去，小5爬到后座上，离洛才撑着身体进去。

在小家伙面前，他的动作显得很利落，连眉头都不曾皱过。

五月突然想到什么，下意识地问：“最近你有去医院吗？”

记得那天医生交代给她的话。

离洛却只当她的话是耳边风，命令：“先把车倒出车库。超市在雏菊园右边五百米的地方。”

显然，这个话题他并不想多谈。

五月只好无奈地噤了口，心里却在盘算着该怎么说服离洛去医院治疗。

看了眼后视镜，她小心翼翼地将车驶出车库。

其实她的开车技术是比较稳的，然而，今天小5和离洛都坐在车上，这让她变得更小心些。

身后的两个都是她挚爱的男人（男孩），这让她有种没来由的使命感，所以开得更加谨慎些，至少她必须得保证他们的安全。

车稳稳地驶到路上，透过后视镜，能看到身后的离洛和小家伙那样的亲昵。

小家伙拿着打地鼠的小游戏机在按着，离洛凑在一旁，听小家伙激动得哇哇乱叫，他爽朗地笑出声来。

这样的笑，是丝毫不加掩饰的。五月很少见到。比起和阮纯在一起时更加的开怀，纯粹。

让人心动不已……

他偶尔会指导小家伙，真是看不下去了就索性和小5玩起争夺战来。

他的手法极快，修长的手指在小键盘上飞速地跃动，指法优雅极了。

见小家伙一副崇拜得不得了的样子，他唇角一抿，很是得意。

那模样儿十足的一个大男孩，孩子气极了。

谁能想象，一个在商场上地产业叱咤风云的男人竟然为了个五岁小男孩的崇拜而得意忘形？

五月看得简直是傻眼。

沉迷地看了好一会儿，心里一阵悸动，变得格外柔软。

在国外独自带着小5的时候，好多次都幻想这样的情节，一次又一次，想得心拧着痛才罢休。

现在这样的场景，真真实实展现在自己眼前了……

心头却无端地酸涩。

也许，这样的场景，太突然，也太美好，让她觉得那样的不真实。

仿佛，一碰就会碎……

“小5同学，把衣服好好扣上，外面有点冷，担心感冒了。”五月轻轻插进他们话头，叮咛小家伙。

“知道了，五月同学。”小家伙俏皮地敬了个礼，转身又专注于游戏上。

离洛便探手替他扣扣子，小家伙穿的还是浴袍加自己的外套。

心里略微奇怪小鬼和五月之间的互动，他们似乎不是一般的熟稔，果然只是邻居吗？

若不是邻居，又会是什么？

摇头，望着眼前那可爱稚气的小脸。

他生性大概太多疑了点！

五月看着离洛的动作，心里有丝安慰。唇角上扬，她轻轻笑起来。

这一刻，真美！

到了大卖场，五月停好车，离洛从车上下来。

五月收起小5手上的打地鼠，推着离洛进去，小家伙扯着五月的衣摆，紧紧跟着。

他一双大眼像对宝石一般，亮晶晶的，写满了雀跃。

“大叔，五月阿姨，你说我们像不像一家人？”小家伙围绕着两个大人蹦蹦跳跳。

五月心尖儿一抽，略微心虚地低头去看离洛的神色。

他并没有多少反应，只是伸手将调皮乱跑的小家伙拉过来，圈在他那强健有力的臂弯里，微微皱眉：“别乱跑，当心被人撞到。”

小家伙的话题，没有再继续，五月说不出自己有什么感觉。

那样涩涩的，似乎是……失落……

五月对菜这一块比较熟悉。

还没到下午，所以超市里的菜还算新鲜。五月挑了好些青菜素食，又适当地配上肉类。

离洛很嫌弃菜市这一块刺鼻的味道，所以他只远远地待在一旁，不靠近。

他撑着下颌，视线投射在那抹身影上。

她挑选菜，动作很娴熟，会很认真地查看菜是不是新鲜。

在生鲜市场，让工作人员替她挑了条活鱼。

她似乎有点怕，细眉浅浅颦了下，才怯怯地将那条还在活蹦乱跳的鱼接过来。

鱼尾甩了下，她一个不稳，活生生的鱼直接从环保袋里跳了出来。

她似乎有些被吓到，惊呼了下，站在那竟有些手足无措。

离洛一下子就笑了。

那模样……他竟觉得可爱……

不由得想起，小时候自己有一次拿蚯蚓塞进她毛衣里，她摸出来的时候，那吓到尖叫的样子。

“大叔，这样看着我们家五月阿姨，你肯定倍儿喜欢她吧？”小家伙抱着一袋被他嘴馋拆开的薯片突然出现，小嘴巴还咯吱咯吱地嚼着。

一双滴溜溜的大眼定定地瞅着他，写满了八卦。

离洛抽回视线来，捏他的小脸：“人小鬼大！什么时候她就成了你家的了？”

小家伙吐舌。

大5本就是他家的大宝贝！

……

五月有点怕这种滑腻的东西，所以望着那跌在地上不断垂死挣扎的鱼，她当真是有些傻眼。

好不容易找了个袋子套到手上，下定决心要搞定那条鱼时，一只大掌却比她抢先一步。

他手上也套着塑料袋，利落地拾起那条鱼。鱼儿在他手上摆动了几下，都无法挣脱，便认了命乖顺了。

五月有些呆呆地看着他。

他是那样地讨厌这里的味道，竟然会委屈自己来替她捡这条鱼。

简直太不可思议……

“还发什么呆？袋子呢？”他眉头皱着，看一眼手上的鱼，一副无法忍耐的样子。

真真是难闻的味道……

真不知道自己刚刚怎么就鬼使神差地过来帮她捡这玩意儿。

“哦，哦，这儿。”五月这才回过神，赶紧把袋子递上去。

他又利落地把环保袋袋口封了，丢进了购物车。

“大叔好帅哦！是不是？五月阿姨！”小家伙故意在一旁起哄。

离洛看穿他的心思，没好气地拍他小脑袋。

五月的唇角不着痕迹微微勾起。

有一个人在身边偶尔可以依靠的感觉，果然很好。

这样的机会，真真太难得，所以，好好珍惜。

这样，就很好。

在生活用品区，离洛停下。

他挑了牙刷、牙膏之类的东西丢进车里，都是儿童装。

跟在身后的五月不由得好奇：“你买这个做什么？”

离洛没回答，只是看了眼在超市里吃得不亦乐乎的小家伙，五月了然。

看来父子相处得还真是很好！连生活用品都开始刻意准备。

之后，离洛又挑了儿童棉鞋，儿童睡衣，沐浴乳，洗发精。

五月跟在身后，悄悄地将沐浴乳和洗发精给换成了儿童装，又顺手补了两条他没拿齐的小毛巾。

见离洛望着自己，她微微一笑："这样就拿齐了。小孩子皮肤比较嫩，沐浴乳和洗发精这些东西，还是用儿童装比较没刺激。"

"你好像很有经验？"他似漫不经心地问。

她倒是怔了下，才浅笑着回答："以前帮隔壁邻居带过孩子。"

他点点头，看了下手腕的时间："东西都买齐了，就回去吧。孩子饿了。"

"嗯。"她应一声，朝五米开外的小5招手，"小5，过来。我们该回去了。"

小5却不动，只转身踮着脚尖在好奇地看着什么。

周围聚满了人，大抵都是年轻夫妻，一对对，看起来很幸福。

"他在看什么？"五月挺奇怪。

"是有什么想要买的？"离洛猜测。

"我过去看看。"五月推着推车快步过去，见离洛也过来了，她便下意识地放缓脚步。

"小5，在看什么？"五月也凑过去看。

"大5，我要这个！"小家伙小手指着地上摆放的三个模特。

一男一女，外加一个小男孩。

三个模特，穿着同样款式的家庭服，胸前有个很大很可爱的铁臂阿童木，和《流星花园》里道明寺那件衣服有得一拼。

五月傻眼，小声附在小5耳边："宝贝，买这个和谁穿？就我们俩啊！"

"不是有你老板大叔嘛？"小家伙打着如意算盘，大眼巴巴地瞅着五月。

五月一阵心软，可是又不得不说实话："他那么酷，怎么会愿意和我们一起穿这个？"

"那我去说服大叔去。"也不等五月再说什么，小家伙就兴高采烈地向离洛奔去。

事情的发展，起初并不出乎五月的预料。

他果然是断然拒绝的。

看着那三套衣服，他嘴角都在抽搐。

可是，后来似乎是受不了小家伙的软磨硬泡，又似乎是不忍心让小家伙失望，他竟真的同意了。

小家伙开心得直鼓掌。

似被他感染，五月觉得今天心情好极了，她过去仔细挑了套天蓝色的，让服务台包好。

简直不可想象，有一天……

他们三个人，竟然会买一套属于他们的家庭服。

看来小家伙真是喜欢极了离洛。

把他当真正的家人了吧！

东西都准备齐了，一行三人去结账，离洛直接刷的卡。

乘电梯到负一楼。

电梯里只有他们三人，透过那洁净的镜面，清晰地映出他们的身影。

五月有种他们真是一家三口的错觉。

连离洛，都略微有些怔。

出了电梯，五月抢先将地上的东西提起，东西有点多，她提在手上略微有点吃力。

离洛过去不动声色地接过。

他虽然坐在轮椅上，但提点东西还是不成问题的。

五月怔了下，怕他不方便，便没松手："还是我来提吧，反正车就在那边不远。"

"我不是废人！"他没好气地白她一眼，不由分说把东西拿了过去。

看着他不服输的样子，五月笑起来。

有时候他任性得真像个孩子。

"大5，大叔是好看，但回去再慢慢看吧，小5要饿死了！"小家伙拉拉看得正发呆的她。

回过神，五月脸红了下，幸而离洛往前走了，没听到小家伙的话。

回家后，五月把小家伙的鞋子拿出来给他穿上。

"大叔，我不要再裹浴巾了！"小家伙拽下浴巾，露出光溜溜的身板。

离洛脸都黑了，把自己外套裹在他身上："你才病好，是不是又想去医院？"

"小5，你之前的衣服呢？"她可是替他穿得好端端地才出门的。

"游泳的时候给打湿了。"小5边说，边把一颗小脑袋钻进购物袋里，像小狗儿翻垃圾桶似的，一顿乱翻。

终于给他拽出什么来。

"我们一起穿这个，好不好？"他像献宝似的，拿着之前挑的那套天蓝色家庭服。

五月一愣，离洛也明显有些不自然。

“五月阿姨……”小家伙央求地看着五月。

五月没说话，只低下头去整理刚刚买回来的菜。

“大叔……”软软的，故意把最后的字眼拖得老长，可怜巴巴的样子，让人看得心头发软。

离洛越发觉得这孩子是他的克星。

鬼使神差地，他竟然比戚五月还要不坚定，接过了那套衣服，还回头劝她：“先换上衣服再做饭吧！”

望着他递过来的女款衣服，五月嘴角抽搐了下，心情复杂地接过。

小家伙像捡了宝似的，赶紧套上衣服，在厅里一阵乱窜。

离洛也不避嫌，直接在厅里换上了，只有五月，转身往洗手间里钻。

换了衣服出来，五月看到小5正整理着那包属于他的生活用品，忙得不亦乐乎。

离洛把装着鱼的环保袋拿出来，他起身的那一刹那，五月一眼就看到他胸前那偌大的阿童木。

五月没忍住，一下子就“扑哧”笑出声来。

这样卡通的衣服，配上那张俊朗冷硬的脸，还真是说不出来的怪异和别扭。

但不得不承认，帅的人，似乎穿什么都那么好看。

这样的他，褪去往日工作时的严谨和威严，看起来更可亲近一些。

“笑什么？”离洛徒手抓着鱼，没好气地睨五月。又叫了一声：“饿死了，动作快点！”

她褪下白色蕾丝衬衫，穿着阿童木，黑亮的发丝高高绑成马尾辫，显得更加年轻朝气，看起来就像还在校园的大学生。

“知道了。”五月笑，提着那包菜跟在离洛的身后进厨房，把围裙翻了出来，正准备系上，“先给我！”

他却突然说。

只见他坐在那琉璃台边，把鱼丢在水池里，再仔细放水冲着。

好在琉璃台做得很低，应该是按他高度做的，所以，他做起来并不吃力。

五月不可置信地问他：“你做？”

他实在不像会做饭的人。

“想得美。”离洛却淡淡地丢出三个字，粉碎了五月美好的想象，见她还拿着围裙没动，他动手扯了过来。

两手套了进去，又探手在后边绑绳子。

显然是第一次围围裙，他的动作略显笨拙，五月忍住笑，伸手替他绑了。

两人的指尖，微微相碰，轻颤了下，他很快地收回去。

他的指尖，微凉，还沾着水滴。她的温暖，柔柔的触感，很舒服。

“该怎么做？”很快地，把鱼从池子里捞出来压在砧板上，问她。动作依旧利落。

“杀鱼？”五月后知后觉地问。

“不然？”他挑眉，略微不耐。

鱼腥味太难闻，他真是厌恶极了！

却偏偏走火入魔，不但碰了，还要亲自动手来宰了它！

“先把鱼鳞刮了，然后剖开去了内脏，就行了。”

今天她打算做比较清淡的水煮鱼，鱼的营养成分比较高，而且，离洛一直也比较钟爱。

小家伙的口味，和他爸根本就是大同小异。

他在那边刮鱼鳞，动作很慢，有些笨拙。五月在另一个角落里蹲着择菜。

偶尔听到刀切在砧板上的声音，她心惊抬起头，叮嘱他小心。

他也不出声，只专注在他的事上。

小5收拾好东西来过一次，见厨房里他们俩都在，他又怪怪地笑着，跑了出云。

今天，他似乎心情好得不得了。

这也让五月觉得欣慰极了。

小家伙能开心，比什么都来得重要。

好一会儿，总算把鱼弄好，离洛便出去了。

五月很快地张罗出一桌子香喷喷的饭菜来。

三个人，围着桌子，吃得津津有味。

桌上的气氛，异常的和谐，有小家伙在，从来不会冷场。

饭后，望着正收拾碗筷的身影，离洛微微发怔，目光深邃。

这个房子，从来没有家的味道……

这一刻，他却莫名觉得，好像，真的有点像家了。

没有往日那样的清冷。

男人，女人，孩子……

和谐得有点不正常。

不正常到让他竟生出了留住这一刻的想法……

小5一直有午睡的习惯，加上又是大病刚刚好。

五月喂小家伙吃了药后，他便有些昏昏欲睡了。

离洛把他抱进自己卧室，放在床上。

见五月跟着自己上来了，他退出房间才问起正事："今天大卫说你有事找我？"

"嗯。"五月跟在他身后，他转身进了一间CD房。

CD房并不大，30平方米。墙面上是厚厚的几层隔音棉，CD架几乎占据了房间的一大半，上面放着少说也有几千张CD。

纷繁陈杂，什么国家，什么年代的几乎都有。

和以前在离宅时，那CD房几乎没差。

离洛随手挑了一张英国的乡村音乐，他微微闭着眼，躺在CD房中央的沙发上。

悠扬愉悦的曲子，在房间里静静地流转。

五月从包里拿出一张卡，轻轻递到离洛跟前，见离洛没睁眼，她便轻开口："谢谢你的钱，这张卡密码是你的生日，卡上还剩了一些钱，余下的钱我一定会想办法还给你的！"

离洛这才睁眼，睨了眼那张卡，没有去接，只是不咸不淡地问："说说看，五十万你打算怎么还？你每个月工资八千块，就算尽数给我，也至少需要6年。更何况……"他顿了顿，别有意味地看她一眼，"你不是要辞职了吗？哪里有经济来源？"

"对不起，我……想收回之前的辞职信。"五月声音低低的，经济的拮据让她不得不出尔反尔。"我会用业余的时间多打几份工的。"

离洛嗤了一声："戚五月，你没脑子吗？公司的规定——不能兼职！"他提醒。

"这……"五月一时也为难起来，有点不知所措。

"借钱的时候说得那么胸有成竹，现在钱用完要还的时候怎么就说不出话来？"他嘲弄地哼了一声，话说得直接而刺耳。

五月难堪得满脸涨得通红，不想给他一种故意讹他钱的意思，只好解释："我没有不还钱的意思。你相信我！我一定会努力尽早把钱还清的。"

"算了，我也不指望你尽早还清！"他不耐烦地摆手打断她的话，"下个月起从工资里慢慢扣，一个月500。"

"一个月500？"那也就是说自己需要还1000个月？

抽了她手上的卡，随手搁置在一旁，离洛点头："看来你这辈子都必须在L.shine卖命了。"

这辈子她再也别想从他眼前逃开。

直到……他宣布，游戏彻底结束的那一刻。

在CD室里待了一会儿，离洛觉得安静极了，安静得让他觉得无聊。

那些悠扬的歌，甚至都不那么好听。

以前不是这样的。

以前的他，甚至是迷恋这样的安静。

视线漫不经心地落在窗外，一眼见到那抹天蓝色的丽影，她正穿过梧桐小道往小区出口走。

离洛眸子紧了下，没有动，只浅浅啜了口酒。

她的身影，已经消失在梧桐小道上。

他收回目光，却弄不清楚心里那突然涌出来的失落感是从何而来。

心绪不宁，待不下去了，他关上CD盒出去。

才出来，却听到楼下传来一阵哗啦啦的水声。

“小鬼，不许乱玩水！”他以为是小5醒来了，便在楼上叫了一声，进了电梯下楼。

他才一出来，便撞见一张清新的脸。

那张脸上此时还沾着白色泡沫。

竟然是……戚五月？

“小5还睡着，估计现在还不会醒。”听到离洛的声音，五月手上戴着的皮质手套还来不及取下，就从盥洗室里出来了。

“你没走？”离洛诧异，心绪起伏了下，眸子里却无波无澜。

五月摇摇头：“我刚在收拾厨房，丢了垃圾。”

原来是这样……

离洛上下打量她，定在她鼻尖上的白色泡沫处，问：“你在做什么？”

“在洗小家伙的衣服。”

“乱忙。总会有钟点工来收拾。”

五月笑了笑，“反正我也没什么事要忙，闲着也是闲着。”

“你下午没事？”

“嗯。”

“那正好。把盥洗室收拾一下，上楼来。”他吩咐。

五月也没迟疑，应了一声，便转身去收拾盥洗室。

几分钟后，跟着他上楼，离洛领着她进了书房，指着桌上一叠乱七八糟的文件：“把这个替我整理一下，归好类。喏，摆在那吧。一个小时200块，当加班费。”

一听200块，五月精神抖擞。

她现在是负债累累，能有钱挣她简直要乐死了。

赶紧动手整理文件，边笑着问他："是不是以后加班费都是200了？"

他哼了一声。

她想得倒是好。

"私人200，公家维持不变。"

"那以后你有什么需要帮忙的，就给我个电话。半个小时内我一定到！"

他找出自己完成到一半的设计图纸，看她一眼："先下去替我冲杯咖啡。"

"好。"五月又下楼去，中途经过离洛的房间，她进去看了眼小家伙。

他还没有醒，安静地躺在那，呼吸很均匀，五月轻轻在他额上印了一个吻，才蹑手蹑脚出门。

泡了咖啡上来，离洛已经开始投入到他的工作中了。

五月只轻轻把咖啡放到他跟前，没有打扰他。

继而……

两人都投入到工作当中。

书房里，很静谧。此时，离洛却不再觉得那样无聊了，反而有种莫名的安定感。

他们各自占据着书桌的一端，离得很近，呼吸里依稀能闻到她那清香的气息，偶尔抬头，她那样神情专注地投注在文件上。

时而蹙眉，时而叹气，时而浅笑……

一根根清晰的长睫，微微垂着，像一把折扇。

中途，书房里的电话突然响了起来，电话就在五月的手边，让她微微惊到。

离洛也不抬头，只吩咐她："接电话。"

"啊？我接？"五月傻傻地指着自己。

家里的私人电话，她接方便吗？

"不然是空气接吗？"他依旧不抬头，手上的画画工作没停。

灵感来了，他一向不喜欢被打断。

五月便接过，是医院打来的。她仔细听着，偶尔应上几句，脸色变得略微沉重，有些忧心。

好一会儿才挂断。

看一眼离洛认真的神色，她微微叹口气。

又是来催他去医院的电话。自己到底该怎么劝这个男人？

她决定暂时不和他谈这些。

今晚吧！

今晚再好好地和他谈谈。

这样想着，她也渐渐投入到工作当中。

不知不觉，时间竟然过得出奇的快。

再抬头，竟然已经是下午5点多。

五月惊呼了一声，把沉浸在设计图中的离洛惊醒。

目光略微看向窗外，天竟然有些黑了。

“小家伙还没醒？”他放下手中的铅笔。

“肯定早醒了。我去看看。”五月站起身往外走。

文件已经整理得差不多，还有一会儿就能完成。

出门，便见到小5穿着阿童木坐在沙发上看《喜羊羊》，跟着一只只肥羊在那傻傻地笑。

五月也笑，趴在水晶栏杆上，从上往下看：“醒了怎么也不吭声？”

小5的目光这才从电视屏幕上挪开，他甜甜叫了声：“五月阿姨……”

五月便感觉到离洛站到了自己身后。

他正按着电梯，看来是准备下楼。

“小5可乖了，不打扰你们工作。大叔要努力工作，给小5买一大房子的巧克力！”小家伙仰着脖子和五月说。

“哪能吃那么多巧克力？不长蛀牙才怪。以后牙齿都被虫咬了，小5就会变得丑丑的。”五月走楼梯，踩着玻璃梯下来，一边和小5说话。

离洛刚好从电梯里出来，竟帮了五月的腔：“以后每天吃一颗。”

小5无限哀怨：“大人一个比一个专制！”

呜呜……

以后大5要真把爹地大叔给扶正了，他的日子肯定要更加不好过了……

“五月，大叔，我饿了……”小家伙又叫起来。

“知道了，我一会儿就做。”五月边应边转头问离洛，“那些文件今天都要整理完吗？还差一点就好了。”

“当然。明天一早就要。”

五月了然地点头，“那我先去做饭，吃了饭再继续。”

吃完晚饭后，小5啃着零食，趴在沙发上玩植物打僵尸。

离洛替他把背投打开，超大的屏幕打在一面墙壁上，那一个个灰色僵尸简直有小5一个脑袋那么大。

他看得咯咯直笑，拍手叫好，坐在松毛地毯上玩得不亦乐乎。

两个大人便上楼继续工作。

五月很快地把手上的文件整理好，她看向离洛手上的设计图，依旧是他的风格。简约，但时尚的敏锐度极高，自成一派。

那大约是下一季开发需要用上的图纸。

“离洛……”她迟疑地，轻轻地低唤了他一声。

“嗯？”他停下手上的动作，拿起图纸仔细看了两眼，见五月没接着说，他便抬眼看她，问了句，“什么事？”

五月略微想了下，便道：“下午我替你接的电话是医院打来的。”

“哦。”他应得很淡，似乎没多少兴趣。

五月叹了口气，问：“你是怎么想的？”

“没什么想法。”他还是那样一副事不关己的态度。

“离洛，我陪你去医院，好不好？”她半撑起身体，趴在书桌上，微微靠近他一点，试探地问。

淡淡的香气，从她骨子里散出来，落在他鼻息里，他这才抬头，眼里落着台灯打下的碎光：“戚五月，你为什么这么关心我的腿？想把我治好？”

“当然。能治好为什么不去？何必让那种痛苦跟着你一辈子？”五月答得理所当然。

难得离洛会将这个话题继续下去，她显得有点激动。

“是不是我腿治好了，你就不会那么愧疚？”离洛哼了一声。

五月垂着眼看他，长卷的睫毛轻颤，眼底有着自责：“我不是那个意思，只是不想看你那么痛苦。如果你觉得医院太闷的话，我每天陪你去，好不好？”

离洛笑了下，略带嘲弄，他也将身子微微伏上桌面，两人靠得更近了一点。

五月听到自己心跳如鼓，他却微凉地开口：“凭什么觉得你陪着我，我就不会觉得闷？你是不是太把自己当一回事了？”

五月一愣，流转的眼波，有一抹惆怅划过。

他说的话是实话。

凭什么有自己陪着，他就愿意去医院了？

他那么恨自己，就连这双腿变成这样，也和她母亲脱不了干系，她到底因为哪一点会生出这样的错误认知？

想到了这些，她只好改口，略微难堪地掰了掰文件的一角：“那纯姐姐陪你去，会不会好一点？纯姐姐很关心你，只要你开口，她一定愿意的……”

他的眼，冷了下去。

鼻息哼了一声，似在生气，身子又回到轮椅里。

显然，对她的这个提议，他连半点兴趣都没有。

她有点急，思绪转得极快，只想拿什么来诱惑他答应："那小5呢？要是小5陪着你你总不会觉得无聊了吧？"

果然……

他目光闪了闪，下一秒又沉下去，他从烟盒里拿了支烟也不抽，只在桌面上百无聊赖地顿着，"小孩子不喜欢常常待在医院。"

"有你在，他会喜欢的！"

"你就这么确定？"她的笃定让他觉得奇怪。

他和小家伙关系应该算不浅了，但他都没办法确定他的心思，她不过一个小区的阿姨罢了，怎么就这么笃定？

在他疑惑的目光审视下，五月这才惊觉自己太过激动了，她赶紧缓和了下语气，才道："我去问问他，要是他愿意的话，你就去医院，好不好？"

她讨好地瞅着他，眼底带着期盼，在橘黄的灯光下，亮晶晶的，像缀了两颗钻石。

美好得……让人心动……亦让人……心软……

以至于，离洛鬼使神差地点了头。再回神时，只看到她雀跃地奔下楼的身影。

他推着自己出去，靠在水晶栏杆上，沉静地望着楼下那唧唧歪歪说着小话的一大一小，他抿着的唇角，微微扬起。

这间屋子，很久没有这样热闹了。

出门可以见到人影，原来竟是这样的感觉……

小5扬起小脸，看着楼上的离洛。

"大叔，以后我们一起去医院。大叔要向小5学习哦，小5动手术都没哭鼻子呢！"

离洛微微一笑，看着小家伙，他的目光很柔和："你真勇敢。"

第十章　爱的纠纠缠缠

事情竟然这样圆满地解决，五月欣慰极了。

再抬头去看，已经是晚上10点多。

今天兴许是太美好，以至于，时间在不知不觉间过得极快。

看一眼三人同样的衣服，心里头一种酸涩的味道划过，是不舍。

离洛已经从电梯里下来了，她起身将他推到客厅的沙发边上，她说：“今天坐了快一整天了，会不会有点难受？”

他点头，“有点酸胀，这段时间常常这样。”

“昨天去上课，学了一种新的手法，要不要试试？”五月推着一张矮皮椅子过来，将他双腿轻轻地搬起来，放在皮椅上。

他没说话，便是默认了她的行为。

五月的手法很轻，但又很有力。指腹很柔软，隔着裤管，依旧能感受到属于她的体温。

他沉沉地望着专注的她。

她微斜着身子，坐在他脚边，灯光将她整个人映衬得更加柔软，长发从肩上滑落，略微凌乱地垂在一边，露出她白皙粉嫩的脖颈。

离洛从那样的角度看去，这样的她有种说不出来的性感。

突然觉得口干舌燥，心烦意乱，便随口找了个话题：“你为什么突然想去学按摩？”

他突然的开口，倒是让专注的五月一愣，还不等她说话，便听得一旁的小5咯吱咯吱笑着开口：“大叔还真笨！五月阿姨去学按摩，当然是为了给大叔按摩嘛。”

听小家伙这么一回答，五月只觉得离洛的眼神像紫外线一样射来，射得她脸一阵阵发烫。

她想说什么，又似乎说什么都不对。

所以，索性什么都没说，只将一张通红的脸越埋越低，越埋越低……

好在离洛也什么都没问，看了她好久，那厚重的眼神里有探究，有审视，又似有疑惑，最终淡淡地挪开。

他轻轻闭上了眼……

离洛再醒来，是被五月轻声叫醒的。之前略微酸胀的腿，已经明显舒服了很多。

他还在模糊中，略皱眉望着她：“做什么？”

“上楼去睡吧，已经很晚了。”她不知从哪找了块毛毯，盖在了他腿上。

小家伙也歪在沙发里，睡着了。能听到他均匀的呼吸声。

离洛到他身边，正要抱他上楼去睡，却听五月说：“我待会儿带他回家去吧，反正住得很近。”

离洛眉头蹙得更紧了，他回头看她，“现在几点了？”

“已经11点多了。”

两个大人都怕吵着孩子，极有默契地把声音压得低低的。

“就让他睡这儿吧。”离洛坚持。

五月略微担心：“小孩子睡相不太好，我担心晚上压到你的腿。”

他看她：“你对他的情况好像真的一清二楚？”

“小孩子都一样。”五月略微低下头去，却听离洛突然说，“那你就留下来陪着他睡吧，免得小家伙醒来看到是陌生的环境会吓到。”

他神情那样淡然，丝毫没有半点不自然，倒是让五月微微惊愕。

没料到他会把自己也一齐留下来……

五月并不矫情去拒绝他的提议。

原本每天晚上都是小家伙和自己睡在一起，要是突然分开了她肯定会一夜无眠。

再加上离洛，今天实在是太美，她不舍得就这样结束，也不舍得，在一天的热闹之后，把一室冷清就这样留给离洛。

想来，这个骄傲的男人，偶尔也会觉得孤单吧！

安顿好小5以后，离洛回了自己的卧室，五月在大厅收拾了小5丢得乱七八糟的玩具和

零食，便也睡去了。

这一夜，安好。

天一亮，五月便开车载着小5和离洛一起去医院。

一路上，车里的气氛依旧持续着昨晚的温暖。

外头的风有些重，刮在车窗上，呼呼作响。但车窗隔音效果极佳，所以里面的他们都听不到。

到医院的时候，主治教授远远地就等在门口，带着一帮医生护士准备迎接他。

那教授很年轻，就是每回离洛腿痛时会出现的那位，五月是见过的。

匆匆打过招呼，年轻教授命人推着离洛直接上了医院五楼的一个VIP病房。

五楼，大卫已经事先在了。

五月发现病房出奇的安静，略微奇怪，大卫适时解了惑："离总第一天来正式接受治疗，不想被人吵，所以把整个房间包下来了。"

很快地，离洛换了一身病员服从病房的洗手间里出来，他穿病员服的样子，还是精神奕奕，依然很帅。

五月站起来，笑着："先要去做检查么？"

"嗯。可能要好几个小时。"他答。

"那我陪你去。"

她自告奋勇，把小5交给大卫后，才推着他去做一项项检查。

检查工作很繁杂，几次下来，离洛明显地不耐烦起来，眉头总是紧紧蹙着，让一旁的小护士们在给他做检查时更是战战兢兢。

五月耐心地跟在他身边，总是适当地安抚，生怕他会中途作罢。

所有的检查总算完成，五月才长舒了口气。

"先休息几天，过几天就该慢慢学习走路。这几天不要常常坐着，借助拐杖站几十分钟，提前适应一下。"

年轻教授叮嘱正帮着离洛躺上床的五月。

五月连连应着，那教授笑："来治疗的明明就是他，我怎么觉得你比他还紧张。"

五月脸色微红，看到小5和大卫在一旁暗自偷笑。

而离洛则好似没听到，只将视线微微别到窗外去。

接下来的几天，五月已经开始恢复上班了，小5还在请病假休养中，所以白天的时候基本都是他和大卫在医院里陪着离洛。

离洛把工作也搬到了医院，偶尔大卫会回公司解决一些急事，但有小5在，所以也不

会觉得枯燥。

约到傍晚的时候，五月下班后，会先绕到自己家里，做好饭带到医院里来。

原本五月还打算晚上回家，但走的那一刹那，见到离洛孤身一人躺在那张床上，她又不受控制地折身回来了。

便和小5两人一起睡在病房厅里的沙发上。

第二天，离洛便嚷着他睡的那张病床极不舒服，硬得硌他的背。

其实在来的那天，五月已经细心地替他把被褥和身下的垫褥都换了软的。

但他执意要买张新床，大卫便只好迅速送了一张过来，于是那张所谓“硬”的床，此后便成了五月和小5暂时的小窝。

五月才下班，她步履有些匆忙。

明天离洛就开始正式学走路了，第一天，她担心他会紧张，所以想早些过去陪他。

“戚五月，没想到你真回来了！！”突然的一声吼传来，严厉而冷厉。

正是下班高峰时，无法避免，所有的目光都聚集过来。

五月匆忙的脚步也不得不顿下，顺着声源看去，便见到一个人影怒气腾腾地朝自己走来。

身边是阮纯，她一副很急的样子，拖着身边的人，但那人力道比她要大得多，没几下便将她甩开了，直朝五月奔来。

“莫姨？”五月认出对方来，有些被她眼底的怒气吓到。

莫姨叫莫琼，是大妈的亲姐妹，以前在离家的时候没少见到她。

莫家就这么俩姐妹，所以她和大妈的关系极好。

“你还敢叫我莫姨！这声姨也是给你叫的吗？”莫琼站定在五月面前，厉声呵斥她。

愤恨地瞪着她，眼底的火苗，几乎能将五月化为灰烬。

天知道她有多么恨这个女人！

正所谓父债子偿，母亲欠下的这些恩怨，她有义务承担！！

五月缩了缩身子，大约有些懂莫琼的恨从哪里来了，她便低低地说了声抱歉。

阮纯抱歉地看着五月，使眼色示意她走，那边她继续劝莫琼：“莫姨，这是在洛哥哥公司。有什么事改天再说比较好。”

“纯纯，你别劝我，你不知道我有多恨姓戚的！要不是她们蛇蝎心肠，我姐……一家人怎么会弄到那么惨的……地步……”莫琼说到最后竟失声哭起来。

她越想越气，甩开阮纯，就去揪五月的头发：“亏得你还敢回来！你和你妈都是白眼狼！！亏我姐夫对你们那么好，我姐她是傻了才没把你们赶出去！！”

她咬牙，揪着五月的头发越来越紧，扯得五月头皮发痛，应该有不少头发被她揪了下来。

她也不挣扎，只说："莫姨，对不起……"

太多的歉意，在那些仇恨前，只能化作这样一句话。

莫琼一巴掌就扇在了五月脸上："真真是恨极了你这无辜的样子！你给我说对不起做什么？！你要真觉得对不起离家，你就滚去地底下和我姐他们说去。"

骂完，又是狠狠的一巴掌扇到另一边脸上。

五月不闪不躲，任莫琼疯狂地发泄。

那两巴掌莫琼是用了全身的力气的，扇到她耳廓上，让她耳朵嗡嗡作响。

天旋地转，有种想吐的感觉。

周围的人越聚越多，好奇的眼神，烧得五月脸上火辣辣的感觉更重了。

阮纯似乎是被吓到了，站在一旁竟有些呆，也没想到上前拦一把莫琼。

莫琼似乎还觉得不解气，又发狠一脚踢到五月膝盖上。

那尖细的高跟鞋尖，俨然一把刺刀，刺得五月的膝盖骨像被电钻钻着一般痛。

一个没站稳，她狼狈地往后跌了下，脑子里正狂轰滥炸地响着，让她思绪都模糊了。

只胡乱地探手抓住前台的桌子，才让已经摇摇欲坠的自己不至于太狼狈地倒下去。

冰凉的指尖，泛着骇人的苍白。

莫琼好似发了疯，五月越不反抗，她的怒意就被燃得越高。

她冲着五月，一阵拳打脚踢起来，歇斯底里让她整个人完全失去了控制。

力道更是不会掌握。

五月原本还强撑得住，可是到最后……她实在撑不下去了……

只觉得浑身都在疼，骨头像被车碾过一般，痛得她直不起身，她本能地抱着自己，蜷缩在角落里。

但那拳头还是像暴风骤雨一样朝她背上、肩上、头上袭来，痛得她几乎要麻木了……

她不能反抗……

没资格反抗……

如果这样可以让恨消弭一点，可以让莫姨觉得好受点，那么她愿意承受……

真的愿意……

终于有人看不下去了，不管对方是不是总裁的亲戚，强制将她拖开来。

公司的保全人员也到了，开始忙着疏通大厅的通道。

五月被众人围在一个小圈子里，她蜷缩着纤瘦的身子，颤抖着，还蹲在那。

周围，有点点的血迹滴在地上，额头上也有斑斑的血迹，直染到她的牛仔裤上。

“五月，五月……”阮纯扒开人群冲进去，看到她时，连唇都在颤抖。

她把像个受伤的小兽一样的五月抱进怀里，脸上有泪：“对不起，对不起五月，我真不知道会这样……我知道会这样，不会带莫姨来的……对不起，请你原谅我……”

五月听不清楚她在自己耳边呢喃什么。

只感觉到周围的脚步声越来越少了，身上的厮打也没了，她让自己站起来，脚步虽然还是有些不稳，但是……她真的不可以再逗留了……

她该去医院了……

她答应了离洛和小家伙，今晚要早点到的。

若是去晚了，离洛受不了那些乱七八糟的检查，会烦到皱眉，甚至会直接放弃。

那样，一切就都前功尽弃了……

眼前那些或同情，或奇怪的目光，五月完全感受不到。

她只傻傻地往前挪动步子，阮纯怔愣地望着她的身影，一时竟说不上话来。

“这位小姐，莫夫人被送到警局接受调查，你也必须一起去录口供。”保全人员的话，才让她惊醒。

坐上出租车，五月几乎是费尽了全身的力气，才说出医院的地址。

司机被她的样子吓得心惊肉跳，在交通拥堵的时刻还将车踩得飞快，刻意给她绕了个不塞车的路，不出半个小时就把她送到了医院。

还客气地没收她的车费。

到医院，一路又是奇怪的目光。

乘电梯上五楼的时候，她浑身的血迹，和她整个人的虚弱，让所有人都自觉给她让出一条道来。

有好心人不顾她满身的狼狈伸手扶了她，她想说谢谢，但喉间干涩，还有腥味，以至于她一个字也没说出来。

五楼的VIP病房，除了离洛以外，还是没有病人住进来。

所以，很安静……

但偶尔能听到小家伙的声音从病房里传出来。

五月只觉得眼前越来越模糊了……

她用尽力气推开病房的门，房间里，离洛正乖乖地接受护士的检查。

他没有不耐，也没有发脾气，似乎是习惯了，五月微微笑了下，有些欣慰。

她不知道，自己那红肿的脸上此刻还沾着血，笑起来时是多么的让人心惊。

“离洛……”她走近一步，见到他回头的那一刻，只觉得浑身的力气都消失了……

她……真的没多余的力气再撑下去了，哪怕只是一秒……

昏倒的那一刹那，她跌进了一个温暖的怀抱里。

那个怀抱，是那样的厚重，那样的让人安心……

“该死！”检测仪噼里啪啦被拂到地上的声音，伴随着一声恼火的咒骂。

她听得出来……是离洛，一贯不轻易表露情感的他，真真实实在发火。

小5哭了，第一次那样又惊又恐地哭。

她吓到她家的宝贝了！

“医生！医生！！”离洛紧紧抱着那还在颤抖的身子，她满身都是伤痕。

脖子上，脸上，手臂上，有清晰的淤青……那样让人心惊……

她浑身的透凉，让他觉得害怕，又一次真真切切尝到了要失去的感觉。

他厌恶透了，这样的感觉……

仿佛什么重要的东西，要从自己生命里被活生生地剥离……

“把她放到床上。”医生进来，指挥着。

离洛不敢怠慢，赶紧把五月放平在自己床上，小5顾不得什么，只放声在那儿痛哭。

离洛把他抱进怀里，坐在五月床边。

目光紧紧地盯着昏迷中的她。

她是被人打劫了吗？

“没什么大碍，骨头和筋骨都没伤到，多半是些外伤。”仔细检查后，医生下了结论。

离洛脸色差极了：“为什么会昏倒？”

“大概是被吓着了。人都是这样，神经若是一直处于一种绷得几乎随时要断的状态，若是突然见到让人安心的人，一下子放松就会昏过去。放心，不会有什么大碍。”

医生解释，又叫了名护士跟着自己出去，领了药进来给五月打了点滴。

听了医生一再的保证，小5还是不放心，但没有像刚刚那样嚎啕大哭了，只嘤嘤地小声啜泣着。

他窝进被子里，陪五月睡在一起，小手不敢抱她，生怕碰到她脖子上的伤口。

离洛就坐在那，紧紧盯着那张脸。

手不自主地伸出去，却又在空中停顿住，握成拳头，捏得紧紧的。

手机突然响了，是大卫的声音。

他显得有些慌张：“离总，戚小姐出事了！”

离洛声音冷得彻骨：“谁做的？”

看来离总已经知道了，大卫便把刚刚在公司里发生的事老实交代了一遍，离洛听着，脸色更差了。

他心烦意乱地掐断了电话，把手机随手丢在床上。

看一眼还安静地躺在床上的五月，他推着自己出了病房。

坐在静谧得几乎看不到头的长廊上，他一根接一根地抽着烟。

原来是莫姨下的手……

因为忘不了自己的姐妹被害的那段仇恨，所以她把五月伤成这样！

连莫姨都那么恨她，而作为被害者的儿子、哥哥的他，却在紧张仇人！

这真是可笑又可耻至极！

他越发抽得凶猛了，有护士本想过来劝他，但见他脸色阴沉，便不敢再说话，只能放任他。

一口烟没吸过来，把他狠狠呛到。

他恨极地丢开烟头，整个人像被抽空了力气似的，虚软地靠在墙壁上。

一片……冰冷……

做做戏而已，他不该真心软的！

离洛坐在沙发上，静静地看着床上躺着的戚五月。

上过药后，那张原本清新的脸上还是泛着红肿，脖子上贴着纱布。

小5蜷缩着小身体，窝在她怀里。

两个人靠得很紧很紧，竟然……有些像……母子……

莫琼的电话打来，他便撑着拐杖出去接了。

“阿姨。”他低低叫了一声，语气有点沉重。

“洛，你是怎么回事？你难道不知道姓戚的在你公司吗？你怎么会放任她在那！你到底在想什么？”

离洛的视线，毫无焦点地落在长廊尽头：“阿姨，听说你今天去公司了。”

“是，你不教训那死丫头，当然得我出马。你们一家人会这么惨，都和姓戚的脱不了干系。这些你不会都忘了吧？”莫琼语气里有着憎恨。

她向来性子直，爱恨分明，该报的仇她一点都不会手软。

“阿姨，你放心，我没忘，也不会忘。”他半靠在墙壁上，淡淡的月色，隐隐约约看起来竟是那样的落寞。

双脚借着拐杖立在地上，略微有点凉。

直接凉到他心坎上。

挂了电话，离洛一转身，一抹身影怔怔地站在病房门口。

他脸色变了变。

五月不动，就站在那，那样望着他，眼底有着深沉而复杂的情绪。

离洛心一凛，想到刚刚自己和莫姨的电话，一时脸色变得更差了。

“偷听人电话是很不礼貌的行为，你难道不知道吗？”他艰难地侧身避开她，进了病房。

在厅里的沙发上坐下，他顺手在矮几上给自己倒了杯水。

“这种天喝凉水不好，我替你换一杯热的。”五月说着便准备拿开他手上的杯子。

哪知道他却冷声拒绝：“不用！”

碰了个钉子，五月在沙发另一边坐下，垂下的脸上，写着失落。

浑身的伤，还在隐隐作痛，她探手抚了抚脸，抬眼偷觑离洛的神色。

他清俊的脸紧绷着，并不说话。

目光淡淡地落在矮几上那杯凉透的水上，不知道在想什么。

气氛陷入一种让人窒息的沉闷里。

五月只觉得胸口突然就痛了。

以后，她和离洛，大概再也不会有之前那种和谐的氛围了。

她扯出一抹笑，因为脸上的伤，她笑起来并不美，但成功地吸引了离洛的视线。

“我知道你们很恨我……”她需要鼓起勇气，才能在这样清醒的时候坐在他面前，将过去那段不堪的仇恨摊开来和他对谈。

“不该恨你吗？”离洛喝了口水，清凉的感觉从喉间一直没到胸口，他幽幽地继续开口，凝视着她的目光却锐利得像把刀。

“知道你妈在我们家第一个下手的是谁吗？”他嘲弄地笑了下，语气很冷静，冷静得失常。

“是我弟。那时候的他，还只是7岁大的孩子。却被你妈拐带出去砍了手脚，成了街头的乞丐。你知道小家伙有多么相信她吗？每天他一定要和我说的一句话就是：‘哥哥，别欺负五月姐姐和小妈妈了，她们都是好人，都对我很好！’好？那个他单纯以为的好人，最后却残忍地要了他的命。”

那些画面，总是无数次在他眼前晃来晃去。

即使是在深夜的梦里，也总是不断地苦苦纠缠着他，让他一次次从那噩梦中惊醒。

他已经厌恶透了那种惶恐的感觉，总觉得黑暗中会突然伸出一只手来将他的一切夺去。

醒来时，他却不知道自己在怕什么……

现在的他其实早已经是一无所有，不是吗？

五月只觉得有一只大掌在狠狠撕扯着她的心，将她整个人都撕成了碎片。

离洛睁开眼，望着她。那双眼，无波无澜，更无多余的情绪。

“你现在最好收起你的眼泪！”他皱眉，很是不耐烦。

“我会好好照顾你，尽我所能。”她胡乱地抹干眼泪，坚定地看着她，下了决心。

清早的空气，带着微微的寒霜，很清新。

朦胧的水雾打在玻璃窗上，像一面面花窗。

诊疗室里，有一排排扶手。偌大的空间，只有离洛一个病人。

五月自然是跟着他一起过来的。

“试试吧！”五月鼓励地望着还坐在轮椅上的离洛。

她的声音很轻很柔，在空间里轻轻回荡。

离洛瞥她一眼，并没什么表情，但他还是试探地站起了身，一手拿着拐杖，一手撑住扶手。

五月不去扶他，只是离开他两米的距离，站在他对面朝他招手：“离洛，试着丢开拐杖，撑在这儿，慢慢走过来。”

她边说，边拍了拍身子两侧的栏杆。

他在学走路，她显得比他还激动，虽然脸上还挂着伤，但那笑容却依然炫目。

离洛不满地瞥她：“戚五月，你那是在逗婴儿吗？”

五月笑得更灿烂了，催他：“别磨磨蹭蹭了，你快过来吧！”

这女人最近胆子是越来越大了！

离洛索性丢开拐杖，只撑在栏杆上，朝她一步步走过去。

他稍靠近她一点，她便退开一步，再诱哄他继续靠近自己。

几次下来，进行得很顺利。

起初还有些小心翼翼，到后来习惯了，便稍好了一点。

五月怕他烦闷，便故意逗他，手上拿着糖果在摇晃，拿出几年前教小5走路时的招数对付他，“离洛同学，做得很好哦！再走过来一点点，就有糖可以吃了。”

“戚五月，你死定了！”他整张脸都黑了，狠狠咬牙，直朝她扑去。

她惊叫着连连后退，再回头却见他手已经松了，高大的身子正摇摇欲坠。

五月看得一阵心惊，哪还顾得逃跑？赶忙跑上去将他扶住：“你小心点。我不逗你了！”

他的身子，却顺势倒在她身上。

沉沉的重量直接将她压倒在地上，他的脸，贴上她的脖子。

彼此的呼吸，都热乎乎地缠绕着他们。

承受着他的重量，脖子的肌肤上，是他的味道。

薄薄的唇瓣，带着微微的凉意，让她隐隐颤抖，心怦怦乱跳，她舔了舔干燥的唇瓣，觉得该说些什么来打破这个局面，“那个……”

他却直接截断了她的话，问：“糖呢？”

他一手搁在她左边，撑着地面，将她禁锢在身下。一手在她上方摊开来。

那模样孩子气极了，简直和小5有得一拼。

五月一时哭笑不得，彼此间所有的尴尬都没有了：“不给，你还差一米没有走呢！”

她故意扬着脸，俨然一个苛严的老师。

“给不给？”离洛眼眸一眯，身子微向下倾，蓦地逼近她。

连睫毛几乎都要刷过她的脸。

他的身形极为挺拔，落在她上方，让她觉得压迫感极重，逼得她几乎连呼吸都在那一刻停滞。

她深吸了口气，好不容易才组织好语言，“我……”

此时……

门却突然被人从外面推了开来，两人都转头看去，只见阮纯呆呆地站在门口。

她似乎是受了莫大的打击，就怔愣地站在那，傻傻地望着他们。

五月醒过神来，脸一红，不敢看阮纯又受伤又无法承受的神情，她推了推离洛，示意他起身。

离洛这才将视线从阮纯身上抽离，相较于五月的反应，他显得很自然。

也不起来，只是一翻身在五月身边坐下。

“你怎么来了？”他问阮纯。

五月赶紧起来，整理自己被压得有点乱了的外衣，略微有点慌乱。

刚刚那一幕，任谁看到了都会误会，更何况还是一直深深爱着离洛的阮纯。

阮纯走近他们一步，才颤抖着唇，找到自己的声音：“听说……你在医院接受治疗，我让阿修查了好久才查到你住的医院。”

她清澈的眸子，一动不动地望着离洛，仿佛要将他直直望进心里。

离洛淡淡地说：“不是什么大事，所以没通知别人。”

阮纯咬了咬唇，复杂的神色看了眼略微尴尬地站在一旁的五月：“可是，五月却知道……不是吗？我知道，洛哥哥把我当外人了！”

离洛望着阮纯眼底的伤，他紧了紧眉。

不管怎么样，他并不想伤害她，他由衷地希望，她永远都是他心目中那个开心的阮纯。

所以说：“你知道你永远都不可能会是外人。”

阮纯怔了下，紧紧凝视着他的眼，似在探寻他话里的真实程度。

“你们先聊，我去上个洗手间。”五月觉得自己待在这比较多余，她便主动提出留个单独的空间给他们。

离洛瞥了她一眼，五月没注意，低着头出去了。

第十一章　时间让人变了

五月出去后，阮纯在离洛身边坐下。

因为刚刚走得有点累，离洛额角上渗着密密的汗。

阮纯从手包里，抽了张纸巾，抬手要亲自替他擦去。

在空中，却被离洛突然抓住："我自己来。"

他说着，便要去接她手上的纸巾。阮纯却固执地拿着那张纸不松手。

"哥，难道连替你擦汗的资格我都没有了吗？你不喜欢我了，是不是？"她本就柔腻的嗓音哽咽了起来，越发地惹人心疼了。

以前的洛哥哥从来不会对她这样的……

小时候，他很喜欢踢足球，放学后从来都不那么早回家，总要在绿茵草地上踢得满身是汗才回去。

她便拿着两个人的书包，坐在树荫底下，傻傻地痴望着他的身影。

众多的影子中，他总是那样耀眼，谁也挡不了他的光芒，而她，自然也是一眼能看得清楚。

那时的他，头发短短的，很精神的小平头。

踢完球后，满头都是汗，她只要一作出嫌弃的样子，他便恶劣地把脑袋朝她凑过来，像条小狗似的调皮地把汗甩得她满脸都是。

“来，乖纯纯，给哥擦汗。”那时的他，总是那样子逗她。

可是现在……

兴许大家都长大了，也许是，那样纯真的感觉，已经在他们之间找不到了。

想起这么多，阮纯突然悲从中来。

也不管离洛的反对，她执意要替他擦汗。

离洛见她眼角挂着泪，心微拧了下，便不再拒绝，下一秒……

她突然低头，主动地将唇瓣烙上他的。

只有这样……她的洛哥哥才会记起那个喜欢像条小尾巴黏在他身边的乖纯纯。

显然没料到她会有这样的动作，离洛微怔，及时回过神来，下意识去拉她。

她却像受了蛊一般，不顾他的拉扯，反而整个人攀到他身上。

因为他的拒绝，她的泪越流越多。

彼此的唇瓣间夹着她冰凉的泪，涩涩的，很凄凉。

离洛头一偏，拉开他们的距离，“纯纯，别闹！”

“我不是闹！不是！！”她大声反驳他，“洛哥哥，我爱你……你一直都知道，不是吗？”

离洛撑起身子，背过身没去看她。

她的哀戚和眼泪，都让他觉得心烦气躁。

对付女人，他一向不擅长，尤其是阮纯。

阮纯泪眼模糊地看着那道背影。

恍恍惚惚间，觉得儿时那个洛哥哥离自己越来越远……

这让她觉得恐慌。

她轻轻地从背后密密环住他的腰，哀戚的脸贴着他的背：“洛哥哥，再给我也给你自己一次机会，好不好？我相信我们会找到从前的感觉的。在美国的这八年，我都不知道自己是怎么过来的。脑子里每天都是你，连做梦都逃不过你。可是我却不敢回来……就算回来了，离妈妈也不会让我见你……可是现在我回来了。我原本以为八年的时间可以让我忘了你，可是我发现没有！反而是将那份思念越积越深，越压越厚。”

她倾尽全力表露着自己的心声，将他圈得那样紧，仿佛生怕她一松手，他便会从她怀里离去。

离洛不得不承认，阮纯的一番表白成功地将他带回到了那段美好而纯真的过去，让他那颗被岁月打磨得冷硬的心也柔软了几分。

但是……

也不得不说，那些都已经是过去，只是过去而已！

不管多么美好，一切都回不去了。

“那些都已经过去了，毕竟八年的时间不短，我们回不到过去。”他没有拉开她，只是幽幽叹了口气，目光落在窗外。

天竟变得有些灰暗，似乎要下雨了。

“哥……你爱上了五月，是不是？”在背后，她突然问。语气有迟疑，但还是问出了口。

略微绝望，凄然……

只要答案一出来，她的心，便会被割伤，割出一条长长的伤口。

似乎没料到她会问出这样的问题，离洛一僵，脸色沉了下去。

“这不是你该关心的问题！”没承认，亦没否认，语气依旧是那样的平淡，他却拉开了阮纯的臂膀。

即使不明说，阮纯也知道了这句话的含意。

她咬了咬唇，不甘心加上那漫天的酸涩将她一贯的温柔逼得咄咄起来：“为什么不该关心？！洛哥哥，你难道忘记了五月姓‘戚’吗！她是戚阿姨的女儿！莫姨都记得的事，你为什么不记在心上？！你该知道，你们是不可能的……爱上仇人的女儿，你不觉得这很可笑吗？你要伯父伯母怎么合眼？！这会遭天打雷劈的！！”

她不顾形象地大吼，似乎想将执迷不悟的离洛唤醒。

“够了，阮纯！”他却厉声喝止了她。

蓦地回过头来，那双凌厉的眸子就那样死死盯住她的脸，带着让人不寒而栗的森寒，让阮纯又惊又恐地连退了两步。

他真真的恼了！

第一次这样恼火地叫她的全名，第一次用这样寒冷的眼神盯着她……

冷静下来，这样陌生的离洛让阮纯有些慌。

她张了张唇，试探地走近他一步，试图解释：“哥……你知道，我不是那个意思……”

语气，较之前冷静了很多，也软和了很多，“我只是不想看你到时候因为五月而痛苦不堪。”

不知是不是阮纯的话直接戳中了离洛的胸口，他那一贯无波澜的眸底，起伏了下。

他闭了闭眼，再睁开时才恢复平静，抬手指了指关着的那扇门，语气平静：“你走吧。”

显然，他并不想多说，也不想多听。

望着那决绝的背影，阮纯脸色白了白。

颤抖着唇，想说什么，喉间却被一堵酸涩堵得严严实实说不出话来。

最终，她选择了放弃……

哭着奔到门口，拉开门，却见五月略微怔愣地站在那儿。

两人都愣了下。

“我们谈谈，好吗？”阮纯红着眼眶，定定地看着她。

五月看了眼离洛，和他的视线，恰恰撞个正着。

他的眸底，依然深邃，看不到底。

“嗯。”她收回视线，点头，跟着阮纯出去。

天变得灰蒙蒙的，像在白云上撒满了灰尘，笼罩着这个喧嚣的城市。

让人觉得，沉闷……

两人坐在医院花园的长廊上，五月抽了张纸，递到阮纯手上，问：“要喝点热咖啡吗？我替你去拿。”

阮纯伸手拖住她：“不了，五月，我们好好聊聊吧。”

擦干眼泪，她朝她绽出一抹笑容，很牵强：“回国到现在还没和你真正聊过天呢！”

五月微微一笑，重新坐下：“是啊，也很难得有机会碰到一起。”

阮纯问：“你回国多久了？”

“好几个月了。”

好几个月……才比自己早好几个月而已……

爱离洛，她却比五月早了好些年……

想到这个，阮纯心揪痛了下，直接开门见山地问：“五月，你喜欢洛哥哥，是吗？”

对于这个问题，五月似乎并不意外，只是微愣了下，便坦然地点头。

“嗯。”

这也许并不是个秘密。

女孩子的心总比男孩子要细些，阮纯知道也不感到意外。

阮纯笑了一下：“可是，你知道你们不可能。”

五月敛了敛眉，没出声。

“你们之间隔着的不止是万山千水。”阮纯的目光随意地落在远远的某一点上，轻声说着：“洛哥哥不是一个会那么轻易忘记仇恨的人。因为爱，去放弃恨，那该是一段多么深沉的爱？五月，你有自信让他那么爱你吗？”

五月心狠狠揪了下，却是浅浅一笑，“我不会想太多。现在也不过是想在他做治疗的这段期间，好好照顾他而已。”

她不是没有自信，只是没有勇气而已。

离洛对他那从骨子里透出来的恨意几乎足以毁天灭地，又岂是一份爱可以撼动得了

的？

她不敢去挑战，怕到头来这份爱死无全尸。

“五月，不管怎么样，我都不会放弃洛哥哥的！”阮纯站起身来，朝她笑，笑容略带伤感，却透着坚定，“不管用什么手段，我都想留住他。”

五月也站起来：“我该上去了。”

“嗯。那洛哥哥拜托你照顾了。”

她们挥手告别，五月回身往医院里走，胸口又酸又涩。

若是没有那些不堪的仇恨，她应该也会勇敢地和阮纯一样，爱得那么坚定吧！

雨，突然就下了起来。

淅淅沥沥的，像丝线一样，刮到脸上，侵入了伤口，冷到骨头都在疼。

五月尤其怕冷，被雨一淋，她便哆嗦了下，裹着被打湿了的外套往楼上跑。推门进去，离洛正坐在地上没动，见她进来，眉头一皱：“外面下雨了吗？”

“嗯，刚下起来了。”五月随手拨了拨还坠着雨滴的发丝，朝他走过去，伸手就去扶他，“别一直坐在地上，地板太凉了，对你腿不好。”

离洛顺着她的搀扶，站起身来。

手搭在栏杆上，栏杆略微有点凉，他皱眉看了一眼衬衫上染的雨水：“外套上全是水，你去换一件。”

“抱歉。”五月索性脱了外套，好在室内的暖气效果很好，不会太冷。

“她怎么样了？”他突然问。

五月怔了下，微微一笑，牵动唇角的伤口略微有点痛：“你说得太直接，估计她心里不会好受吧。不过她很勇敢，不会放弃你。”

唇边有些微的苦涩，她靠在栏杆上，离他很近。

他干净略带烟草味的男性气息，窜进她的鼻息，她站在那，突然觉得有些无力。

离洛微微侧目，就那样沉沉地看着她，好一会儿，才冷笑，哼了一声：“勇敢？明知道得不到还往前，那不过是孤勇。”

五月暗自叹口气。

孤勇也是勇，而且是更大的勇气。

她就不敢，明知道前方是悬崖，她却只敢往后退。

“我要回去了。”他半撑着自己，坐到轮椅上，突然说。

“回去？”五月讶然，赶紧跟到他身后，“离洛，你已经坚持这么多天了，怎么可以半途而废？！这是懦夫才有的行为！”

以为他又放弃了，她变得激动起来。

见他不理自己，她索性摊开双臂将他拦住，急得跺脚：“离洛！”

离洛眯了眯眼：“你让开。”

“不让！你不能这样放弃，不能让这么多人都替你担心，这是自私的行为。”她急得抓住他的轮椅。

看着她连眼眶都要急红了，离洛唇角勾了勾：“谁要你担心了？”

五月被他堵得好一会儿没说上话来，最后却咬了咬唇，说：“就算你不稀罕我的担心，那大卫、小5呢？还有莫姨和纯姐姐……你总不希望他们一直替你担心吧？”

离洛别有意味地望着她突然低落下去的神情，懒懒地往后靠了靠：“戚五月，谁说我要放弃？”

清眸一瞠，五月略带不解地望着他，那双眼里闪烁的光辉极其动人。

“我不喜欢医院的味道。家里已经让大卫准备了一套器材，所以……”他语气扬了扬，望着她，“你要不要让开？”

五月囧了下。

想到自己刚刚莫名其妙的激动，就觉得滑稽。脸微红了下，她听话地松开轮椅，欣然地笑起来，“你不早说，害我瞎担心！”

离洛白了她一眼，没说话，眼里却仿佛缀进了一丝丝温暖。

在病房里收拾好东西，回到离洛家的时候，已经是下午了。

大卫从医院里挑了保健医生和看护一齐到了。

器材都一一摆在楼顶的玻璃花房里，刚下了一场雨，楼顶上的花花草草缀着如珍珠般的雨露，看起来有些清凉。

寒风吹过，能闻到泥土的气息，这在喧嚣的城市里极为难得。

五月略微沉闷的心，也稍微好转了些。

小5才进门，被暖气烘着，便有点昏昏欲睡了。这几天在医院里，他睡得并不好。

五月便替他铺了床，哄着他睡了。

离洛撑着拐杖，站在门口，望她一眼：“你到卧室里来一下。”

也不等五月应一声，他便转身过去了。

五月起身的时候，只觉得头略微有点重。

许是因为早晨吹了风又淋了些许雨的关系，感冒了。

她进房间的时候，离洛正坐在沙发上弯身懒懒地捶着腿，修长的手指骨节分明，很漂亮，也很优雅。

他乌黑的发丝，微微垂着，挡住了那张清俊的脸，只能影影绰绰见到他挺翘的鼻尖，

以及他总是紧绷的薄唇。

这一幕，明明平淡无奇，却让五月看出了神。他突然地抬头，露出那双墨染般深邃的眸子。她的心随之一颤。

“看什么？”他问。

她笑着摇头，爱极了现在和他相处的模式。

没有以往的那种冷淡和尖锐，也不会再像只刺猬一样，随时可能伸出他的武器来刺伤她。

平淡却很柔软。

她贪恋这样的感觉，不舍得去破坏，却也不敢再往前迈一步。

笑着在他旁边坐下：“走累了？医生说还需要慢慢适应，第一天不用走太久，下午就先休息。”

“哪有时间休息？”他指了指写字桌上堆得厚厚的文件，略微疲惫地往沙发上靠了靠。

五月不由得心疼，指了指他的腿，提议：“我帮你按摩？这样能减轻压力。”

“不用了。”他微微挡开她的手，抬眼随意觑了她脸和脖子一眼，“伤怎么样了？”

他的话题转得太快，倒是让五月一愣。

及时回过神来，她伸手触了触脖子上那一根根指痕，痛得皱了皱眉，但嘴上却说：“没事，过两天就好了。”

离洛从鼻腔里哼了一声：“说你蠢，还真是一点都没冤枉你！”

她瞪他。

“以前不是体育健将吗？怎么关键时刻连莫姨都跑不赢？废材一个。”他嗤她。

她老老实实地回答：“我根本没想过要跑。”

当时见到莫琼时，脑子里闪过的便是“寻仇”这两个字，比起他们承受的痛苦，她承受这几巴掌又算得了什么？

“没想过要跑？反过来就是说，你觉得替你妈承受这一切都是理所应该的？”他别有意味地望着她，那双眸子微微眯起，衬着窗外的灰暗，忽明忽灭。

这让五月无端觉得危险。

他的眼神里分明夹杂着太多复杂的东西，她极力想看清，但那根本是徒劳。

离洛的心思藏得太过深沉，她似乎永远都不会有看懂他的一天，于是只是出自本能地点头。

她还想问什么，他却一下子抓住她的手，将她朝自己扯了过去。

猝不及防，她惊呼了下，瞪大眼望着他。

他的神情，略微阴沉，就像窗外的天，压抑得让人透不过气。

“离洛，你怎么了？”她连忙问，单手撑在他胸膛前，隔开自己与他的距离。

这一刻，危险的感觉，让她心惊……

他不说话，只是一下子低下头去，两排白皙的牙齿就触上她脖子上的伤口。

牙齿沾着凉凉的口水，那一刻，像把锋利的刀一样，狠狠刺进她的脖子，咬在还没来得及痊愈的伤口上，直到伤口漫出血来。

她一下子痛出了眼泪，拿手捶他的肩膀：“离洛，你在做什么？”

他却像座泰山似的，停在她肌肤上，岿然不动。这让她更加慌乱起来，原本昏昏沉沉的头一时剧痛无比。

直到她的手抓着他如铁一样的手腕泛出苍白来，他才松开她。

“哭什么？”他问，又往沙发靠背上倒下去，眼里一下子就平静了，仿佛刚刚的一切，只是五月的错觉。

五月胡乱地抹干眼泪，赌气地站起身：“一会儿我带小5一起回家，我一定会安全把他送到家。”

伤口渗出来的血，染上了她内里的白色衬衫，凉凉的，只觉得凉到了她骨子里。

她背过了身去，离洛却只是望着她的背影淡淡地问：“不是说承担这些都是应该的吗？我不过是咬你一口而已，你就受不了了，那我要是杀了你亲人，你要怎么来恨我？”

像一记闷捶朝自己砸过来，五月背脊僵硬了下，眼神一下子暗淡下去，呼吸困难起来。

“橱柜第2个抽屉里是药，你拿过来。”他是命令的语气，仿佛很笃定她不会再和自己赌气走掉。

他的臆测，一向是准的。

她真没走了，乖乖地过去拿了药盒，递到他手上。

“坐下。”他接过药，指了指身边的位置。

他明显已经冷静下来，五月不怕他再咬自己，但她不知道他想做什么。

她知道，他胸口正憋着一股像魔鬼一样阴沉的东西，偶尔会伸出利爪来将她抓伤。

那便是他那浓浓的恨意……

其实，她不应该觉得意外的……

他一眼都懒得看她，只是动作利落地打开药箱，抽了几支棉签，还有一支药膏。膏身的字迹通体都是德国字，她一个也看不懂。白色药膏挤在棉签上，他不由分说将她抓过来，用棉签在脖子上的伤口敷了好几下。他的动作，出乎意料的轻，似乎很怕伤到了她。

那样的轻柔，伴随着药膏的清凉，让五月觉得心悸……也恐慌……

她怕自己在这样突如其来的温柔里，越陷越深……

最终无法自拔……

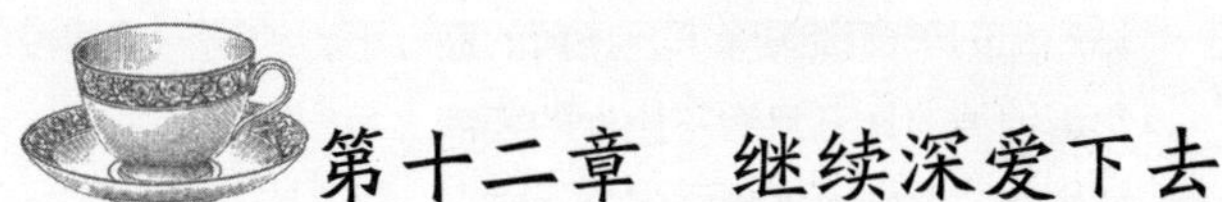

第十二章　继续深爱下去

下午的时候，离洛和大卫有公事，便出去了。

五月带着小5回家。

这个家，有很多天没有回来了，竟让她莫名其妙感觉有点冷清。

小5打开电视坐在沙发上，嘴里还在嘟囔：“大5，你说大叔回去看到我们都不在了，会不会伤心？”

五月这才想起什么来，便问他：“你和他是怎么认识的？”

这几天在公司和医院来来回回，一直没机会单独和小家伙聊。

“和大叔吗？这个说来就话长了，总之就是……意外。”小5两个字打发了她。

“那你为什么之前不和我说大叔就是他？”

“大5没问。”他一脸无辜。

他说得倒是。

五月本想让小5以后不要再和离洛碰面的，她怕这样下去，迟早会被他看出什么端倪来。

可是，经过这几天的相处，她却又不得不放弃这样的想法。

小5对离洛的喜爱，以及离洛对小5的疼惜都让她不忍破坏，她不能再继续自私下去。

就这样吧……

维持这样友好的关系，也许也会相安无事。

她有点自我安慰地想着，头昏沉起来，她便听着电视里灰太狼“我一定会回来的”那凄凉的叫声，浅浅睡去。

再醒来，是被电话吵醒的。

“你下来！”简短的话，是离洛的声音。

五月以为自己在做梦，好久没回过神来，却听得离洛继续说：“我在你楼下。”

五月这才猛然清醒了，连忙掀开被子，换了衣服下去。

天气，似乎越来越冷了。她抱着手臂下楼。

一辆黑色休旅车，缓缓停在她旁边。

后座上的车窗缓缓降下，橘黄的路灯下，映出一张清俊的脸。

影影绰绰的，五月看不出他的表情。

“离洛。”她本能地唤了他一声。

现在，他来这儿干什么？

“上来！”

五月也不多问，上了车。他径自阖上车窗，拉上隔音板，吩咐司机：“走吧。”

靠在椅靠上，那双如海一般深邃的眸子，就那样看着五月，看得她心发颤。

后座上，听不到半点声音，只有他们俩人存在。

彼此的呼吸，都离得那么近。

他的身形太过高大，以至于让后座的空间越发显得狭小。

“戚五月……”正当她纠结着要不要开口打破沉默时，他却突然开口了。

“嗯。”她轻轻地应。

侧目看去，他的视线落在了窗外某一点，略微有些失焦。

突然转过头来，和她专注的视线，撞个正着。

她心虚地正准备收回目光，却听到他突然问：“你喜欢我？”

语气是那样淡，又似那样漫不经心，看不出是认真还是他随口一问。

她却震惊地瞪大眼，那一刻，心几乎要跃出胸膛。

红唇翕动了下，却不知道该怎么回答。

喜欢，这个词在别人那儿也许很轻松就可以说出来，可是……

她不同……

她和离洛之间，有太多太多的障碍。

许久，没有等到她的回答，他很不耐烦地皱起眉，阴沉地望着她，又重复了一句：

“你是不是喜欢我？”

五月心颤了下，下意识地想退缩，却被他用手抓住下颚，逼得她不得不面对他。

“告诉我实话……”他的嗓音轻轻的，像诱哄，眼神那样深邃，忽明忽暗，让五月根本无从琢磨。

昏暗的灯光，从上打下来，映在彼此柔软的脸上。

她睫毛颤抖了下，深吸了口气，似下定了决心一般，抬眼专注地凝视着他。

“是，我是喜欢你，而且一直都在喜欢你……五年前或者……更早的时候就已经开始……”

她的表白，他似乎完全不意外，只是淡淡地挑了挑眉，没说话。

眸子，略微深邃……

相反，她紧张地舔了舔唇瓣，却遏止不住心头更多要倾巢而出的感情。

“离洛，”她轻轻地唤他，深深地凝望着他，“我原本以为这段感情不过是年轻的青春萌动，以为只要离开了，自己就可以把你忘了，可是，事实却不是。这几年来，脑海里反而将你的影子越印越深，我知道你恨我。”

说到这，她突然顿了顿，原本清亮的眸子渐渐转暗，闪过痛苦、苦恼、挫败，那样的深沉。

她哀愁地捂着小脸，完全沉浸在了那份郁结里：“我真的想忘记你的，不想再这样永远没有结果地爱下去，可是……”

好难……好难……

接下来的话，她没办法说出来，喉间有些哽咽，胸口堵得很难受，像压了一块石头似的。

离洛眯着眼，只听她说，久久地都没说话。

修长的手指，停在她垂下去的下颔处，触到一点湿润，他动了动。

带着薄茧的指腹轻柔地摩挲过她尖细的下颚，渐渐地，滑上她柔软的唇瓣。

来回抚摩，一寸一寸，爱不释手。

暧昧的，仿佛带着酥麻的电流，像诱惑一般的力道，让五月不由得轻颤。

她微喘了下呼吸。

隐隐觉得……

离洛……对自己好像有点不一样了……

她的脸，突然被他不由分说地抬起来，他重重地吻住了她。

火热的大掌，扣住她的后脑勺，将她整个人更密切地抵向自己。

这一次的吻，没有上次的蛮横，却狂野而有力。

仿佛要将她整个人糅进他的骨血里去。

这个吻来得实在太过突然，五月惊愕地瞪大眼不明所以地望着他。

便听到他在她唇边轻轻地叹气：“蠢女人，又不是第一次接吻了，闭眼！”

那么无奈，却又带着让她战栗的怜惜和一种说不出来的温柔。

她一颤，乖乖地闭上眼，眼角湿润。

纤细的手臂密密地环住他的腰身，用心地，承接着他这样的吻。

那样温柔，仿佛是深情。

是她在做梦吧？

这样的场景，无数次在梦里出现。

可是每每醒来，才发现那些不过是残忍的海市蜃楼。

一碰就碎。

很多很多次，那样地期待，又那样地失望。

那么，这一次呢？

如果是梦，那么，但愿永远都不要醒来，抑或，时间就这样停滞在这一刻，不再继续。

不知道过了有多久，直到彼此都不可遏止地喘息起来，他终于放开了她。

他的眼，亮得像天上的星星，沉沉地望着五月。

让五月的心一阵怦怦乱跳。

不是在做梦，梦里不会有这么真实的感受。

她羞涩地闭起眼靠在一旁，不敢承接他此刻暧昧的眼神。

心头，却像抹了蜜糖一样，甜蜜而幸福。

他真的吻了自己！

不是第一次了，但这绝对是第一个真正意义上的吻，不是因为羞辱，更不是因为怒气。

他侧着身，一手撑在她身侧。

“睁开眼来。”他突然开口，几乎是命令的语气。

她不得不睁开眼来看向他。

“哭什么？”他的手指，要落向她眼角。

那里，染着感动的泪。

“没哭……”

她下意识地将他的手在半空中握住，似乎被他的温度烫到，不到一秒就要松手，却被他反手霸道地扣进手心。

一股暖流，从彼此紧握的手心，直窜进她的心窝。

她擦干眼角的泪，侧目去看他，他正紧紧地回望她。

“继续爱下去吧！”他突然说，眼底缀着浅浅的笑意，是那样的迷人。

啊？

五月有点懵，他却没再说话，只是坐正了身子，懒懒地往后靠了靠。

“还不懂吗？”他这才叹口气，似很无奈。

女人，很多时候都是笨的！

不善言辞的他，已经将意思表露得这么明显，她若再不懂他的意思，那她就是个彻头彻尾的大傻瓜。

可是，这惊喜来得太过突然，以至于让她简直不敢相信。

她实在不知道，情况怎么一下子突然就变成了这样？

“你不是……恨我吗？”她小心翼翼地，不确定地问，却掩不住心下的狂喜。

什么时候，他对自己也有了不一样的情感？

是他掩藏得太好？还是她反应太迟钝？

因为她的话题，他紧了紧眉心，瞥她一眼：“闭嘴！”

即使这样凶巴巴的语气，似乎也没有了以往的冷淡。

“换个话题。”他说，手却依然没有放开她的，只微微曲了曲，紧了下她柔软的手指。

五月最近心情好得不可思议。

小家伙在调养下，身体渐渐好了，连器官相斥的情况都没有出现。

白天送他去幼儿园后，她就去工作。

最近小家伙似乎爱上了雏菊园，常常不回家，就去了离洛那儿。

上班的时候，离洛偶尔会给她打内线电话，起初她还惊诧不已，到最后竟也渐渐适应了。

他打电话来，总有他的事。

比如：腿不舒服。

比如：账目有问题，需要人解决。

正想着，电话又响了，五月一接起，就听到他沉沉的嗓音：“吃饭了吗？”

五月还是抑制不住心头的那种喜悦，甜腻的笑容挂在脸上。

那边景初都看出来了，朝她一个劲儿地眨眼，暧昧的样子，让五月难为情起来。

她侧了侧身，轻声说：“还没，正收拾东西，准备去吃午饭。”

"哦。"他的声音淡淡的，偶尔能听到那边沙沙的声音，似乎在翻着文件。

见他没继续说下去，她忍不住问："你很忙吗？不去吃午饭？"

"没时间。"

五月心里跳了下。

他即使忙得都没时间吃饭了，却还在给自己打电话，这代表什么？

"那我去买，一会儿给你送上去，怎么样？"她的声音柔柔的，像极了热恋中的女人。

"嗯，那最好。"他说着，便挂了电话。

景初跳过来："走吧，去买饭去。"

五月赶紧收拾东西，借着空当，景初又闹她："恋爱的女人就是不一样啊！脸色红润，精神良好，和前段时间小5住院那时候的你可真是天壤之别啊！看来恋爱就是治百病的良药。"

五月嗔她："谁恋爱啦？"

"别不承认！你和离总这不叫恋爱，你倒告诉我叫什么？内线电话打着，饭替他煮着，前几天你来上班都没换衣服，你敢说你不是住他家了？"

被景初这么一说，五月还有些恍然："恋爱？"

"是的！是恋爱没错！"景初笃定地望着略微迷糊的五月。

五月一时心跳加速，原来，自己和离洛现在在恋爱吗？

应该是吧！

否则，那一晚他不会突然地吻自己，不会那样用力地牵着她的手，不会说"继续爱下去吧！"

"OH！你这是什么表情，你不会自己现在才知道吧？"景初一副受不了的样子望着她。

五月又羞又窘，扯着她就走："别说这个了，先去买了饭再说。"

挂了电话，离洛把注意力放在文件上。

大卫笑嘻嘻地望着他："给戚小姐打电话？"

离洛只挑了挑眉，算是默认了。

大卫满怀欣慰："最近离总不只腿好了，心情也好了很多。"

离洛依旧没说话，只是抬了抬头，目光略微深邃。

大卫说的确实是实话。

不知道从什么时候开始，有一抹影子常常会在脑海里转。

原本他厌恶透了那种连自己都无法控制的感觉。

现在，他却觉得，那样的感觉，其实并不太讨厌。

也许，还可以再持续得久一点，等到自己厌恶了，这一切也该结束了。

雏菊园，离洛的房子里，五月在厨房里忙东忙西。

一会儿，厅里传来动静。

“五月阿姨，你又来啦？”伴着稚气的一声唤，小鬼头钻进厨房里。

五月笑了笑，将他抱进怀里吻了吻。

她的宝贝什么时候能当着离洛的面叫她一声大5呢？

也许，她该找机会和离洛说实话。

现在，她和离洛之间应该算是情侣吧？今天下午的时候还穿了上次买的家庭服出去逛了街。

现在也许是说实话最好的契机了。

他应该不会太生气吧？

“大5，在想什么呢？”小5俏皮地拉了拉五月的耳朵，趴到她耳边轻轻问她。

五月这才回神：“大叔接你过来的？”

“嗯。”他点头，“大5，要不我们干脆搬家吧？还是大叔这儿好玩，有好多好玩的玩具。”

五月笑笑：“最近是特殊情况，大叔的腿正在恢复阶段，所以我们才来得比较勤。以后大叔康复了，我们就可以回自己的家啦。”

“哦，”小家伙兴致低低地哦一声，“那以后大叔又要一个人了。一个人不好玩。”

“什么一个人？”离洛穿着一身修身T恤和一条浅灰色长裤撑着拐杖进来，刚好听到小家伙喃喃的话。

“五月阿姨说等大叔腿好了，我们就不用常常来了。到时候就只剩下大叔一个人了。”小家伙有点闷闷不乐地从五月怀里下来。

他不喜欢大叔一个人待在这样大大空空的房子里。

离洛眉头皱了皱，沉沉地看了眼五月，便抱着小家伙出了厨房。

五月正煲着汤，他们出去了，她便看着那淡蓝色的温火发起呆来。

其实她又何尝舍得让离洛一个人？

她太清楚那深沉静谧的夜晚，被孤单一点点啃噬的味道，和她曾经经历过的无数个夜晚一样，太难熬。

正发呆，一抹似薄荷一般清凉的味道窜进她的鼻息。

她回头，见离洛斜靠在厨房门边，那双凝视着她的眸子略微有些暗淡。

“医院打电话让我明天去医院复查。”他说。

“嗯，应该好了很多。我看你现在即使不用拐杖，也可以走好长一段路了。”提起这个，她不由得有些欣慰。

他没有用拐杖，只扶着墙壁的边沿，一点点靠近她，步伐依旧有些蹒跚。

“明天我忙，不去了。”他唇紧紧抿着，似有些不开心。

五月迷惑地望着他：“明天是周末，你有什么重要的应酬吗？复查不需要太久，随便抽个时间就行。”

“不去。”他断然回绝，似乎没有什么商量的余地。

五月看着他不开心的样子，突然笑起来：“你在和谁赌气吗？唔，真像个长不大的孩子。”

她弯身将火关小一点，眼里全是笑意：“让我来猜猜好了，”她微微偏头看他，像思索的样子，“你该不会是听小5说腿好了以后就只剩下一个人，就要赖不去医院了吧？”

似乎是被她一语说中了心事，他眉心紧了紧，重重地看她一眼，没好气地说：“你是不是太高估了自己的存在感？”

五月努了努嘴，摊手：“那好吧，完全没有存在感的我，只好今天煮完饭就回去了。”

“不准！”他抬手在她脸上狠狠掐了一下，“你别忘了我是你老板，更何况，你还欠我50万。以后我腿好了，你就来我这，专门替小家伙煮饭吃。”

“好痛，”五月揉揉被他掐红的脸蛋，撇了撇小嘴，“知道了。所以呢，明天你一定要抽时间去复查。”

“嗯。”他这才点头，唇角有了弧度。

“你在炖什么？”他用下颌指了指炉子上的汤。

“香菇炖鸡，好像已经熟了。”她把盖子微微掀开，拿勺子舀了一勺出来，试探地用舌尖舔了舔，“好香！”

忍不住喟叹，那满足的样子，看得连一旁的离洛也不由得食欲大动。

“我尝尝。”他挑挑眉，直接将唇凑到勺子边上，示意她喂自己。

五月懵了下，及时回神，赶紧说：“我换一勺，这个我尝过了。”

说着就要把勺子拿开，离洛却将她的手腕握住。

“我就要尝这个。”他微微低着头，视线透过发丝，定定地望着她。

那视线，带着几分说不出来的暧昧，灼热似火，仿佛连空气里都在吱吱吱地响着，让五月不由得觉得浑身发热。

她咽了下口水，将勺子凑到他唇边，看他满意地一口气喝光。

她舔了舔干燥的唇，提醒他："慢点喝，有点烫。"

他抬起头来，见到她羞涩的小女人样子，有种说不出来的风韵。

他扯唇笑了笑，暧昧地逼近她一步："确实还不错。你要不要尝尝？"

在他的凝视下，五月只觉得口干舌燥，她下意识地后退一步，摆手拒绝："我已经尝过了，可以起锅了。"

他不理会她，俯首将还残留着鸡汤的唇，不由分说印上她的。

"啊！"突然一声尖叫从门口传来，两人一惊，五月顺势退开，只见小家伙半捂着眼，笑嘻嘻地站在门口。

"小5什么都没看到，真没看到！"小家伙直摆脑袋，滴溜溜的一双眼从指缝里瞅着他们，五月羞得低着头，假意在看鸡汤。

"小鬼，你怎么来了？"离洛则是一脸的郁闷，"你不是在看动画片么？"

"小5也不想来打扰你们啦！"小家伙一手还作势捂着脸，一手将手上的电话递给他，"喏，是大叔的手机一直在震动。"

离洛顺手拿过来看了一眼。

手机上赫然五个未接来电，竟然是叶修。

"哥……哥……"他回拨过去，叶修的嗓音喑哑着，竟然在抽噎，连连叫了离洛两声却没能说出话来。

离洛心沉了沉，但依旧沉稳地诱导他："别急，出什么事了？好好说。"

叶修一下子就像个无助的孩子一样哭起来，只断断续续地说着："哥……医院……纯纯出事了……"

离洛赶到医院的时候，病房外坐满了人。

叶修颓丧地坐在那儿，满目灰暗。见离洛过来，他忙起身，眼圈微红："哥，你有女朋友了吗？"

离洛不知道这么问是什么意思，微怔了下，如湖水的眸子微微起了波澜："怎么会这么问？"

"那傻纯纯，"叶修的神色越发暗沉，"这几天一直哭着说哥有女朋友了，再也不要她了，凌晨的时候，就在浴室里割腕自杀了。"

离洛一震，那一贯没有起伏的眸子在此刻也荡漾出一圈圈的不可置信。

她……怎么会那么傻！

叶修僵直着身子，医院长廊昏暗的灯光将他整个人衬得一片萧瑟。

他一脸的落寞和沉痛，低喃："是我做得不够好。"

离洛还略微怔愣地愣在那里，眉间隐隐有几分难受。

他从未想过，阮纯竟然会因为自己而自杀。

对她，也许没有爱情，但那种青梅竹马的亲情却是无法割舍的。

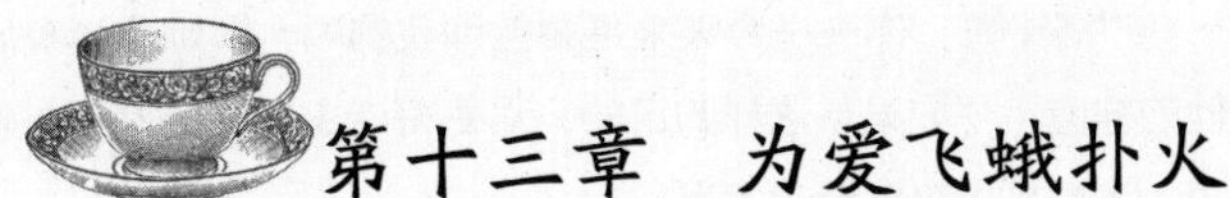

第十三章 为爱飞蛾扑火

离洛进病房的时候，阮纯已经醒了。

她躺在病床上，脸色苍白，眼神空洞地直直盯着天花板。

离洛推着轮椅进去，在她身边坐下，没有先开口。

倒是阮纯听到声音，似有感应，蓦地朝他转过头来，一见那张魂牵梦萦的俊脸，眼眶的泪便不自觉地往下落。

泪水很快打湿了枕头，晕出一圈圈水迹。

看着她虚弱的样子，视线顿在她缠着一圈圈纱布的手腕上，离洛喉咙微涩。

“别哭了……”他顺手扯了张纸巾，替她擦干眼泪。

阮纯乖乖地任他的手指，划过自己冰凉的脸。

天知道她多么贪恋他的温度和他手指间那清凉的味道，可是，越是这样，她越觉得酸楚。

唇颤了颤，她幽幽地说：“洛哥哥，你走吧！我不想让你看到这么狼狈的我。”

离洛没动，只是那样沉沉地望着她，眸如深湖：“为什么这么对自己？以前的纯纯，不是这样的。”

以前的阮纯，开朗、乐观，谁也无法将她与“自杀”两字挂钩。

八年的时间，难道连一个人的本性都可以改变吗？

“以前的洛哥哥也不是这样的！”她突然激动起来，坠着泪的眸子如蒙着一层薄薄的雾，一眼都不眨地盯着离洛，“洛哥哥说要娶我的，可是结果你骗我！你现在和五月在一起了，不是吗？”

“就为了这个，所以这么伤害自己？”离洛望着她。

“不是，不只是因为这个！”她深吸了口气，嗓音沙哑，语气里带着哭腔，“我只是想证明我爱你，比爱自己更甚一筹。五月的爱，比得过我的吗？”

她的眼神，直直地望着他，那样的哀伤，那样的让人心怜！

离洛神色蓦地严肃：“真是荒唐！纯纯，感情不是可以拿来做比较的！你这么做，有没有想过叶修的感受？”

阮纯一愣。

“洛哥哥，你……今天来是要教训我的吗？”她咬了咬唇，哀怜地微微别过头去没看他的神情，“如果是这样的目的，洛哥哥就走吧。我好累，伤口也好痛。等我情况好一点了，洛哥哥再来骂我也不迟。”

离洛叹了口气：“我没有教训你的意思，只是你应该知道……”话到这，他稍微顿了顿，眼神深邃地望着她的背脊，长长的睫毛往下投射出一抹重重的暗影，“即使是这样，有些东西也没办法改变。”

他尽量说得含蓄委婉，但一向聪明的阮纯不会听不出来。

明显地感觉到她整个人僵在那里，良久没有动。

哀凉的气息，将她层层笼罩住。

“我叫医生进来帮你看一下伤口。好好照顾自己，别这么傻。”

“哥……”她突然叫住他，嗓音幽幽的，就像梨树颤抖落下的雪花。

她转过身来，肩膀都在颤抖。

离洛有些不忍心，手指压在轮椅上颤了颤。

“你会和五月在一起，一辈子吗？”阮纯艰涩地问。

不知是手上的伤还是心头的伤在泛滥，痛得她连呼吸都艰难。

她突如其来的问题，让离洛眸子一紧，一抹难以辩驳的情绪在那双讳莫如深的眸子里一闪而过。

“会吗？”见他久久不出声，阮纯追问了一句。

离洛抿了抿唇：“一辈子太长，谁也说不定。”

他的答案，阮纯显得很满意，一下子就扬唇笑了。

“那我等你！我会一直一直等你。”那张苍白的脸渐渐明朗起来，透着坚定。

只要有希望，她就不会放弃。

爱是需要自己去追寻的！

离洛没有应她的话，只是出去叫了医生。

他则坐在长廊上，视线随意地落在了长廊的尽头，若有所思。

他在想刚刚阮纯的话。

和戚五月在一起一辈子……

老实说，这个问题，在这之前他从来没有想过。他一贯是理智的人，“一辈子”在他的思维里从来就不存在。

可是，当阮纯提起的时候，他竟破天荒地能在脑子里勾勒出他和戚五月将来的画面。

想到这个，他凝了凝眸，目光一闪，变得晦暗起来。

层层的黑暗倏然袭入那双眼，像一双望不到尽头的旋涡，能将人瞬间卷跌进去……

五月打来的电话，让他从思绪里折回来。

“没事吧？”她的语气，明显透着担忧。

嗓音轻轻柔柔的，像空中飘荡的棉絮，轻而易举地抚平了离洛心头那份沉重。

他闭了闭眼，很快地，眼底又恢复了那片清明。

他说：“纯纯自杀了。”

“什么？！”她的震惊，不比他少。

伴随着一阵“噼里啪啦”的破碎声，是碗碟破在地上的声响。

他蹙了蹙眉：“你没事吧？”

“没事。”五月顾不得收拾东西，只急忙问，“纯姐姐呢？情况怎么样了？”

“已经醒了。应该不会有什么大碍。”

“那就好。”五月欣慰地叹口气，“她怎么会突然这么想不开？”

他在这端安静了好一会儿，才说：“我和你在一起，她受了刺激。”

他的话，再次震到了五月。

脑海里有长久的空白，喉间的干涩让她说不出话。

浓浓的愧疚感，汹涌而至！

她从没想过自己和离洛的这份感情，会将阮纯伤成这样！

“别想那么多。”似乎看穿了她的心思，他安慰地说了一句，又问：“小家伙呢？在做什么？”

“正在房间里写作业。明天没课，今晚估计会玩到很晚。”

“嗯。”他轻应了一声。

“我饿了！”手机紧贴着他的耳廓，他突然这样说。

惯常冷硬的嗓音，难得变得这么柔软，透着一种不可思议的性感。

像轻轻的喟叹，又像孩子般的撒娇……

五月心跳漏掉一拍，声音不自觉地更轻了：“我给你送到医院去？”

“不用了，我自己回来。”

坐在车上，他只安静地看着窗外。

夜灯初升，映着整个城市，灯火通明。

他的心，却突然空空的，说不清楚此刻是什么样的感受，只是在阮纯刚刚那个“一辈子”的问题后，他突然变得很想某个人。

想到让他的心，泛空。

车停在宅子外。

屋里的帘子没有全拉上，灯光从那玻璃墙壁渗透出来，照映着隐遁在黑暗里的车。

可以清晰地看到，大厅里一个身影时不时探头朝外面看。

在见到那辆熟悉的车时，小脸上一亮，她胡乱地套上拖鞋，从沙发上下来，往玄关走。

纤瘦的身影，消失在离洛的眼里。

那一幕，是那样的温馨又温暖。

“戚小姐好像一直在等总裁。”大卫打趣地说，下车将后座的车门打开。

离洛这才收回目光，心里有种暖流在激荡。

空荡荡的感觉，也在这一刻有些许的好转。

他坐着轮椅进去，按下密码，在门口恰恰撞见五月。

她只随意地穿了一套保守的修身T恤和长裤。

眼里缀着笑意，弯身替他拿鞋子。

他沉沉地凝视着她。

她似洗过澡了，有淡淡的柠檬香渗透出来，萦绕着他的鼻息，让他微微心动。

“换沐浴乳了？”他问。

她蹲着身子，黑亮的发丝落在他腿上。

“我的那瓶用完了，只好偷偷拿小家伙的。”她微微一笑，眼波盈盈。

他眸子一紧，突然探手将她一下子扯进了怀里。

她惊了下，纤瘦的身子几乎是半跪在他腿间，脸埋在他胸前，轻声问他：“怎么了？”

“没事……只是有点冷。”他呢喃了一声，大手揽在她腰间，鼻子在她发丝间嗅了嗅，有些贪恋她的味道。

他的理由，让五月觉得好笑，但爱极了这样被他抱在怀里的感觉。

她笑笑，手环到身后，握住他的大手。

果然，清清凉凉的……

她紧了紧，想把自己的温度给他一些：“这么凉。先进去吃点东西吧，你不是饿了吗？”她提议。

“嗯。”他点点头，但没松开她的手。

是单纯依恋她给予自己的温度，还是依恋其他的什么，他暂时不想深想。

她站起身来，关上后面的门，隔断了外面呼呼的风声。

屋子里的暖气效果很好，他脱下外套随意搭在沙发上，在饭厅里坐下。

“菜都热在那了，我去端出来。”她从他手上抽出手，往厨房里走。

很快地，惹人垂涎的香味跟随着她的脚步从厨房里弥漫出来，他觉得更饿了。

她贴心地替他把饭盛好，又拿碗给他舀了一碗汤。

他的视线，随着她的身影而移动，有些灼热。

很难想象，有个人会这样替他忙进忙出……

有种异样的感受在心头盘踞……

五月被他盯得有些不自在，一不小心差点被鸡汤烫到了手。

他蹙了蹙眉，挪开了视线。

点了点身旁的位置：“你坐下吧，别忙了。”

五月点点头，乖乖在他身边坐下，捧着脸看他吃东西。

饭厅的吊灯灯光，由上而下，淡淡地笼罩着他们。

两人叠在一起的影子，投射在桌面上，透出一种说不出来的唯美……

即使是用餐，他的动作也还是那般优雅、得体，完美得找不到半点瑕疵。

“纯姐姐的事，医生怎么说的？”她问。

他动作微顿，神色凝了下，“伤口并不深，不会有生命危险。”

五月松了口气，不由得感慨：“没想到她会突然这样想不开。”心头略微有些沉重。

“她还不懂事。”他低头用餐，淡淡地说了句。

五月侧目去看他，他的语气虽然很淡，但想来他的心里也不会好受到哪儿去。

“阿修哥哥又该伤心了。”五月低叹。

离洛却没再接话，只是默默喝起汤来。

感情，没办法强求。

无法强求谁爱上谁。

同样，也无法去强求，谁不再恨谁。

吃过晚饭，五月牵着小5走出大门。

“大5，你和大叔在恋爱吗？”小家伙仰着脖子问。

恋爱？

五月心底因为这美好的两个字，划过丝丝悸动。

“这是大人的事，小孩子就不要管那么多了。”话虽这么说，却忍不住笑开。

小5撇撇小嘴巴：“大5不老实。大5，你努点力啦，大叔是好男人，做小5的爹地再好不过了。”

“你这么喜欢他哦？是不是就不喜欢大5了？”五月装作吃醋的样子，俯首捏了捏孩子的鼻尖。

“两个小5都喜欢啦！”小家伙嘴甜。

离洛打开门，听到的就是这段对话。那一刻的震撼和不可思议，让他整个人愣在那，脸色森寒得让人不寒而栗。

两手垂在身侧，用力握着，几乎要将关节捏碎。

戚五月，原来她就是小家伙时常提到的大5！两个骗子！竟把他骗得团团转！

半夜。

五月睡着的时候，手机突然响起来。孩子睡在怀里，担心惊到他，连忙摸过来。竟然是离洛？

没有多想，忙接起来：“离洛，出什么事了吗？”

“你过来！”三个字，冰冷利落。夹杂着沉沉的，压抑的痛楚。

“你喝酒了？”五月拧着心。

“你过来！”他又只是这三个字，说罢，连电话都撂下了。

五月心里一紧，担心离洛出什么事，便也不敢怠慢，换了衣服抱起还在酣睡的小5就走。

到雏菊园的时候，离洛正仰躺在沙发里。紧紧闭着眼，眉心间有团阴云笼罩。

是阮纯出什么事了？

“离洛！”五月抱着孩子，担忧地轻唤了他一句。

离洛猛然惊醒。一转头，冷冷地，冷冷地逼视着五月。

五月被他的样子吓到，打了个寒噤：“是不是纯姐姐出事了？”

他没说话，清冷的视线掠过她的肩头，淡淡地落在她怀中那凸起的一团上。

阴沉的目光，一时更深邃了。

原来他是戚五月的儿子。

难怪，他们之间的互动那么亲昵、那么自然！

难怪，小家伙常往这儿来，没家人担心！

难怪……

真是破绽百出的一个谎言啊！

可是，他却傻傻地被蒙蔽到现在！

戚五月……

原来她竟和其他男人连孩子都有了！

可是，那男人是谁，到底是谁？！

他发现自己，竟然该死地在乎这个！！

“你到底怎么了？”她柔声问。今晚的他，很失常。

担心地望着他，将小5抱到卧室里去睡着。门关上，阻断了他凝视着小5那古怪的眼神。离洛便收回目光，缓缓地，将视线落向她。

大手探出去，一下子扼住了她的白皙的脖子，身子一倾，将她逼进冰冷的房门与他的胸膛之间。

危险，让她心一窒。

喉间的桎梏，让她喘不过气。

“戚五月，利用纯真的孩子心性来骗人，你就是这么教育孩子的吗？”他咬牙切齿地质问她。

手上的力道不自觉地加重，眼底的愠火渗透出来，恨不能将她烧成灰烬。

五月一怔。

他的话是什么意思？

她根本听不懂。

被他掐得无法呼吸，她只委屈地呜呜着，说不出话来，手指泛着苍白，急切地掰着他的大手。

有那么一刻，她觉得自己就要死在他手上了。

“你接近我的目的是什么？”他的脸，逼近她一点。

气息是冷的，手掌是冷的，连血管都是冷的。

“想骗我爱上你？”他竟勾唇一笑，那笑里却毫无温度。

他怎么了？他到底怎么了？这样的他让她害怕。

“可是真遗憾。戚五月，只差一步……只差这一步，我差点就真爱上你了。”他俯

身，发泄似的一口咬在她脖子上，丝毫没有留情。

恨她这样欺骗自己！

更恨……她的生命里，有个男人为她打下了这样一个无法抹去的烙印。

他的话，让五月一僵。连挣扎都忘了。

脖子上的痛意，仿佛漫过了浑身每一个细胞，痛得她想……哭。

原来，他不爱自己。

还是不爱。

她竟傻傻地以为，他至少对自己动了心了。

他从来没对自己提过“爱”这个字，不是吗？连同喜欢，也没有。

她坠着泪望着那张几乎被盛怒扭曲的脸。

眼前的身影，一片模糊。

她的泪，让他心窒了下。

下一秒，他恼怒地一拳砸在墙壁上。

他动心了！真动心了！

“女骗子！”他狠狠骂了她一声，一下子松开了扼在她脖子上的手，改而圈住她纤瘦的腰。

不顾她的惊愕，他俯首一下子含住了她颤抖的唇。

那样热烈，激情，不顾一切，吞没了她所有的挣扎和呼吸。

他的来势太过勇猛，五月连心都在颤抖，却在他热切的索取下，情难自禁地开启了贝齿。

她刻意忽视掉这个吻里他的发泄，他的野蛮。

她恋着他的气息。

一直，一直。

吻，远远不够。

他失去了理智，开始撕扯她身上的衣服。

没料到事情会发展成这样，五月粗喘着气息，背脊紧绷着抵着门扉。

一想到小家伙还睡在房间里随时有可能被惊醒，她又惊又慌地推离洛：“别……别这样……”

她的话，在彼此紧紧交缠的唇瓣间，变得破碎不堪。

他一把将她抱起，跌跌撞撞地进了他的卧室，滚落在他的大床上。

她还来不及回神，他一个欺身，将她狠狠压制住。

五月被他的野蛮吓到，她本能地紧拽着衣服：“离洛，住手！别这样！”

她的嗓音带着哭腔，听起来那么脆弱，惹人怜爱，让他体内的因子不由得更疯狂起来。

不顾她的挣扎，他大手将她的两手扣在顶端。

急切而胡乱地褪着自己的衬衫和长裤。

离洛脑子里都是乱的。

她和小5每一句话都在他脑海中晃来晃去，折磨着他每一根神经。

她有孩子了！

和别的男人，生了孩子！

每每想到这个，他的心就如同在烙铁上煎着一般，吱吱地疼。

他凝视着那张意乱情迷的小脸，眼底清清楚楚写着悲伤。

嫉妒烧灼着他，他疯狂地在她白皙的身躯上制造着属于他的痕迹。

一整夜，他都不肯放过她，疯狂地要她一次又一次，野蛮粗横。

是恨？还是愤？

五月不知道。

她只隐隐感觉到：离洛，又变了。

变得那样冰冷，那样冷漠。

“戚五月，我恨你！”最后一次，他离开她的身体时，在她耳边一字一句地吐出这样六个字。

几乎，咬牙切齿。

她裹着被单的身体一僵。

寒气从脚底一直涌入心底，降至冰点。

她睁开眼，眼中一下子不争气地起了薄薄的一层雾，她问他：“既然恨，那么昨晚算什么？”

他正从容不迫地穿着衣服，听到她这样的质问，他的动作稍作停顿，唇角勾起，却是一片冰冷，“我喝醉了，才会做出这种事来。”

又痛又惊又愕，仿佛不相信这么混蛋的话会从他口里说出来，她整个人怔在那里。

有种五雷轰顶的感觉。

一夜的缠绵，原来毫无真心，仅仅只是因为酒精在作祟吗？

“你说的是实话？”她难堪地咬着唇，坐起身来望着他。

他回头，冷漠地瞥她一眼：“不然呢？你以为我爱上了你？真是天大的笑话！”

“戚五月，离开我这里！”他厌恶地皱着眉，嘶吼，“带着你儿子，滚出我的视线！”

一想到这么长时间来他们对自己的欺骗，心里那把火几乎要焚烧了他所有的理智。

“儿……儿子……”她唇哆嗦了下，惊愕地瞪着他，“你都知道了？”

“是，我都知道了。很失望是吗？五月阿姨！去他的五月阿姨！！只有我才被你们俩母子当傻子一样蒙在骨子里，玩在手心里。”他狠狠咀嚼着“五月阿姨”这四个字。

亏他那么那么地信任她，那么信任小家伙，结果到头来，等待他的是什么？！不过是信任被摧毁而已！

他怒极地暴吼，迅速地穿好了衣服，转身就走。

“离洛！”五月回过神来，叫住他。

他没有停。

“我可以解释……”她几乎要哭了，嗓音绝望。

终于，他停住了脚步。

她凄惶地坐在床上，发丝散落下来，被泪水打湿，贴在那张苍白的脸上，看起来略微有些狼狈，楚楚可怜。

离洛心紧了下，下一秒，却恶狠狠地瞪住她。

“戚五月，你给我省省吧！解释？我不需要！也不想听。”

这样很好，让这份恨就这样持续下去吧！让他将她一直恨到底！

门被狠狠摔上了。

绝望隔开了她和他，也隔开了他们彼此的心。

他几乎是踉跄着走出那间房。

腿明明好了很多，但此刻却突然痛了起来，大概是因为昨晚太放纵了。

想到这个，他眸子不由得暗了暗。

他从来没有哪一次像昨晚那样疯狂地放纵自己。仅仅只是因为想发泄或者想惩罚她吗？还是，贪恋着她，舍不得离去？

“大叔！”突然，一个小身影朝他扑过来。

软软地，贴在他腿上。

他紧绷的脸部线条，几乎是不受控制的，一下子就变得柔和。

他心里闪过一丝丝复杂，低头还是将他抱进怀里。

“怎么这么早就起来了？”他几乎是习惯地摸了摸小家伙的头顶。

腿有点痛，他抱着他坐电梯下楼，在沙发上坐下。

“五月阿姨说今天大叔要去医院，所以要早起。”小家伙努努嘴，没注意到离洛的脸色因为“五月阿姨”四个字而变了变，“大叔，你昨晚没睡好吗？看起来很累呢！”

小家伙的手指，触到他隆起的眉心。

软软地，带着稚嫩的味道，让他觉得温暖。

心一下子像被什么砸中了一样，紧缩了下，他将那双小手握进手心里。

“没怎么睡。”他应他，嗓音也不由得柔和了许多。

顺手拿过靠在一旁的拐杖：“我带你出去吃早餐。”

以后，这张稚嫩可爱的小脸，不知道还会不会在他的生命里出现。

他不想去想。

如果一开始他们的遇见就是戚五月一手安排的，他又何必去留恋？

“你有看到五月阿姨吗？她不在房间里。”小家伙显得有点不安，一双眼在屋子里穿梭。

“小5。”离洛低头看着他天真的小脸，小家伙通透的大眼，亮晶晶的，像极了天上的繁星。

“该叫什么就叫什么吧。”他说，语气里有丝说不上来的疲惫，“你是她的孩子，不用瞒着大叔。”

小5惊愕地瞪大那双灵气的大眼。

“大叔，你都知道啦？我们家大5告诉你的吗？”

大5……

改口果然快。

离洛抿了抿唇，摇头：“不是。”

他把小5抱进怀里，一手撑着拐杖往外走：“小5，骗人是不对的。即使是她让你骗我。”

难怪第一次见面，小家伙就那样子莫名其妙地抱着他的腿不放。

他还傻傻地以为，他和这孩子有缘。

原来不过是戚五月一手操纵的。

听着离洛的话，小5一下子就急了。小嘴巴一撇，眉头皱成了小川字，他解释：“大叔，不是大5让我骗大叔的啦！是小5自己不愿意告诉大叔的。”

离洛望着他没说话。

小家伙的眼，不会骗人，那么真诚。

“大叔不喜欢我们家大5，小5担心大叔知道我是大5的孩子，就不要小5了，所以，小5才没和大叔说实话。现在大叔知道了，是不是就不打算要小5了？”小5稚气的嗓音里透着焦急和难过。

大眼里露出惶然来，似乎很怕失去他，他一双小手臂紧紧环着他的脖子，一点都不松

懈。

离洛觉得自己的心，被什么狠狠撞击了一下。

有个角落，变得柔软而脆弱。

一阵涩然，有温暖的气流从胸口蔓延开来，将他狠狠攫住。

“大叔不怪你。”不舍得让小家伙难过，他安慰他。

有力的手臂不由得将他抱得更紧了。

如果，他不是戚五月的孩子，也许会更好。

或者，他如果是自己的孩子，也行。

他的身影离去，她整个人木然、无力地瘫软下来。

眼神空洞地盯着天花板。

她的脸色，和天花板一样……苍白。

房间里的暖气似乎没有效果，温度一下子降了很多，冷得不可思议。

她裹着被子，瑟缩了下。

空气里，还残留着离洛的气息，却已经渐渐在淡去。

肌肤上，全是他留下的痕迹，此刻看起来却那么的讽刺。

她自嘲地笑了笑。

这画面和五年前的场景，几乎是一样的呢！

没时间让浑身的酸痛消散，她弯身捞起地上的睡衣，胡乱地裹住自己。

只拉开门，踉跄着往外走。

她必须在他回来之前，带着小家伙离开这里。

走出来，偌大的屋子里竟没有半个身影。

她突然有些慌。

奔进她和小5的临时卧室里，房间里竟空无一人。

“宝贝！宝贝！！”不知道为什么，她突然慌得哭起来。

她不知道离洛会不会因为想报复她，而带走她的孩子。

连连叫了好几声，始终都无人应答，她发疯地找手机，手哆嗦着按着那串烂熟于心的号码。

但……回应她的却是一声冷过一声的嘟嘟忙音。

她丢开手机，去换衣服。

在盥洗室里随意地洗漱，却被镜子里的自己生生吓到。

那张因为过度惊慌而变得苍白的脸，此刻泪痕四纵，眼神空洞。

她怔愣地看着，一下子就清醒了。

她是傻了吗？！

离洛不是那种混蛋的人！

他是真心疼爱小5，即使知道那是她的孩子，也绝对不会做出半点伤害他的事来。

想到这个，她紧绷的心，一下子松懈下来。

捂着脸，沿着冰冷的琉璃台无力地缓缓蹲下。

泪顺着手掌缝，缓缓流出来。

她，太神经质了。

带小5吃早餐的期间，他独身去了隔壁一家药房。

"先生，请问需要什么帮忙？"穿着白袍的女医生走过来，礼貌地问。

他脸部线条绷得紧紧的，在妇科药品柜顿下脚步。

视线掠过一排排琳琅的药品，最终在"毓婷"上停住。

拐杖上的钛合金，让他觉得清冷。

"拿一盒这个。"他薄唇抿了抿，最终清冷地开口。

"好。这个前后72小时内服食两颗都有效。"女医生利落地将药收进小环保袋里交给他，"18块，谢谢。"

离洛顺手递了张百元钞票过去，医生弯身给他找零，他低头看着手上的东西，突然觉得有些发烫。

"先生，你脸色很不好。是第一次买药吧？第一次很多人都很紧张。"医生把钱找好，笑着和他打趣。

他眉心紧了下。

紧张？

他在紧张什么？

转身想走，脚步却没有动，问了一句："这药有副作用吗？"

女医生摊摊手，也不隐瞒："老实说，这种药多多少少会有点影响内分泌。先生要是疼老婆的话，还是选择避孕套比较好。喏，我们这儿有杰士邦、杜蕾斯、第6感……"

女医生尽职地推销起避孕套来，显然把他当成了个生涩的毛头小子。

他无心去听，打断她的话："有没有副作用比较小的？"

他变得婆婆妈妈了，变得不像以前的自己了。

他不想去深思这其中的理由。

"我们这就这个还行，其他的副作用更厉害些。"女医生回答，见他脸色越来越难看，兀自猜想对方是个疼老婆的男人，便添了句，"就着牛奶吃药，副作用会稍微小一

点。”

他的眉心紧了紧。

“谢谢。”药握紧在手上，推开厚重的玻璃门，拄着拐杖出去。

冷风一下子朝他灌来，凉得不可思议，犹如他此刻冰冷的血管。

五月换了一件套头毛衣，高高的领子遮住了青紫遍布的脖子。

因为脸色实在太苍白，她破天荒地化了淡淡的妆，这样让她看起来精神了很多。

蹲在地上收拾东西，其实她的东西只有昨天带过来的一件睡衣而已，其他的都是小5的。

她把小家伙的衣服拿出来，仔仔细细叠好，整齐地放进行李箱内。

“大5，你在做什么？”小5的声音传来，她这才停下手上的动作抬头。

一眼就见到离洛牵着小5站在门口。

他的身材很高大，就那样居高临下地睥睨着她，压迫感极重。

那双深邃的眼底尽是森寒。

她眸子略微暗淡，绷了绷背脊，轻开口：“收拾好了我马上就走。”

她不是有意赖在这。

最起码的自尊，她还是有。

既然昨晚他有意当成一场错误，那她为何不能潇洒一点？

清楚地看见他眉心蹙成了“川”字，手紧了紧，将手中的袋子，握得“呲呲”地响。

他在生气？

气自己还留在这？

她朝小5勉强扯出一个笑容来：“宝贝，大5收拾一下就回家了。来，大5给你换衣服。”

小5稚气的脸皱成了小包子，但还是乖乖走过来：“大5，今天不是要陪大叔去医院吗？”

“我们不去了。”她解释，尽量忽视心头那抹苦涩，“大叔已经是大人了，自己一个人去也没关系。”

“是吗？可是我想陪大叔去。”小5苦着脸望着五月，小手捏着她毛衣衣摆，满是央求。

离洛那根冷硬的心弦狠狠一颤。

五月望着那张写满哀求的小脸，心头一窒，几乎无措地哭出来。

她该怎么办？能怎么办？

难道告诉小东西，大叔说让她带着他滚出他的视线吗？

“宝贝，乖一点，今天先和大5回家。”她吻了吻小东西额头，劝他。

小5退开一步，揪着稚气的眉峰古怪地望着五月：“大5，你今天怎么怪怪的？是不是大叔欺负你了？”

五月愣了下，赶紧心虚地摇头：“怎么会？大5这么大的人了，哪还会被人欺负？”

“是吗？”小5还是有些怀疑。

离洛上前一步，拍了拍他的小肩膀：“小5，你先去大厅玩玩，大叔和你妈有话要谈。”

“哦。”小5点点头，不再纠缠五月刚刚的话题，而是乖乖地出去。

还贴心地把门带上了。

房间里顿时只剩下他们。原本她觉得空荡荡的房间，此刻变得拥挤无比，莫名的压迫感让她几乎喘不过气。

她收拾东西的动作尽量表现得不慌不乱，嘴上轻轻地说：“抱歉，这段时间小5给你添麻烦了。”

刻意表现的生疏，有种要彻底拉开界限的打算。

他听得出来。

如深湖一般的眸子紧了下，一步跨过去，在床上坐下。

他冷眼觑着她绷紧的背脊：“你月经什么时候来过？”

她一怔。

回过头来迷惑地望着他。

他问这个做什么？

“别这样大惊小怪地看着我！”他薄唇一抿，脸部的线条更加冷硬了，“我只是想知道昨晚是不是你的安全期。”

太过私密的话题，让五月愣了一下。

相比于他的泰然自若，她的神情，明显很不自然。

虽然她的性经历少得可怜，但作为一位成熟女性，她自然是懂安全期这东西的。

昨晚，很不幸，她真的不在安全期。

“回答我！”见她久久地不说话，他冷硬地丢出三个字。

她这才抬头，刚想说话，一眼便看到他手上那被他拽得有些皱的环保袋。

隐隐约约她认得出来，这好像是隔壁药房的专用袋。

突然想到什么，她的心，狠狠抽了下，火辣辣地痛。

“那是什么？”她忍住哽咽，问他。

“避孕药。”他无意隐瞒。

果然……

她的心，一沉再沉，仿佛跌入了冰窖一般。

扯唇，笑了笑，大方地朝他摊开手，“给我吧。”

“你真贴心。”又嘲弄地补了一句。

他没动，只是皱着眉，略微有些不耐烦地瞪着她：“你到底是不是安全期？！”

“药都替我准备了，还管是不是安全期做什么？”她倾身，主动去拿他手上的药。

他却推开她的手，神色凝重地望着她，几乎是咬牙切齿地丢出一句话：“这药副作用很大。”

五月只觉得心如刀割，泪一下子就涌出了眼眶。

谁不知道这药副作用很大？！

他明知道副作用很大，还不是替她买了？！不是安全期，她就必须得吃，不是吗？

“你给我吧，我又不是第一次，不需要你来怜惜。我都是个孩子的妈了，对这点药有的是经验。”倔强地将泪逼回去，她刻意装出无所谓、经验充足的样子。

有的是经验……

离洛几乎是狠狠地咀嚼着这几个字，脸色阴沉得像乌云下波涛汹涌的大海，他把药朝她狠狠丢过去：“我都忘了你经验丰富。和以前的男人怎么也避过几次孕吧？”

他不知道自己的话说出来为什么像个恶毒的妒妇，但他就是想不顾一切地发泄，发泄胸口憋着的那股闷气。

五月被他口不择言的话伤到，她冷笑，说：“吃了不少，也没见死掉。”

她若真对这种东西有经验，哪里会有她和他的小5存在？

剥着药片锡纸的手都在颤抖。

她没用水，只是装作坚强的样子，利落地把药丢进嘴里，干吞下去。

钻心的苦，让她狠狠皱眉。

这种味道，她一辈子都不会忘记。

从喉咙，一直苦到心里，隐隐地还伴着痛。

“戚五月，你疯了吗？就这样吞下去！”看着她的动作，他不受控制地一下子就揪住她的下颌，冒着火的眼狠狠瞪着她，像发怒的狂狮一般，几乎恨不得把她撕碎。

“不然呢？我该怎么吞？”她冷漠地回他。

他心窒了下。

好一会儿才意识到自己脾气失控，他猛然松开了手，那双眼一下子就冷了下去。

“医生说用牛奶就着吃比较好。”嗓音也冰冷，没有半分感情。

仿佛只是在陈述一个和他不相干的事实。

“那医生真贴心。”五月自嘲一笑，“不过，这样也没事，顶多月经不调，以后宫外孕。”

她说得那样云淡风轻，仿佛一副无所谓的样子。

倒让离洛听得心一惊。

拿眼狠狠地瞪她，薄唇翕动了下，似乎想说什么，但终究什么也没说。

很快地，她已经将行李收拾好了，站起身来。

“你卧室里的床单我已经洗干净了。”她说，口腔里还残留着那药片苦涩的味道。

她侧过身，淡淡地，与他……擦身而过。

他始终没有动。

只有一抹柠檬的香气从鼻梢飘过，而后……淡去。

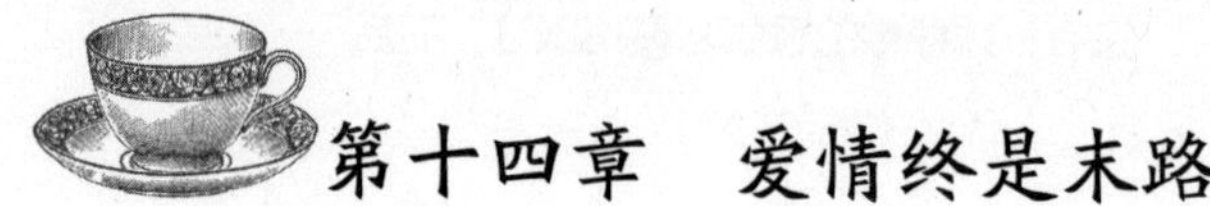

第十四章　爱情终是末路

五月牵着小5从雏菊园出来。

坐在出租车上，她有点累。望着那一棵棵从自己眼前远去的法国梧桐，心里一片苍凉。

枯叶落在地上，随着风轻轻卷起。

“大5，你和大叔是不是吵架了？”小5坐在一旁，黑溜溜的大眼忧心忡忡地瞅着她。

五月这才将视线抽回来，看着自己的儿子，她不得不点头。

小5一直敏感心细，她和离洛之间的不对，他不会看不出来。

“大叔惹你发脾气了，是不是？”小5又问。

五月摇了摇头：“大5没有生气。宝贝就别操心了，大人的事总有大人的解决方法的。”

“那以后我都不可以到大叔这里来玩了吗？”提到这个，小家伙显得有些闷闷不乐。

五月神色黯了黯。

她幽幽叹口气，尽量找个不伤害他的理由：“大叔最近可能会比较忙，而且，你们幼儿园最近不是在排节目吗？宝贝不也忙吗？”

“那倒是啦！”小家伙撇了撇嘴，“算了，我回去给大叔打电话，再问问大叔好了。”

看着小家伙闷闷不乐的小脸，五月心里很不是滋味。

小5似乎越来越依赖离洛，越来越习惯有他的日子了。

五月到医院看阮纯，关上门出来的时候，天竟下起了小雨，淅淅沥沥的，像极了哭泣的眼泪。

因为刚刚出来得太急，五月不记得穿外套，只是草草套了件毛衣。

冰冷的雨滴，顺着脖子，一颗颗落进了她衣领里。

快步躲到站台处，上了一辆公交。

好在这个点，公交上并不挤，她寻了个位置坐下，头疲惫地靠在窗边，发丝还沾着点点水滴，垂在毛衣上。

手里捧着的保温瓶，散着淡淡的热气，让她不至于冻僵。

今天的温度似乎又低了很多。

以前的她，没这么怕冷。

公交车晃晃荡荡到了医院，她浑身像散了架似的从车上下来。

雨下得更大了，偶尔伴着闪电破空划过，灰蒙蒙的天，看起来有些狰狞。

她用手遮住头，往住院部跑。楼下，是叶修出来接的她。

叶修没有了从前的温润，而是一脸的倦容。显然，这次阮纯自杀的事伤他很深。

“她怎么样了？听说是因为我和离洛。”她略微有些抱歉。虽然不是自己直接伤害了阮纯，但有她的原因。

叶修知道她的心思，眼神微微暗了暗，柔声安慰她：“算了，别多想。是她自己想不开。”

“你出来怎么也不带把伞，看你把自己淋的，”叶修从裤袋里掏了块干净的手帕递给五月，“擦擦头发吧，这种天还淋雨，也不怕感冒！”

他语气还是那么温润，有淡淡的嗔怪。

五月听得心里一阵微暖，她大方地接过手帕，笑起来：“你的习惯还真是一点都没变。这么多年了，还习惯带着手帕在身上。”

叶修笑了笑，略微有些落寞：“小时候纯纯总是感冒，一感冒就流鼻涕，这习惯就这么落下了。”

五月看了眼手上的帕子，叹了口气：“她真幸福，被一个人这样深爱着。”

叶修摇头：“不一定。越深沉的爱，对她来说就是越重的负担。她要是幸福，就不会出这种事了。”

说到最后，他眼眶竟微微发红了。

五月心里沉重不堪。

这个世界上，总是有这么多深爱着对方，却又被对方深深伤害的人。

比起叶修来说，她应该算幸运的吧！

至少，自己和离洛之间，还有个那么可爱的小5。

不忍看叶修这般伤心，她有点笨拙地转移话题："她现在情况怎么样了？"

"今天恢复得不错，表哥来了以后她就醒了。"

表哥？

五月心一颤。

叶修多看了她两眼，试探地问："你和我哥分手了？"

她怔了下，不由得自嘲一笑，说出来的话轻若叹息："算不得分手吧，还没来得及开始呢。"

叶修不知懂没懂她的话，只是轻浅地点了点头。

好一会儿，他侧目望着她，唇动了好几回，似乎欲言又止。

"修哥哥，你有话要和我说？"五月看出来，主动问他。

叶修一下子顿住步子，他深吸了口气，似乎下定决心似的开口："五月，我想求你一件事。"

他望着她，神情，认真且严肃。

五月笑了笑，打趣他："什么事这么严重，需要你来求我？"

叶修笑不出来："五月，如果你和哥没有在一起了，那么，就让哥和纯纯在一起吧！"

后面的话，他很艰难很艰难才说出口。

五月怔了下，呆呆地望着他，喉间微堵，让她说不出话来。

"纯纯和哥在一起很开心，我不想看着她再做什么傻事。我知道，这样的要求可能过分些，可是，至少这段时间……这段时间求你不要和哥和好。等纯纯情况稍微好一点了，你和哥再重新在一起，好不好？"

见五月久久没说话，叶修有点急地握住了五月的手。

直到冰凉的手心传来暖暖的温度，五月才猛然回过神来。

看着眼前这双无私地为一个女人写满焦急的眼，她心里一片艰涩。

"其实，这种事情哪里需要我帮什么忙？我和离洛已经没有半点关系，根本谈不上重新和好。他和阮纯在不在一起根本不是我可以决定的。"几乎是喟叹，喉间又酸又涩，像有什么重要的东西被生生地剥出了她的生命一样难受。

她想，此刻的叶修应该比她更难受吧！

眼睁睁地看着那么挚爱的人，投入他人的怀抱，是一种什么样的煎熬？

但又是如何深沉的爱，才让他那么甘愿无私？

“对不起，五月。我知道我太自私，可是，我真不忍心再看着纯纯这样伤害自己。”叶修复杂地望着她，愧疚，自责，痛心。

五月勉强撑起笑：“别这么说，我懂你的感受，也知道你绝不是自私的人。”

“修哥哥，我还有点事，得先走了。”她觉得自己一刻都留不下去了。

不等他再多说什么，已经转身进了电梯。

进了电梯，她虚软地瘫在电梯壁上。

头部一阵剧烈的痛，仿佛被人拿锯子锯开了一般。

电梯里光洁的镜子，照出她苍白可怖的脸。

看着那一点点变小的数字，她头晕目眩。

到一楼的时候，电梯“叮”一声终于开了。

她强撑起身体走出去，哪知道还没来得及走出一步，她突然体力不支，一下子倒了下去。

离洛呆呆地躺在床上。

腿，像灌进了铁一样，一整天都在钝钝地痛。

他的心情，从来没有过这样的矛盾。

他知道她不过是骗了自己而已，这不是什么天大的错，而他却就势给了她恶劣的伤害，毫不留情地把她赶出了自己的世界。

等到她的身影，真的再也不会出现在这个屋子里时，他的心，却变得空空的，荒芜一片。

他知道，他成功地驱逐了她，也成功地被她放弃了。

他的世界，重新回到，那暗无天日的……一个人的世界。

想逼着自己睡着，电话却忽地响起来。他侧身去摸手机，一看竟是小5的电话。

“大叔，大5发烧住院了！小5不知道怎么去，大叔替小5去看看大5，好不好？”孩子很怕，语气里尽是哽咽。

住院了？到底怎么回事？

离洛一惊就起来了，问了孩子具体情况，又安慰了小5几句，便再没了睡意。换了衣服，坐上轮椅，直冲医院。连他自己也不知道，心底那浓浓的慌乱到底来自于什么。

不是恨她、恼她、怨她吗？现在为什么又要担心她？

他进到病房的时候，叶修竟然在。刚刚五月昏倒时，正是叶修为她找的医生。

见到离洛，叶修连忙站起身来。

“哥，我有话和你说。”

离洛奇怪地望着他，又推了轮椅出去。叶修手里捏着一张报告：“这是医生交给我的报告单，是五月的检测单子。我怕吓到她，所以犹豫着是不是要告诉她。你看看。”

离洛眸色一凛，动手接过。望着那单子上的结果，整个人都僵在那。

离洛再进来的时候电视里正在放韩剧，声音不大，但在静谧的病房里显得尤其突兀，尤其在她睡着的情况下。

她似乎是倦极了，安静地躺在那，眼轻轻闭着，眉心难受地皱在一起，隐隐有薄汗往外冒。

他朝她靠近一点，坐在床边，就那样紧紧地望着那张脸。

眼神里，充满的全是痛苦与挣扎。

她似乎很不安，睡得极不安稳，侧了个身，吊着点滴的手臂挪动了下，伸出来，紧紧压在了被子上。

“别乱动！”他心惊了一下，倾身过去将她的手握住。

她的手心，软软的，热烫得不可思议，一下子就漫过了他冰冷的肌肤，他慌了下神，开口：“你是不是发烧了？”

嗓音，透着淡淡的喑哑。

她很不清醒，只从滚烫的喉间咕哝了一声，白皙的五指却像个孩子找到了依附物似的一下子将他宽厚的手，扣得紧紧的。

依赖而贪恋。

因为太用力的缘故，她浅浅的指甲，没进了他掌心。

有点痛，他却丝毫不觉得，看着她一脸满足，乖顺得像个小猫儿一样的神情，他原本冷硬的唇角反而不由得扬起一个完美的弧度。

心里，微微发暖。

热度，原来也是可以传染的。

他得空的另一只手，盖上她的额头，那里也一样滚烫，他微微叹口气，明知道她听不到还是在她耳边呢喃了一句：“我让医生过来看看。”

似感觉到他要走，她精巧的眉一下子就皱了起来，手下意识地将他握得更紧了。

他用空出的另外一只手，轻轻地来回地抚摸着她的娇嫩的手指和纤细的手臂。

他从来没有像现在这样耐心过。

直到她渐渐放松下来，听到她睡梦里浅浅的喟叹声，他才松了口气。

被雨水冲刷了一整晚，放晴的天，亮得不可思议。

窗户上还有薄薄的一层水汽，像蒙着一层雾，朦胧如纱。

五月在病床上悠悠转醒。

手臂上的点滴已经被拿走，手心里有暖暖的温度，源源不断地传来。

昨夜，莫名地睡得很沉。

即使是病着，也没来由地觉得安心。

迷蒙的双眼，看向自己温暖的手心，是一双手，属于男人的手。

她微愣，又惊又愕地睁大了眼。

只见床边此刻正安静地趴着一个身影，俊挺的侧脸对着她的视线，那双一贯清冷的黑眸，此刻轻轻闭着，睫毛一根根洒在下眼睑处，投射出一圈墨黑的阴影。

五月连呼吸都屏住了，只那样紧紧地，紧紧地凝视着他。

离得这么，这么近。

她却不敢伸手去碰，只怕，这一切，不过是场梦。

一碰，就碎。

似乎察觉到这道火热的视线，那长卷的睫毛扇动了下，眸子一下子睁开，恰恰与她失神的视线对个正着。

见躲闪已经来不及，五月下意识咬了咬唇，没有避开。

两道视线在空气里碰撞，他看一眼自己依旧和她紧紧相握的手，心头一震，蓦地抽回手来。

掌心里没了他的温度，一阵冷清让五月微微失落。

她撑着身子，半坐起来，拢了拢被睡得有些凌乱的发丝，轻声问他："你什么时候来的？我都不知道。"

因为感冒的缘故，她的嗓音，透着沙哑。

睁眼，见到他的那一刻，她有些不敢相信。

他之前绝情地让她滚出他视线的话，依旧言犹在耳，没想到他却会主动出现在她病床前。

她虚弱的样子，让他心微微窒痛，但出口的话，却相当冷漠："来看纯纯，听说你住院了，就顺便来看看。因为昨晚没睡好，所以刚刚一不小心就睡着了。"

他努力将话说圆，不看她，只是低着头整理被趴得有点皱的外套和发丝。

她怔了怔，失落一点点涌上心头。

原来……如此……不过，只是顺道而已。

"不管怎么样，谢谢你来看我。"她投给他一个温暖的笑，靠在枕头上，突然觉得有点无力。

整理完毕，他这才抬起头来，一眼触到她的笑容，心弦颤动了下。

眸子里努力地压抑的情绪，几乎要忍不住倾巢而出。

“我还有事，先走了。”几乎是有些狼狈地别过脸去，避开她柔软的视线。

他转身，推着轮椅出去。

看着那一点点离自己越来越远的背影，五月喉间一紧，酸涩感冲进鼻腔，忍不住想叫他，苍白的唇翕动了好几回，却始终没能说出话来。

只能眼睁睁地看着他，离去。

视线停在那关上的病房门那，久久没挪开。

护士小姐推门进来，看到五月痴痴的样子，就打趣：“男朋友走了？”

五月抽回视线，讪讪一笑：“那不是我男朋友。”

护士就笑：“不是男朋友也是追求你的，昨晚他可是在这儿守了整整一夜。我来巡房几次，他都在。”

五月不可置信地瞪大眼看着他：“你说，昨晚他……一直在这？”

“可不是？来，量量体温，看……”

护士的话还没落，五月已经掀开被子跳下了床，因为虚弱，步子踉跄了下，护士准备去扶，她却已经自己站了起来，匆匆往外跑。

“哎，小姐，你还没穿鞋呢！”看着那身影，护士提醒。

“不用了。”她头也没回。

五月追出来的时候，离洛推着轮椅在等电梯。

电梯正往4楼跳跃，她的心，也在怦怦乱跳。

“离洛……”她赤着脚，站在他身后轻声唤他。

嗓音被烧灼得有些粗噶，但说不出来的轻柔。

他明显怔了下，手放在轮椅上，紧了紧，却没有回头，只漠然地问：“你出来干什么？”

她唇角漾着笑，神色有种说不出来的明媚，从他身边绕过去，面对他：“你昨天有没有按时去医院做检查？”

“戚五月，你疯了吗？成心想病死是不是？”她的话，突然被他厉声打断，他的眸子带着薄愠，冷觑在她踩在地上那双白皙润泽的双脚上。

顺着他的视线看去，她才猛然发现自己此刻正光着脚。

难怪寒气一直往上冒！

被他看得有些不自然，她被冻得发红的脚趾窘迫地动了动，尴尬地交叠在一起。

“我……出来得太急，所以……啊……”解释的话，变成一声低呼。

她蓦地被他打横抱到了腿上，由于身体失衡，她双臂下意识地紧紧环住了他脖子。

他的气息，带着丝丝冷冽，如薄荷一般，洒在她脸上。

她心跳加速，躺在他结实的胸膛里，能看到他坚毅的眉峰此刻紧紧拧着，觑着她的深眸里尽是不悦。

许是他们的姿势实在太过奇怪，长廊上来来往往的人都将视线投向他们。

五月有些不自在，缩在他怀里，弱弱地提议：“那个，你要不要先放我下来？我自己跑回去好像会比较快。”

她也担心，自己的重量压伤了他的腿。

“你闭嘴！”他脸部线条紧绷着，只凉凉地吐出这么三个字。

见他对自己的话充耳不闻，五月撇了撇嘴，换了个话题。

“你昨晚什么时候过来的？我怎么会一点都不知道？”

听到她的问话，他眉峰皱了下，低下头来，目光幽暗地锁住她。

显然，她已经知道昨晚自己就来了。

“我来的时候你睡得像头猪。”他便不再隐瞒，说出这话的时候，心里竟一下子觉得轻松了很多。

压抑某些东西，原来，竟让他这样难受。

她捧着水杯，坐在床上，热水氤氲着她清澈的眸子。

他坐在一旁，径自低着头，似乎在想什么，又似乎什么都没想。

空气里，静谧得不可思议，她轻声打破这份沉室：“你昨天去做检查了吗？”

他抬头，薄唇轻抿，“没有。”

她眉心轻皱，“为什么不去？坚持做检查和治疗，你的腿很快该好了。”

“等你出院陪我去做检查。”这样的要求，几乎是脱口而出。

他愣了下，也让五月愣住。

她有点迷惑地看着他。

“不愿意？”他脸色沉了沉。

五月觉得自己根本没有拒绝他的能力，只要是他的要求，她似乎都会无条件答应，所以这一次，也没例外。

“我陪你去。”几乎连考虑都没有。

他的神色，因为她的回答，即刻缓和了许多。

恍然间，上次冷厉、争吵、伤害，似乎已悄然淡去。

“笃！笃！笃！”突然的敲门声打断了他们的二人空间，男医生一身白袍走进来，后

面跟着一个小护士。

离洛稍微让了让，空出位置来给医生。

他没有走，只是安静地坐在窗边，外面薄薄的阳光，透过玻璃洒进来，淡淡地投射在他身上。

仿佛替他镀上了一层耀眼的金圈。

依然那样俊朗非凡。

“戚小姐，麻烦你把被子稍微掀开一点。”医生吩咐她。

她听话地把被子掀开一个角，医生隔着衣料，将听筒贴在她左胸上。

大概二十秒，他收起工具，笑着问：“现在感觉怎么样了？”

“喉咙有点不舒服，又痒又涩。”

“比起昨天已经好很多了。”医生边记录边说。

“什么时候可以出院？”离洛问了一句。

“过两天吧，观察一下，免得反复感染。”

“其实没关系的。我身体一向很好，这次完全是意外。”五月赶紧说。

“戚小姐要是不愿意留下观察的话，今天下午就可以……”

“留下来。”医生的话，被离洛突然打断。

他看着五月，语气干脆得不容辩驳：“这两天就待在医院里。”

“可是，我还得照顾小5，而且，过两天我该去上班了。”她有点为难地瞅着离洛。

“这些事情不需要你操心。”他的语气丝毫不动摇，“公司里我会替你请假，至于小5，我也会替你照顾他！”

既然他把话说到这份上了，五月也不好再反驳，只撇了撇嘴，噤了声。

那医生边开药单，递给身后的护士，边笑着打趣：“看来还是男朋友的管制比较有效，现在医生的话，病人多半都不放在心上了。”

“您误会了，他不是我男朋友，是我……老板。”五月不想离洛尴尬，便主动解释。

想了一会儿，才艰涩地想到“老板”这个用词。

这两个字，大约最适合形容现在他们之间的关系吧！

下意识侧脸去看离洛，却发现他正阴沉着双目望着她。

那双讳莫如深的眸子忽明忽灭，让她全然看不懂他此刻的情绪。

“原来是这样。”听了她的解释，医生恍然大悟，“能有这样体恤下属的老板，也是戚小姐的福气。”

医生走了后，五月从床上爬起来，手上还吊着点滴。

床头放着医生留下的药丸，她想去倒点水，把药吞了。

碍于点滴，她只好笨拙地移动着那钢筋座。

“你乱折腾什么？”离洛勉强从轮椅里站了起来，神色不悦地把她手里的杯子夺了过去。

五月有些委屈地努了努嘴：“我要吃药。”

他哼了一声，走到饮水机跟前，阴森森地开口：“你不是很厉害，可以不用水吞药么？现在怎么不试试！”

他想到昨天早晨她吞避孕药那决绝的样子，心里无端地又是涌起不悦。

想起她说的副作用，不由得又有点心惊。

不提这个还好，提到这个，五月也不可避讳地想到他那么疯狂地要了自己后翻脸不认人的绝情样子，心尖儿一抽，情绪一下子就沉了下去。

她坐回床上去，靠在床头，看着窗外，幽幽地说：“这么多药，不就着水，非噎死不可。”

他把水递给她，在床边的沙发上坐下，看她一眼，猜到她大概也是对昨天的事耿耿于怀。

“那药副作用是不是真那么大？”他严肃地望着她。

她把热水捧在手心里，来回吹着，听他这么问，她微顿了下，偏头看他，神色有些涩：“你买的时候医生没告诉你吗？”

他抿了抿唇，“没说这么具体。”

“如果说这么具体了，你难道就不买了？”五月定定地看着他，拧起的心，似乎在期待着他给一个答案。

兴许……

他还有那么一点疼惜自己。

他皱着眉，缄默了一会儿，似乎在思考这个问题。

但回答她的却是：“还是会买，我不可能让你怀孕。”

他说得直接而坦然，甚至有些残忍，她心抖了下，鼻尖一下子就酸了，愤然地拽了身边的枕头朝他狠狠掷过去：“离洛，你能不能对我公平点？”

她一下子就哭了，委屈的样子像个孩子：“你恨我，我不怨你……可是，既然这么恨我，为什么还要……要碰我？我可以退出你的生命，不招你烦……说好滚出你的视线，你偏偏又要主动出现在我这里……”

她梨花带雨的样子，很柔弱，让他心一抽。

但那句“退出你的生命”却让他没来由地一阵恼，他接过她掷过来的枕头，狠狠瞪她：“你最好给我闭嘴！”

她难得逮住机会发泄，便只想把心里憋了很久的东西一股脑发泄出来："离洛，你走吧……我求你别再给我任何错误的幻想，就像昨天那样，让我对你死心吧！"

这样若即若离的态度对她，到底算什么？

本以为他对自己动过心，可是，转眼他不开心，便把她狠狠打入十八层地狱。

好不容易死了心，他却又出现，霸道地将她的心湖撩起来，让她跟着他荡漾，强制地掌握着她的一切情绪。

他让她开心，她便开心。他让她伤心，她便连半点抵抗的能力都没有。

这种时时刻刻悬着一颗心的感觉，让她觉得深深的疲倦。

离洛几乎要忘记她也是有脾气的，望着她小脸上那决然的样子，心里突然变得有些慌，又有点乱。

还有，很多很多的失落。

他倾身过去，一下子抓住她的下颌，让她坠着泪的双目对上自己掺着薄愠的眸子，几乎是咬牙切齿地问她："什么叫给你错误的幻想？"

他的气息，喷在她脸上，她吸了口气，避开他的视线："别这样看着我……这样只会让我误以为你也爱上了我……会让我重新燃起希望，然后再去飞蛾扑火……"

她别过脸，抽噎着。

她不懂，为什么说了那么绝情的话后，他又可以坦然得像什么也没发生过一样出现在她的眼前，又可以用这样深沉，灼热的视线望着她。

这让她如何是好？

她的话，让他一震。

爱上她？

爱上……戚五月。

这是他要的结局吗？！

凝视着那张满是泪痕的脸，他脑海里一团乱。

许久，松开了她，他靠到沙发上望着她，那双眼一下子变得漠然："那你觉得我该怎么做？"

她咬着唇，很久没说话。

她担心，有些话说出来，两人就真的再也没有交集了。

那更会让她恐慌。

"现在让你说，为什么不说了？打算辞职滚出我的视线？"

她却激动地打断他的话，"没有，我并不打算辞职。"

"是吗？"他精锐的视线，紧紧逼着她，"那你是什么想法？"

他的语气，一点都不像是在征求她的意见。

她深吸了口气，似乎下定决心，抬眼看着他，“我们……就保持上司和下属的关系吧。”

这样清清楚楚，不会让她对他再有半点不切实际的遐想。

他瞪着她，结实的胸膛微微起伏。

她低下头去，依旧感觉到他恼怒的视线紧紧逼着自己，森冷得让她打颤。

“好。”好久，他终于开口，字句僵硬得和石头没有两样，“明天开始上班，我要出差，你跟着一起去！”

话丢下，他走到轮椅那坐上去，推着自己就出了病房。

背影，冷硬！僵滞！

五月叹了口气，心里，空了一个洞。

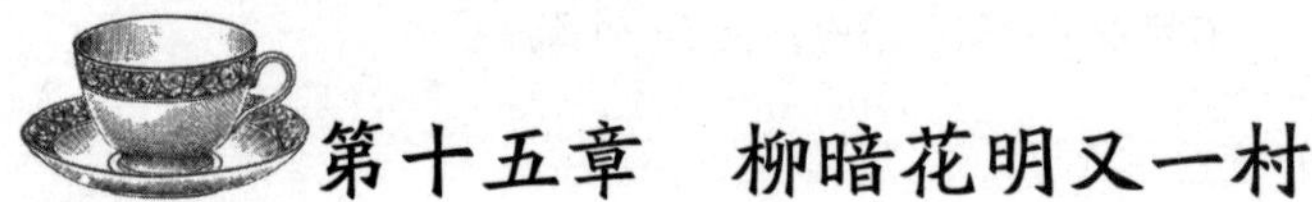

第十五章　柳暗花明又一村

这次要去的地方是靠南方的一个私人沙滩上，温度比起这个城市，要好太多。她只简单地带了套工作上的正装，还有简单的T恤加裙子。

到机场后，没有见到公司的人，她只好先提着行李过了安检。

依旧是头等舱。

因为来得太早的缘故，偌大的候机VIP室里，只有她一个人，离洛他们一行人还没有到。

她把手提电脑拿出来，邮箱里又添了几封新邮件。

是公司发过来的，关于这次开发案的一些资料。

听景初说，这次财务部就带了她一个人，所以她的压力比较大，虽然不需要马上做财务预算，但必要的记录和分析报告还是少不了。

大概过了半个小时，离洛才出现，他身后除了大卫以外还跟着一堆人，个个都是公司里的高层。

离洛还是坐在轮椅上，也许是因为天气渐渐转冷了，他腿上搭了块毛毯。

被众星拱月般地簇拥着过来，他似乎很忙，即使在这样的途中，依然在和身后的人交流着，神色严肃。

五月赶紧收了电脑，略微拘束地站起身来，轻轻点头和他们打招呼。

公司里关于离洛和戚五月的传闻早已经沸沸扬扬，所以公司高层看到她，并不显得惊讶，只是神色微微有些暧昧。

大家都当离洛和她感情好，即使是出差也分不开。

见到她，离洛只淡淡地把视线从她身上掠过，毫无起伏。

继而转头，和一干人继续他们刚刚的话题，都是关于这次开发案的问题。

看得出来，这次的开发案，他极其重视。五月也在一旁用心听着，偶尔把重要的信息记录下来，做好准备。

9点多的时候，开始登机。

五月的位置，并不在离洛旁边，她坐下的时候微微有些失落，但还是松了口气。

昨天他们说过的话，她记得。

既然和他没可能，便不要再走得太近。安全的距离，会让她觉得轻松。不至于被他太强劲的旋涡卷进去。

因为昨夜的反反复复，才上飞机五月便觉得有些困了，她找空乘服务人员要了毛毯，准备休息。

才闭上眼，肩上被人拍了下，她略微困顿地睁开眼来，对上大卫笑眯眯的脸。

“有事吗？”五月赶紧坐直身子，礼貌地问。

“是这样。戚小姐，我们换个位置吧。”大卫指了指他之前坐的地方。

五月一顿，她记得他是和离洛坐在一起的。

她也不敢拿视线去看离洛那儿，毕竟这一路上，他们都不曾说话，就真像最普通的上司和下属一般。

“我实在不喜欢靠着长廊的位置，来来往往的人晃得我头疼。所以戚小姐能不能把这靠窗的位置借我坐几个小时。”他说得风度翩翩，又笑眯眯的，五月向来不是个善于拒绝人的人，便只好站起来，成人之美。

五月拿着东西走过去的时候，离洛闭着眼，往后靠着。

不知是睡着了，还是在休息。

她轻手轻脚地坐过去，不敢吵醒他。

但是，显然，他并没有睡得太深。她才一过去，他眼皮就动了下，那双精锐的眸子便睁开来。

“怎么是你？”眉心皱了皱，他似梦呓般，还有些困顿。

五月正要出声解释，他便坐直了身子，似笑非笑地哼了一声：“不是要保持安全的距离吗？这种距离可不见得安全。”

她努了努嘴，“是大卫不喜欢这个位置，所以我们才交换了一下。”

听了她解释，他瞥了眼大卫，大卫在那边只装没听到，用毛毯蒙着脸在睡觉。

敢算计老板的下属，他是不是干脆直接开了算了？

他收回目光，闭上眼重新睡去，神色清淡，似乎并无意和她说话。

五月也渐渐睡去，再醒来的时候，已经到了。

她提着东西跟在一群男人身后，显得尤其的娇小，一下子就被人群冲散。

看着她踩着高跟鞋，艰难地跟上来，离洛微一摆手，让大家停了下来。不动声色地递了个眼色给大卫。

大卫了然地几步过去接过她手上的行李，五月连忙摆手，笑笑：“不用了，我自己来就行。”

“还是给我吧，离总就交给戚小姐照顾。”大卫不由分说将行李拿了过去。

五月见大家都在等着自己，有点不好意思，只好快步过去，挪到离洛身后。

此时，他已经别回头去。

一行人出了机场大厅，她推着离洛走在前头。

风吹过来，虽然不似他们所在的那城市那样凉，但因为之前的大病还未全然好，她忍不住打了个喷嚏。

气息喷在离洛的头顶，他转过头来审视着她。

五月慌忙停下来，在口袋里找纸巾，捂住鼻腔，见他眉心皱着，似是不悦。

她有些模模糊糊地道歉，要走开一步，手腕却突地一热，被他用力地扣在了手心。

她迷惑地回过头去，对上他复杂的眸子，那里似有薄愠。

“不是说身体已经没问题了吗？”语气凉凉的，有点像质问，一旁高层全停下来等他们。

“嗯，已经好得差不多了。只有点小问题。”

她还用纸巾捂着鼻子，鼻头有些红红的，看起来很可爱。

他面色并没有和缓太多，将她上下打量了一眼，继而把自己的皮质休闲外套脱下来，一点都不温柔地丢给了她。

“穿上！”简单的命令，不容置喙。

五月呆呆地看着手上的衣服，那里还带着他的体温。

抬头，又见他仅穿着一件略薄的白衬衫，她推辞了下：“其实也不是那么冷。一会儿走到太阳底下就好了。”

“你看看你穿成什么样！”他真没见过病得这么重还只穿件蕾丝衬衫的！

不客气地瞥她一眼，语气又重了几分：“别给我矫情，把衣服好好穿上。”

五月被他训得没吭声了，吐了吐舌，老老实实将衣服套上。

温暖的热度，伴着他残留的气息，一下子包裹住了她。

心里微微悸动，不经意地发现一行人都停了下来，大卫那兴味浓浓的目光瞟着他们，让她脸一红，倒是离洛依旧一副泰然自若的样子。

有人接他们到了沙滩别墅。

别墅的主人徐先生，则是这次开发案的合作者。

他安排他们一一住下。

五月被安排在可以完完整整看到大海的落地窗房间里。

随意收拾好东西，她环顾着周围的景色，不由得惊叹大自然的美好。

湛蓝的天空和碧绿如玉般的海水，融为一体，拂去了繁华都市里的浮躁和嘈杂，连心仿佛都被彻头彻尾地洗涤了一般。

她看得不由得失神。

离洛推门进来的时候，只见到她那柔和写满了美好憧憬的侧脸，落在那金色的阳光下，乌亮的发丝半绾着，有几缕落在她脸庞上，为那份动人多了几分风韵。

有那么一刻，他看得失神。窗外再美的景色，都及不上她。

这个念头划过脑海，让他身心俱震。

她不算一个美到让人屏息的女人，但此刻浑身散发出来的魅力却能轻易地袭入他的心。

立在门口，他咳了一声，这才将她的思绪拉了回来。

看到他，她明显怔了下。

“在看什么？”他靠近她一步，和她并排站在窗边。

她抿唇一笑，“看窗外的景色。很美，对不对？”她抬手指着窗外，纯净的笑映在那双清澈的眼底，像天上闪烁的星星，“你看，那边好像是一座荒岛。这么美的私人沙滩竟然要改造成商业旅游地，真是太可惜了！”

说到最后，她肩头搭下去，满脸遗憾地瞅着他。

离洛和她的情怀不一样。

他是男人，没有多余的心思去关注美丽的景色，即使见到这片美好的沙滩，他脑海里闪过最多的也只是前景和利润。

按常理，他应当是没办法理解她的这种失落的，但，此刻看着她遗憾的样子，他的心竟莫名地有些惆怅。

“别想太多，这是政府下的文件。即使以后重新开发了，这片海也还是留在这。”她

觉得他的话，很像安慰。

但，安慰，一向不是他擅长的，不是吗？

“说是这么说，不过，这里以后再也不会这么安静了。”

“你喜欢安静的生活？”他眯着眼看她。

她点头：“我这个人其实很简单。只要带着小5过着最普通、安静的生活就好，喏，就算是在那座荒岛上也没关系！”

这么多年来，带着小5辗转在许多城市，那种勾心斗角，人性漠然，几乎让她心力交瘁。

他抱胸，哼了一声，忍不住吐她的槽：“你们女人都这么不切实际吗？在荒岛上？你就等着饿死吧！”

五月不以为然，提起这个她似乎来了兴致：“等哪天我们家小5有出息了，我就让他给我准备一艘游艇，十天就上岸补一次货，我就不信会饿死。到时候欢迎你去那玩。”

最后无意中添的那一句，却让离洛心一顿，凝视着她的目光深邃了些。

她的将来规划里，竟然会有他的身影。

莫名地，心情扬了扬。

“你身体怎么样了？”他坐到拐角沙发上，瞄到被她零零散散摆在桌上的药，他拿起来看了一眼，“吃过了？”

“嗯，刚吃过。绝对不会影响到工作的。”五月以为他是担心工作的问题，赶紧老实地回答。

他把药放下，微微抬头看着她，“晚上有个晚宴，在游艇上举行，要带女伴。你是这趟唯一的女性。”

“我陪你去。”工作上的事，她一点都不想含糊。

“身体不好最好就别勉强。晚上海上的风会比较大。”他觉得自己变得婆婆妈妈了。

她把之前他借给自己的衣服从床上拿起来，走过去递给他：“没事，我身体可以撑住，现在只是有点打喷嚏而已，谢谢你的外套。”

他没再说话，别开视线，拿着外套离开她的房间。

回到了自己房间，脑海里挥不开的却还是那张挂着笑的小脸。丢下衣服，踱到一边倒了杯凉水喝下去，他才觉得情况稍微好转了一点。

五月的惊艳，一路上让不少男人朝她抛过来惊艳而狂热的目光。

原本还有些不自在的五月，到后来接受得竟也坦然了。

大卫负责送她上游轮，忍不住打趣：“我敢担保，离总见到这样的戚小姐，一定要离不开眼了。”

五月脸有些红：“我只希望好好做好工作，不让他更讨厌我就好了。”

这次的宴会，包括“女伴”这个位置，她很清楚，这只是工作而已。

“更讨厌？离总对戚小姐明眼人都看得出来是喜欢，怎么到你这就成讨厌了？”大卫好笑地问。

喜欢？

五月苦笑了下：“认识他这么多年了，他一直都在讨厌我。从小就是。”

“真不知道是戚小姐对感情没经验，还是离总太会掩饰。”大卫无奈地摇头，想点醒她，“离总要是讨厌你，这种出差的事，随便叫一个财务部的人跟来就好了，也没必要刻意把一个自己讨厌的人带在身边吧？上次出差，离总也是带着你，说是当随行保姆，可哪里见过拿自己员工当保姆的？”

他一连串的话，让五月愣在那里站了好久。

其实细想一下，大卫的话是有道理的，而且她不是没有这样想过。

只是，离洛一次次的冷漠和拒绝，让她变得不敢去想了。

她不想再自作多情。

“戚小姐，这是邀请函，赶紧上船吧。”大卫的话将她的思绪拉了回来。

他们已然到了海边，巨大的游轮就在眼前。

一袭红地毯，铺在游轮的过道上，辉煌的吊灯散发着璀璨的光，将游轮衬得光芒四射。

恍然间，五月只觉得自己到了童话世界里。

这样的世界，离她的生活太过遥远。

游轮上，宴会已经开始了几分钟。

觥筹交错，气氛酣畅。

因为是这次开发案的负责人，离洛被围在人群中，他得心应手地应对着，但明显不上心，视线不自觉地飘向那扇镏金大门。

来回了几次，目光突然被一抹纤巧的墨蓝色身影狠狠攫住。

惊艳，自那双一贯波澜不惊的眸底划过。

她身形娇小，站在人群中显得更加玲珑，他却一眼就认出了她。

吊灯洒下来的光，衬在她那双盈盈清瞳里，通透得仿佛能映出水来。

此刻，那里写满了不安，她像个茫然失措的孩子，站在那里，不断地朝场内搜寻。

“抱歉，你们先聊。”离洛客气地朝众人举了举杯，撑着身子略有些艰难地朝五月走过去。

今晚，他没有用轮椅，也没有用拐杖。他不想让自己显得太特殊。

五月第一次出席这样的场合，她难免有点紧张。

焦急地搜寻离洛的身影，终于在他拨开人群的那一刹那，见到他。

心一颤。

今夜的他，一身黑白相间的竖纹衬衫，配着铁灰色礼服。

黑色真丝领带并没有严肃地系紧，而是松散地垂在他修长的脖子上，将他整个人衬得格外的优雅和性感。

她看得挪不开眼，只能怔愣地看着他一步一步接近自己。

心，在怦怦乱跳。

“你迟到了。”他俯首凝视着她，身影将她团团笼罩住。

“抱歉。”她及时回神，轻轻地道歉，原本不安的心，在见到他的那一刹那，莫名地安定下来。

仿佛一叶孤苦无依的扁舟，终于找到了属于自己的安全港湾。

“你没用轮椅？”她眼底有着担心。

“这种地方用轮椅岂不是太奇怪？”

五月几乎是想都没想，探手过去，轻柔地挽住了他的手臂：“那我扶着你。你能撑多久？”

手臂上的柔软很温暖，让他一愣。

幽深的黑瞳，轻轻地掠过彼此紧密连在一起的手臂，她的白皙，衬着他的铁灰色上衣。配搭得天衣无缝。

胸口袭上一团暖意，他扬了扬唇：“大概十来分钟。”

“十来分钟？”五月小脸皱了皱，“可是宴会至少得一个小时吧？”

她不舍得，他撑得太辛苦。

“那边有专门的休息区。”他指了指宴会一角，目光这才幽深地落向她，眸子微眯。

玲珑的胸，掩藏在她茸茸的发丝底下，依旧散发着诱人的味道。

凝滑的肌肤，在灯光映衬下，仿若透明，折射出如水晶般的光芒，璀璨得让人挪不开眼。

美的女人他见过不少，却偏偏忘了她偶然流露出来的风情。

仿佛罂粟一般，让人沦陷。

他的视线，其实很淡，但五月却觉得他目光里藏着火一般，让她浑身发烫。

她有些不自在地低下头，咬着唇，忐忑地问：“很怪吗？”

别人打量她时，她只会觉得别扭，不会有那种不安的感觉。

他抿了抿唇，没回答她的话，只略微喑哑地开口：“你眼光不错。不过……”

停顿了下，温热带着粗茧的大手突然探过去握住她的，冰凉的触感让他眉心一下子就皱了。

“一会儿上海了，风会比较大。”他脱下自己的铁灰色礼服，不由分说套在她肩上。

她惊了下，心里暖暖的，甜甜的，好像蜜糖抹过心间，但还是要脱下来，小声说：“没关系，哪有人在这种场合上这样不修边幅的？”

“我说行就行。”他端凝着一张脸，没接她递回来的衣服。

她努了努嘴，只好乖乖地把衣服穿上。

她本就瘦小，背着他的衣服，更显得纤细。

他抿了抿薄唇，探手轻轻牵住她，明显感受到她的怔愣和僵硬，他却神色自若，语气依旧很淡，“过去吧，大家都在等着。”

他的手心暖得不可思议，手掌很大，将她整个小手团团包围着，几乎密不透风。

她贪恋这样的感觉。

应酬了几分钟，他依然很绅士地谈笑风生，举杯啜饮，但一旁的五月却明显感觉到他体力不支，额角已经隐隐有汗往外冒。

没有半点东西作支撑，只站立一会儿，他的腿便会肿胀，麻痛。

五月一阵心疼，一手任他牵着，一手紧紧绕过去，挽住他的臂弯，想让他尽量依附着自己。

“别勉强，我们去休息一会儿，好不好？”

她用只有他们俩人才能听到的音量轻轻问。

“还可以坚持一会。”他的语气，听起来依然没什么变化，但眉心却隐隐能看出几分痛苦。五月知道他的为难。一干官员都在这，基本的应酬他还需要对付。

只好轻叹口气，纤柔的细臂，绕过他英挺的身子，附在他结实的腰围上。

明显地感觉他轻颤了下。

他低下头来，深沉的眸子忽明忽暗地凝视着她。

她看不懂他眼底的情绪，只是因为这样的亲昵，耳廓有点发热，赶紧解释：“你悄悄地靠着我，我给你当拐杖。”

看着她比自己还急的样子，离洛突然觉得其实腿也不那么痛了，他好笑地睨她一眼，“骨瘦如柴，能撑得起我吗？我的拐杖可是能撑得住千斤重量。”

五月本就急，听他这么说，她跺了跺脚，“你还有心思开玩笑。我真担心这么一折腾，腿的情况又恶化了怎么办？”

“能怎么办？原本就没打算治疗，现在恶化了，结局也不过是一辈子残废。”他说得

不咸不淡。

"残疾"两个字却听得五月心里一痛，她觉得刺耳极了，不由得发脾气地捏了他手臂一把。

"你怎么能这么自私地想？明明可以痊愈，你却消极地不治，让别人平白无故地为你担心！"

因为气恼，她的音量不自觉有些加重。

连周围的人也都隐隐能听到几个字，无恶意地朝她投来好奇的目光。

五月这才惊觉自己失控，她难为情地慌忙捂住嘴，噤了声，侧目恰恰对上离洛讳莫如深的眼神。

"你在担心什么？我们只是老板和员工的关系，不是吗？"

他觉得刚刚她娇嗔的样子，像极了生气的女友。

女人发起脾气来，原来也不是都和端木枫一样让人讨厌。

"我……"五月一僵，仿佛被他一句话点醒了一般，好半晌没说出话来。

她能说什么？

"喂。"

"你在哪？"从会议厅里出来，几番搜寻都没见那抹倩影，离洛心里莫名地不安。

听到她的声音，这才安心。

这是种很奇怪的感觉。

"我在船上。你们开会就完了吗？"她的声音，被海风吹得零零落落。

"嗯，你在甲板上？"他眉心皱了皱。

甲板上那么冷，她身体受得了吗！

"嗯，来了好一会儿……啊……"话没完，突然一声惊惶的尖叫从电话里传来。

离洛一惊，握住手机的手蓦地一紧，"五月！！戚五月！！！怎么了？？"

"……"

回答他的却是呼呼的风声。

"戚五月，你说话！"他大步往甲板上走，步伐有些不稳，但速度却很快。

电话那端始终没有声音，离洛的心一沉再沉，收了电话，才发现自己手心已经冒起了冷汗。

有种很不祥的预感。

走上甲板，他目光焦虑地到处搜寻，却不见她的身影，只有一个陌生女人趴在栏杆上望着大海嘤嘤哭泣。

心一慌，正要过去，突然，有个年轻男人急急忙忙地冲过来，差点撞到了他。

离洛手一探，揪住了那人的后衣领：“出什么事了？”

“有位小姐掉下海了，我现在得去求救！”

“是不是穿一身墨蓝色礼服？”他觉得自己的心，连同声音，都在发颤。

“是，就是她，被我女朋友不小心撞下去了。”那男人直点头，还想说什么，却震惊的发现对方已经丢开了自己，站到轮船边上。

脱衣裳，脱鞋子，所有的动作几乎是在一瞬间完成。

他退后助跑，姿势优雅，虽然刚刚的消息让他已经在失控的边缘徘徊，但他依旧保持着冷静和从容。

男人见到他腿的那一刹那，慌乱地冲过来，拦在他面前，“先生，你腿不方便，最好等施救队的人过来！”

“走开！”他瞪他，眼眶通红，尽量维持着最后的那一份优雅。

“先生，你听我说，这样子跳下去会死的！”海底下根本是一片漆黑，他的腿又不方便，可以坚持多久？！

“滚！”离洛耐心全然丢了，一把拨开对方。

助跑，跨过栏杆，翻身，跃下海面。

姿势高超，堪比跳水专业队员。

这一跳，跳下去会怎么样，他自己也不知道，对于结果，他更是没有把握。

只是……

知道戚五月掉下去的那一刹那，他一贯冷静的心，从来没有那么慌乱过。

一直以为自己恨她，恨到了骨髓，可是，这一刻却发现……

他，竟然在害怕。

害怕从此再也见不到那张挂着笑的脸，再也听不到她“你怎么可以这么自私”的质问。

在生命的边缘前，那份看起来深沉刻骨的恨意，竟然那么不堪一击。

五月一点点在往下沉。

整个身体，都被冰冷刺骨的水冻得麻木。

海水，带着又咸又涩的味道，一寸寸灌进她的喉管，鼻腔……

努力地想要睁眼，努力地想要使出力气，可是……

没在那海面下，她仿佛成了一个废人。

原来，肢体不可以动的感觉，这么难受。

离洛，被这种痛，折磨了多少年？

心，很痛。

自己大概要死了吧！从此，她不能再当他的拐杖。

他会不会从此放弃了治疗？

眼前，不受控制地出现一张又一张熟悉到仿佛已经刻进了生命里的脸。

八岁那年，他横眉冷对着自己，叫骂“哪里来的邋遢丫头”。

冷冰冰的样子，让她胆怯。

十一岁那年，黑洞洞的小巷子里，他赶走一群欺负她的小流氓，鼻青脸肿地骂她“活该”。

大义凛然的样子，她便一辈子刻进了心里。

十七岁那年，他压到自己身上，威胁“再吵我就让全世界都看到我们这样”。

痞痞的流氓样，却让她心怦怦乱跳。

后来的后来，他拥着她，吻着她，甚至，要了她。

一幕幕，依旧记得那么清晰。

痛过哭过伤过，却没有后悔过。

她努力地让自己清醒，泪却滚出了眼眶，和海水浸在了一起。

原来，在海里，竟然也可以流泪。

五月几乎以为自己要死的那一刹那，腰间却忽地一热，一双结实的手臂揽住了她的腰肢。

她使力地睁开眼。

暗夜的水面下，能见度几乎为零。

离洛的唇，突然狠狠地，用力地朝她压了过来。

热气，带着诱惑，弥漫进了她身体的每一个细胞。

她眼角潮湿，用尽全身的力气回抱住他。

离洛！离洛！

以为，这辈子再也无法触及到这份温暖。

他的唇，很快地退开，水下，他的大手缠着她的腰，抱着她往水面上游去。

必须得快。

他的腿，已经开始痛。不知道什么时候会抽筋。

“出来了，出来了！！”被他推出水面，五月终于能听到岸上吵闹的声音。

她近乎贪婪地深吸了口气，在水面上，一把揽住离洛的脖颈，嗓音哽咽：“离洛，你怎么这么傻？这么来救我，很容易出事，你知道不知道？”

一想到刚刚他身处的危险，她惊恐得忍不住想哭。

“先上船！你，还能行吗？”他推了推她，牙关咬得紧紧的，看不清楚的面容，泛着骇人的苍白和痛苦。

“嗯，能行。”她颤抖着唇，喘了口气回答。

因为太黑暗，五月没有发现他的异样。

“你先上去，我在后面跟着……”他指了指船上抛下来的小船，在离他们的两米外。

五月点点头，抹了一把脸上的海水。松开他，不放心地叮嘱：“你要小心。”

她努力往小船靠拢，想爬上去过来拉他，一转头，却蓦地发现他那高大的身子竟在以极快的速度往下沉。

心仿佛被什么狠狠撞击了下，抽痛得厉害。

“离洛！”她尖叫着，嗓音有些凄厉。“哗啦”一声毫不犹豫地重新跃进冰冷的海水。

“不好了！离先生应该是抽筋了！”

“赶紧准备下去救人！”

岸上一下子热闹起来，海面上似乎有人跳下来了，有哗啦啦的水声在闹着。

五月却什么也听不到了，只疯一般地往离洛沉下去的方向爬去。

每沉下去一寸，她心头的紧绷感和恐慌感便更深一分。

最后，危险终于铺天盖地地朝她齐齐袭来，她禁受不住，一下子失去了意识。

“五月，五月！戚五月！”带着沙哑的嗓音，在焦虑地唤着她。

她眨了眨眼，一颗如泪般的海水顺着睫毛划过她的脸庞。

她躺在一个结实而火热的胸膛里，腰上正揽着她的那双手臂，圈得很紧，几乎让她喘不过气。

“醒了！醒了！总算两个都没什么事。”有人松了口气。

五月手指动了动，一下子扣住了放在腰间的大手。

“离洛……离洛……”她嗓音颤抖着一遍一遍地呼唤着他的名字，恍惚间觉得自己像在做梦。

离洛回握住她的手，空出一手扯过一旁自己干净的外套，盖到她身上。

五月痴痴地望着他，他和她一样，全身都湿透了，发丝垂下来，有一丝贴在额头上，但这丝毫不损他的英气。

她以为，自己再也见不到他了。

咬着唇无法遏制地大哭，仿佛在宣泄着什么。

修长的手指，揩着她的眼泪，力道有点重。

“以后再敢在甲板上玩，你试试！”他拧着眉头，嗔怪地骂她，手握着她的手，箍在她腰上却是那么紧。

“我再也不贪玩了，再也不玩了。”她一下子坐起来，半跪在他怀里，回身紧紧搂住了他的脖子，抽噎着道歉：“对不起，对不起！”

自己差点拖累了他。

她简直要恨死自己！

她的泪，冰冰凉凉的，落在他脖子上，他心颤了下，大手一下子握住她的脖子，逼得她抬起泪痕四纵的小脸来对着自己。

她还在抽噎着，唇被她咬得泛起了白，楚楚可怜的样子，让他心疼。

俯首，一下子吻住了她……

这个吻，和刚刚在水面下那蜻蜓点水不同。

深重而浓郁，噙着五月想也不敢想的深沉的情感，震撼了她整个身心。

半跪在甲板上，她哭着，颤抖着，用力地拥着他，热烈地回应，主动地缠住他的唇舌。感受着他的气息，她的心，才能一点点平静下来。

这个吻，不知道持续了有多久。

直到一阵冷风刮过来，她禁不住颤抖了下，他才粗喘着气息放开她。

幽深眸子像着了火一般，依然密密锁着她。

厚重的眼神像一张天罗地网捆着她，让她连呼吸都紧张。

“离先生，医护人员已经在别墅里等着了。船也已经靠岸了，我看大家还是先回去再说吧！”一吻中断，有人终于过来和他们说话。

五月这才回过神，一转头，发现甲板上里里外外站了好几层的人。

刚刚她和离洛竟然在众目睽睽之下，热烈激吻！

一想到这个，五月脸都红了，咬着唇，低下头去。

娇羞的样子，格外地惹人怜爱。

离洛一把将她打横抱起。

五月一惊，身上他那件外套差点掉下去。

她慌忙扯住，绕过他的脖子，披在他肩上。

“盖着自己！”离洛眯了眯眼，几乎是命令的语气对着她。

“我不冷！”有他的怀抱环绕着自己，她觉得前所未有的温暖和幸福。

“你也不看看你穿的什么衣服！好好盖住！”离洛脸色不怎么好看，重重地瞥了她一眼。

五月艰难地扫一眼自己的衣服，脸顿时如火烧。

如薄纱的礼服浸了水后，仿佛根本没穿，或者说，比没穿还性感。

纯白色的胸衣，和白皙的肌肤，浑然一体，在礼服下若隐若现，那种无意渗透出来的诱惑，足以让在场所有的男人心动。

她赶紧乖乖地拿衣服盖住自己，不敢抬头去看他兴味十足的眼神。

等等！

冷静下来，她突然意识到一个严重的问题："离洛，你赶紧放我下来！"

"怎么？"他挑了挑眉峰，又走了一步。

腿部的痛，几乎钻心。

但他始终坚持……

"你的腿……刚刚不是抽筋吗？"她忧心忡忡地望着他，从这个角度，只能看到他如雕刻般的下颔。

"已经没事了。"他淡淡地回答，彼时已经下了甲板，往轮船的出口长廊走去。

因为她的意外，宴会厅里的人几乎全拥了出来，站在长廊里看着他们。

"离先生和女朋友感情真好！"

"是啊！真羡慕！我要有个男朋友肯为我连命都不要，我一定当场嫁给他！"

"算了吧，这种事情可遇而不可求……"

五月抿着唇，听得心里起伏不定。

一想到之前离洛不顾一切地跳下来救自己，便觉得心有余悸，但清甜又一丝丝划过心间。

她揽在离洛脖子上的手，紧了紧。

"下次别这样了！要真出什么事，我一辈子都不会原谅自己的。"她轻柔地说，将自己更往他怀里缩了些。

能清晰地听到他有力的心跳。

"下次？"他低头瞥她一眼，"还有下次？！"

她笑起来，摇头："绝对没有！"

听了她的保证，他的眉宇这才缓缓松开，重新抬头，略带蹒跚地往沙滩上走。

那一贯没有起伏的唇角，扬起了一个轻轻的弧度。

离洛直接把她抱进房间，似乎有些吃力，他额头染着热汗。

房间里医护人员都到齐了。

大卫一见两人落汤鸡的样子，急得要命："离总，这到底是怎么回事？"

"没事。"离洛回答他，转头交代医护人员："你们先帮她去去寒，她原本就有旧

疾，控制一下，别让她恶化了。”

五月坐在沙发上，拉了拉他：“离洛，我没事。先给你看吧！顺便看看腿。”

“我现在需要的不是医疗，是一个热水澡。还有你，也先去洗个澡再出来。”他下意识地将她的手回扣进手心，嘱咐她。

“好。”她乖乖地点头，看了看彼此交握的手，唇角忍不住扬起一个美丽的弧度，她催了催他，“那你赶紧过去吧，别感冒了。”

离洛出了房间，大卫跟着出来，离洛拦住他，嘱托：“你就先待在这，帮我看一下情况。我一会儿就过来。”

大卫兴味满满地看着他，笑说：“离总什么时候这么关心戚小姐了？”

离洛没好气地白他一眼：“让你去你就去，今天在飞机上的事还没和你算账。”

离洛进自己浴室脱了一身湿衣服，站在喷头下，热烫的水从头上一直往下，略微祛除了他通体的寒意。

腿部，泛着钻心的痛，像无数根针扎着神经一般。

他闷哼了一声，在浴缸的边缘坐下，低头，怔怔地看着腿上那道狰狞的伤痕，他眸子眯了眯。

那是永远无法抹灭的印记——戚妈妈留给他的印记。

对她的女儿，戚五月……

他到底该怎么办？

该爱吗？却偏偏有着不共戴天的仇恨！

该恨？却偏偏如此无可奈何地爱上！

爱……

自己是爱上她了吧！不是只有一点点的喜欢，一点点的动心。

而是真真实实地爱了。

他闭了闭眼，起伏的情绪在眼里消逝殆尽。

热水淌过他狰狞的伤痕，痛意，在一点点消退。

就让一切，和流水一样顺其自然吧！

不管将来会怎么样，只要现在。

五月洗了澡，医生仔细替她检查身体，别墅的主人徐先生也来探望。

“之前有肺部感染过？”医生问她。

“嗯。现在应该没什么事了吧？”她其实还有点头昏脑涨。

医生边做记录，边说：“大事没有，只是有点小感冒，低度发烧。不用打针了，吃点药就行。今晚睡的时候多盖几床被子，把汗出了明天就没问题了。”

大卫松了口气："没事就好。一会儿我就把我房间里的被子拿过来。"

五月忙说不用，视线时不时地往门口瞄。

"戚小姐，看什么呢？"

"离洛应该不会有事吧？医生，麻烦你配好了药，就去隔壁看看吧！他腿好像不怎么舒服。"她有些急。

大卫笑了笑，宽慰她："离总身体一向很好的，不会有事。你要不放心，我过去替你看看。"

"好啊！"五月赶紧点头。

此时，房间的门，却突然被人从外推开。

五月眼一亮。

只见门口，离洛一身清爽的休闲装束出现，神采比刚刚要好了很多。

V字领的T恤，衬出他结实性感的胸膛。灰色布裤松松地裹着他修长的腿。

他坐在轮椅上，自己推着自己进来。

"离总！"大卫赶紧打招呼，"你来了就好，戚小姐这下子该放心了。我过去搬被子过来。"

他说着，便出去。

五月赶紧掀开被子跳下床，去推离洛进来："腿痛吗？"

他看着她："没事，倒是你，情况怎么样了？"

"我也没事，只是有点小发烧。"她老实交代。

"发烧？"他眉心拧了拧，手臂探出去高高举起。

她赶紧贴心地弯身，让他的大手，轻易地能覆上她的额头。

"要打针吗？"他抬头看她，墨黑的眼底，有着担忧。

五月心悸了下。

隐隐觉得，离洛和自己之间有些什么不一样了。

很少见到他这样忧心地看着自己。

"医生说不需要。不过给我配了一大堆药，喏，在那！"回过神，她指了指床头一堆红红绿绿的东西，医生站在那，还在开着。

五月整张脸都苦哈哈的了。

这么多，不吃出人命来才怪。

"那就吃吧，你从小身体就不好。推我过去看看。"他指了指床头。

五月赶紧推着他过去，医生礼貌地和他打了声招呼，他又问了一些情况，医生一一回答了便准备走。

五月忍不住拉住他："医生，给他也看看吧，他刚刚也落水了。"

"你放心，离先生气色很好，身体也不错，不会有事。倒是戚小姐自己要保重好身体。"

把医生送出了门，折回来，见离洛正低着头认真地在看着床头上的药。

房间里，安静得不可思议。

五月略微怔愣地看着他的侧脸，在灯光下，散发着迷人的光晕。

他突然别过头来，深邃的目光和她撞个正着，隐隐地，带几分让她心颤的温柔。

"你要不要坐沙发上？会比较舒服。"她温柔地问，心如鹿撞。

他定定地望着她，放下手上的药："我腿不舒服。"

"我替你看看。"她有些急，拍了拍沙发，他便起身，走到沙发边上坐下。

她没坐下，反而转身就走。

离洛一下子抓住她："干什么去？我不要医生。"

"不找医生。我替你倒盆热水过来。"她松开他，转身进了浴室。

没一会儿，她端着热水出来，氤氲的热气，将她如星辰般的眸子衬得越发水润。

将热水放到他脚边上，她蹲下身子，抬头望着他。

"先泡脚，兴许会好一点。"

她蹲下身，柔软的双手浸在水里，一下一下温柔地帮他按摩。

他俯首望着她，眼眸越转越深。

即便不抬头，也能感到他正凝视着自己。心跳，如擂鼓。她轻声道谢："今天谢谢你。要不是有你，兴许我已经冻死了。"

那时，将她撞下船的人，都没敢跳下去救自己。

只有离洛……

腿那么不方便，明知道有危险，却还义无反顾地跳了下去。

她永远都忘不了他在水面下吻自己……

也忘不了，他咬着牙关，将她推出水面，自己却无力地沉下去……

他挑挑眉，看她："你打算怎么谢我？"

他的语气有些漫不经心，但眼神里的别有意味，却让五月的心顿时漏掉一拍。

"我也不知道。"她歪着头，想了下，飞快地说，"明天我一定好好工作，以后都会努力工作的！"

"就这样？"他不悦地锁了锁眉。

"不然？"她迷惑地望着他。

他眯了眯眼，俯首过去抓住她的手，她的手，沾着水，暖暖的。

他的拇指，在她凉凉的手背上，细细摩挲着，滚烫的温度，让她连呼吸都屏住了。他，到底要干什么？

他却突然开口："戚五月，我们交往吧！"

一上午的工作很顺利。

大卫跟在离洛身后，总觉得自己简直大开了眼界。

以往一贯没什么表情的离洛，今天显得心情极好，唇角总挂着若有似无的笑。

那笑容，虽然浅淡，但任谁都看得出来，那是发自内心的笑容。

因为，是那么温暖，仿佛阳光细细碎碎照进了眼里。

爱情，难道真的是个如此有魔力的东西吗？

大卫不由得纳闷。

"离总，今天中午可否有时间，不妨一起吃顿饭？"有人邀请。

离洛客气地拒绝："很抱歉，今天中午已经有约了。我们不妨改约下次。"

"那也好。"对方很识趣，还不忘问，"不知道离先生的女伴情况怎么样了？昨天落水后，没什么事吧？"

"劳白先生费心，已经没有大碍了。"提到五月，离洛的神情不自觉透出些许柔软。

"那就好，那就好。"白先生直点头。

离洛和他简单地寒暄了几句，便率先离开了。

看一眼时间，已经是12点多，估计某人现在在房间里饿得够戗。

"离总，要叫外卖去戚小姐房间吗？"大卫知道他在担心什么。

"不用了。"离洛摆摆手，"中午老徐那的饭局，你去顶一下。"

"我？行。"大卫了然一笑，"那我先送离总回别墅。"

谈方案的地方，和别墅并不太远。

开车五分钟便到。

离洛担心五月还在睡觉，便找别墅里的佣人要了把钥匙，自己开门进去。

果不其然，她还睡在床上，她像养成了一种习惯，纤瘦的身子微微侧着，蜷成一团。

据说，极度缺乏安全感的人，才会有这样的睡姿。

这么多年，她一个人，带着小家伙是怎么过来的？一定吃了不少苦吧！

他心窒了下，轻轻走过去，在床边坐下。

离得很近，能听到她均匀浅淡的呼吸，唇角轻轻扬着，很幸福的温度。

他修长的手指，情不自禁地划过她柔软的唇瓣。

似乎被叨扰了，她嘤咛了一声，撇了撇唇。

慵懒的样子，像极了一只没有睡饱的小猫。

这样的画面，唯美静好，他竟然想就这样看着，一辈子。

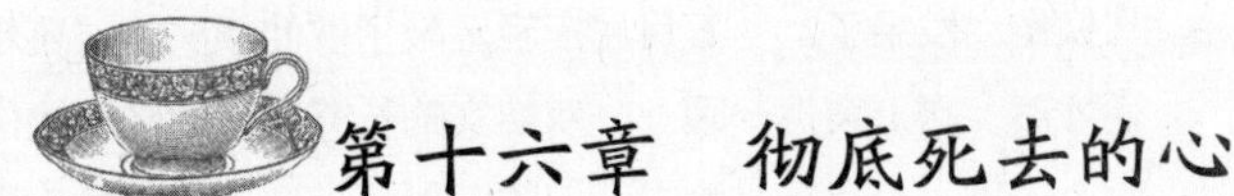

第十六章　彻底死去的心

回到熟悉的城市后，他们真的开始交往了。

就好像每一对热恋中的情侣一般，他们会约会，看场爱情电影。他们也会同每一对情侣一般，在公众场合忘情地热吻。

仿佛压抑了太久的感情，一瞬间爆发出来，他们恋爱得忘乎所以。曾经那些仇恨，怨怼，在这时候都被抛在了一边。

五月的心思很单纯，她不想对这份突然冲击而来的感情考虑太多。现在，她只想去好好珍惜。用力珍惜了，若是最终还是得不到，那便如离洛说的那样，好好过好现在，以后的事，让以后的自己去承担就好。

“在想什么？”一个身影突然拢上来，在她身后立住，结实的胸膛贴在她背脊上。

男人暖暖的温度，将她包围住，比暖气还热。

她一怔，手上还握着菜刀，回过神来，回头朝他笑：“没想什么。现在几点了，你怎么就回来了？”

他明明说因为应酬回来得会比较晚。

“嗯。外面冷，所以早点回来了。”天知道这是什么乱七八糟的理由。

以往，都是觉得雏菊园太过冷清，所以宁愿待在外面和一群朋友玩到深夜，也不愿早早回这里。

现在倒好，工作一做完，脑子里便会不受控制地想到某个身影。

几乎是迫不及待往家里赶，连大卫都忍不住取笑他。

“切菜的时候，发什么呆？”他拧了拧眉，视线落在危险的菜刀上，大手探过去，将它拿起放在了一边。

她吐吐舌，指了指砧板上的豆腐片：“晚上煮这个，小5和你都喜欢。”

他顺着看过去，心里没来由地一阵悸动。

厨房里，从以前空得不像话，到现在已经被填得满满的。

真正像个家了！

他有些无法想象，若是有一天，把厨房填满的这个女人不在了，这个厨房，或者这个家会变成什么样子？

“换作你发呆了？”五月屈指轻轻敲了敲他额头，“还想吃什么？我给你做。”

话才落，腰上突然一暖，一双结实的长臂从后面轻轻搂住了她。

她心一颤，没有转过脸去，但依旧能感受到他的气息，洒在她头顶。

“怎么了？”轻柔地问他，小手覆在他的手背上。

他的下颌，抵着她的头顶，也轻轻地开口，“晚上我送你们回家。”

她依恋着他的味道，像只小猫儿似的懒懒地靠在他火热的胸膛上：“不用了，我和小5自己可以回去，现在外面越来越冷了。”

他的手臂环在她腰间，紧了紧，他抿着唇好一会儿没说话。

“搬过来吧！”突然开口，嗓音暗哑着，透着一股说不出来的性感。

她怔了下，微微偏着脑袋去看他。

撞见他星辰般闪烁的深眸，厨房的吊灯将细细碎碎的流光沉进他眼里。

那里写满了眷恋和真诚。

“搬到这里来一起住，不好吗？”见她没有回答，他又补了一句。

“当然好咯！那样大叔和大5就可以好好恋爱，还可以养小白白哦！”不等五月回答，一抹小身影蓦地出现在厨房。

小家伙一脸的兴奋，水灵的大眼熠熠生辉。

粉嫩的小嘴里还含着根巧克力棒棒糖。

五月脸红了红，赶紧要挣开离洛的怀抱。

天哪！小家伙本就早熟，再给他做这种示范，以后不知道会让他闹腾出什么事来。

离洛看着她在儿子面前突然正儿八经的样子，觉得好笑。

还真是个称职的妈妈！

勾了勾唇松开她，做了决定：“那就这么说定了，晚上我们三个人一起去搬东西。”

搬好家，五月把小东西放到床上睡好，下楼来，见到离洛穿着一身简单的居家服，坐在大厅里。

他的视线沉沉地落在电视上，却略微有些失焦，似若有所思。

她安静地走下去，坐到他身边，他才突然醒过来。

视线触到她的一刹那，无波的眸子，略微紧缩了下，但很快地又恢复如常。

“在想什么？”五月不由得有些好奇。

他扯了扯唇，“在想新年该怎么过。”

“你不说我都要忘了，马上就要新年了。时间过得还真快！”五月忍不住感慨。

他低头贪恋地嗅了嗅她身上的味道。

“喝酒吗？”他突然提议，鼻尖凉凉地蹭了蹭她软软的脸颊。

好痒！

她笑着躲他，略微惊讶地问：“你不是最讨厌家里有酒味吗？”

“嗯。不过今天就想喝。”他把躲着自己的她强势地抱进怀里。

“那你想喝什么？酒在哪？我去拿。”

“拉菲吧。在那边酒柜里，最下面一层。”他懒懒地用下颌指了指厅的东北角。

难得他这么有兴致，五月自然不会扫他的兴，乖乖地去酒柜里翻出来：“是这瓶？”她拿出来，蹲在地上朝他晃了晃。

他微眯着眸子望着她，也不说话，只是轻浅地点头。

她从吧台上取了红酒杯，用布擦干净，取了开瓶器，动作利落地开了酒瓶。

他怔愣地看着，神情略微有些入迷。

以前，他从来不知道，只是这样安静地看一个女人在自己眼前晃动，竟也会觉得心满意足。

甚至，前所未有的安心。

感觉到他火热的视线凝视着自己，五月整颗心都在怦怦乱跳，倒着酒的手都有些发软。

“在看什么？”她轻轻地问，也不抬头。

天知道他这样盯着她，她有多么紧张！

他的眼神，好像融着一团火似的，将她密密包围，把她整个人炙烤得几乎都要融化。

“你常喝酒？”他还是那样看着她，似乎没有什么可以避讳。

她开酒，倒酒，擦杯子，动作都很熟练，优雅。

“很少喝，你又不是不知道我是一杯倒。不过以前在酒吧里上过班，给酒保打过下手。”

灯光照耀下，她低着头，神情很柔和。

细软的嗓音，静静地流泻在空间里，很动人。

她端着两杯酒，在他身边坐下。

一杯递给他，一杯自己端着。

“是想庆祝什么吗？”

他想了一下，举杯轻轻碰在她的杯子上：“庆祝你入住到这。”

她笑起来，抿了一口，酒的味道在空气里飘散。咂了咂唇，享受地呼出口气。

那迷蒙的样子，让离洛看得痴迷。心念一动，突然俯首，湿软的唇，重重地印上她的。

美酒香醇的味道，伴着他清冽的气息，传入她口腔里。

她愣了一下，下一秒，几乎是本能的，接纳他强势的索取。

红酒的味道一点点滑过她的喉间，流进了胃里。

吻，越来越深入……

呼吸越来越急促而凌乱……

空气的温度，渐渐上升，沸腾，燃烧……

只有两人的大厅里，很快地泛满了情爱的气息。

红酒，洒在地毯上，没有人来得及顾及。

男人的上衣、长裤和女人的睡衣，凌乱地堆在一起。

彼此的心和心，在一点一点地靠近。

五月以为，和离洛还有小5这样幸福的日子，或许可以一直这样下去。直到，那天……

五月刚送完孩子回来，把屋子里收拾一通后，门铃乍然响起。

这个时候，离洛在公司。透过猫眼看了下，竟然是阮纯和莫琼。

她心里微微有些慌乱，但还是飞快地将门打开。

“莫姨，纯纯姐，你们怎么来了？”她尽量大方地堆上笑脸。

莫琼瞪着五月，冷抽口气：“你竟然……竟然真的同离洛同居了？！”

“我……”五月嗫嚅着不知道该怎么解释。抬目去看阮纯，阮纯脸上全是哀切。只挽着莫琼，“莫姨，您别气坏了身子。”

“我能不气吗？要不是你和我说，我还真要被蒙在鼓里！”莫琼推了五月一把，就冲了进去。看到沙发上有五月刚刚叠起来还没来得及收进衣柜的衣服，莫琼只觉得怒火中烧，冲过去便将衣服狠狠丢到门外去，“戚五月，你给我从这里滚出去！这里是离家的，谁都能住，你就最最没资格住！给我滚！不然别怪我对你不客气。”

五月有些手足无措，她能理解莫琼对自己的憎恨，可……

“莫姨，我知道我们家有千错万错，可我对离洛是真心的。”五月深吸口气，坚定的目光凝视着莫琼，“莫姨，给我一次补偿的机会，好吗？我愿意倾尽所有让离洛幸福！”

阮纯垂在身侧的手，微微一僵。咬住唇，望着莫琼，生怕莫琼点头答应。但，好在莫琼只是冷冷一笑：“补偿？离家那么多条命，你拿什么来补偿？就算把你的命补上，也不够！”

莫琼见五月还站在那儿不动，只觉得碍眼极了。动手就去推五月：“赶紧走！不然离洛回来把你赶出去，只会更难看。”

“莫姨。我不走！如果不是离洛让我走，我不会离开他！”五月固执地站在原地，“如果我走了，他会变成孤零零一个人……”

“五月，别傻了。莫姨现在正在气头上，你就别惹她了。”阮纯轻轻推了推五月，一副关切的样子。

莫琼因为五月的话愣了一下，但很快地，又压抑不住心头的怒火，推她的力气不由得大了一些。

五月一个不稳，重重地栽在地上。

莫琼和阮纯都一愣。五月正想爬起来，却只觉得小腹一阵剧痛，她重重地呻吟一声，搂住小腹蜷缩在地上，不住地颤抖。

望着那不断渗出来的冷汗，莫琼和阮纯这下子都慌了神，立刻拿手机拨急救电话。

……

五月缓缓睁眼的时候，听到门外医生的声音传来。

“病人怀孕了，你们怎么能这样推搡？前三个月胎儿很脆弱，你们这样粗蛮，随时可能让病人流产！”

莫琼被训得一愣一愣，想不到五月竟然怀孕了，似有些自责。嗫嚅着唇，才说：“我也不知道这孩子怀孕了，医生，孩子情况怎么样？没伤害吧？”

“莫姨，您接受五月的孩子？”不等医生回答，阮纯就惊呼。

“孩子是孩子。不管怎么样，这也是离家的！”

“可，他是五月生下来的啊！五月和洛哥哥可是深仇大恨！”

“可那也是离家的传承人。现在离家就剩下离洛一个血脉，孩子自然要留下！”

吵闹声，在门外响起。五月却完全没有仔细去听，只沉浸在一个又惊又喜的事实中。

自己竟然怀孕了？！除了小5以外，她马上要拥有另一个离洛的宝宝了！

努力睁开双眼来，想起身找医生问清楚。

下一秒，一个始终不曾开口的声音，一句话，却将她整个人打入冰窖。

“医生，这孩子不能要！”

这声音！！

竟然是离洛！竟然是孩子的亲生父亲！他说得那样冷静，果决，仿佛没有一丝丝犹豫。

五月只觉得一阵天旋地转。

“你疯了？这孩子可是离家的！”这下子倒是莫琼觉得无法理解，“我不准拿掉孩子！”

“莫姨，我很冷静。这孩子绝对不能要！”

又是这句话！

五月躺在床上，只觉得被一记晴天霹雳击中，浑身一颤，她疯了一样从床上跳起来。

双腿有些发软，让她几度站不住脚，只狼狈地胡乱抓什么东西，好不容易撑住床沿，才没有让自己倒下去。

“为什么？为什么不能要这个孩子，他是你的！！”她失控地朝门口他的背影吼叫着。嗓音沙哑。

万万没料到，他会是这样的反应。她想，他一定是开玩笑的，一定是逗自己的。这段时间他对她那么好，明明是爱着她的，不可能对孩子这么残忍，这是他的亲骨肉啊！

她一遍遍自我安慰，可是，没办法。他的话，那样的真实，又那样的决然，根本让她连半点侥幸的心理都没办法存有。

他转过身来，因为她眼底的沉痛，愣了一下。沉沉地看着她，目光像夹着许多她看不懂的情绪，砸在她身上，让她冷到颤抖，她的声音也在颤抖：“回答我，为什么！”

目光闪烁了下，不着痕迹的痛苦，从黯晦的眸子里闪过。

“五月，我早就告诉过你，我不会要你的孩子！”语气冷硬如石。

五月只觉得整个人仿佛跌进了深渊一般。想来，自己一定是粉身碎骨了，不然，怎么会这么疼？连一个浅浅的呼吸，都让她痛不欲生。

手指扣在书桌上，因为太过用力的关系，隐隐已经渗出血来，她还在强撑着不让自己倒下，愤然地看着他，用尽全身的力气质问：“既然根本不想要孩子，为什么要让我怀孕？！”

他却不回答，只是冷冷地丢下一句绝情的话：“我会让医生尽快安排手术，你做好心理准备！”

五月疯了一样扑上去，揪住离洛的衣领，恨极地大叫起来：“混蛋，那是你的孩子！你怎么能这么无情？”

离洛眼底划过丝丝心痛，却仍旧坚决地抽开她的手："你冷静点！"

冷静？现在她该怎么冷静？！

他根本是在报复她！一定是的！不然，她真的想不起为什么他要这样对自己！

——我会让医生尽快安排手术，你做好心理准备。

他怎么能说得这样轻巧？！可偏偏又那样残忍，在她耳边不断地飘荡，飘荡。撕扯着她的耳膜，扒她的皮，抽她的筋。

她无法自控地大哭，脆弱的身子抖得厉害。原来之前所有的甜蜜都是骗人的！以为他是个完美的情人，可是，没想到到头来他却是一个最残忍的猎人。

从始至终，他都在费尽心机地设计一个巨大的骗局，一个报复她的骗局。

他沉着气，藏住恨意，用尽所有的耐心来对待愚蠢的猎物，不过只是等着猎物往圈套里跳的那一刻。将她玩弄在掌心里的感觉，真的就让他那么畅快吗？若不是听他亲口说出如此绝情的话，她怎么也无法想象，以前那所有的温柔和甜蜜都只是他刻意制造出来的假象。

……

接下来的时间，五月不知道是怎么过来的。原本还在期待离洛作更好的解释，可是……

他什么都没有给自己。除却殷勤地替她安排手术以外。

心，在那一刻，便真的死去了。

雏菊园，大厅里。

离洛痛苦地靠在沙发上，满眼通红，写满了痛楚。叶修坐在一边看着，好几次欲言又止。阮纯自厨房里倒了两杯水递给他们，也不说话。

自然，五月腹中的孩子能拿掉，她觉得那是再好不过的事。

莫琼突然风风火火地闯进来："离洛，你今天不和我说清楚是怎么回事，我绝不同意把孩子拿掉！"

离洛坐在沙发上，只觉得头痛得厉害。

"妈，哥有哥的打算。"叶修起身想劝莫琼。

阮纯也插话："洛哥哥做事一向是有分寸的。"

"哼！分寸！有分寸就不会让戚五月怀上离家的孩子！既然是离家的孩子，就必须得生下来！你和她以后结婚不结婚，这种事我不管，但这孩子我就是要定了！我替你妈做这个决定！"

"莫姨……"离洛终于开口了，语气里全是倦怠，暗沉的眸底望着莫琼，有几分恳

求，“这个事情让我做决定。”

“我不许！”莫琼一拍桌面，“如今离家就你一个人，我不许你胡闹！”

“妈。”叶修看了眼一脸痛苦的离洛，沉了沉目，才又劝道，“别为难哥。他有他的苦衷。”

听到叶修的话，离洛脸色越发的暗沉，俊朗的面上布满阴霾。

“苦衷？哼！即便你是想报复戚五月，也不是从孩子这里报复！那可是你们离家的骨肉！你做事向来有分寸，可这次怎么这么不知道轻重了？！”莫琼实在无法苟同他们的说法。

“莫姨，如果生下这个孩子，可能会要了五月的命，那我能要吗？”

莫琼一愣。阮纯也抬起头来，讷讷地问：“什么意思？”

叶修重重地叹口气，“上次我和哥看过五月的身体检查报告。她脑部有块肿瘤，即使现在是良性，往后也可能会转化成恶性。因为不能轻易动手术，所以一时也没有更好的解决办法。哥去找医生问过，这种情况是不能要孩子的！会刺激到脑部神经，只会加速肿瘤恶化。”

叶修的话，一句一句，都让离洛心里撕扯着疼。

如果不是那次看到她的检查报告，如果不是接下来一夜又一夜的噩梦，他都不知道自己什么时候竟然如此在乎她！在意她！或者说——

自己根本是爱上了她！

她替自己按摩时的温柔，替自己做饭时的温馨，一次一次劝他去医院被他凶却毫不退缩的执拗和傻气，都让他动心。

什么时候，这份动心竟然能让他将仇恨和报复都归置一边？或许，就是见到检测报告的那一刹那。

想到她随时可能有生命危险，他竟然觉得害怕，害怕失去她，害怕无法拥有她。

在生命边缘的那一刹那，那些仇恨竟然能淡下去。

莫琼万万没料到情况会是这样，虽然真正厌恶五月，但心里也很清楚过去那些事里五月毕竟是无辜的。

“那……现在怎么办？你怎么不和她说清楚这情况？”

离洛没吭声，只是难受地将脸埋在掌心里。叶修便替他回答：“哥担心五月若是知道自己有这个病，成天处在惶恐不安里，随时担心病情会发作。医生说，这种情绪会随时让她病情爆发。到时候恐怕……”

叶修不忍将话继续说下去。

一时，莫琼没有再出声。阮纯在一边，也只愣愣地盯着离洛痛苦的样子。

这一瞬，她突然清醒，洛哥哥，真的再也不是她的洛哥哥了。即便自己胡闹，自己为他自杀，他也不会再回来。

他爱上了五月，用心在爱着，那份爱，深到连仇恨都挡不住了。

叶修望着阮纯难过的神情，不忍地偏过脸去。

一时，整个大厅里四个人都各有所思，不曾说话。氛围，陷入一种难受的阴霾里。

直到，电话铃声突然尖锐地响起。离洛将电话掏出来，贴在耳边。

"离先生，手术这边已经准备好。需要家属签字，你是不是来医院一趟？"

离洛一震："我知道了。"嗓音暗哑，胸口仿佛堵着一块巨石一样难受。

挂了电话，其他几个人都朝他看过来。他望着叶修，好艰难，好艰难才找到自己的声音。

"阿修，帮我去一趟医院。手术……需要签字……"离洛一时竟红了眼眶。自己的孩子，要被自己亲手拿掉，这是件何其残忍的事？

他实在没有勇气守在那。

不敢面对五月的质问，怕经受不住她憎恨的眼神，将这一切和盘托出。

更无法面对孩子那尚未成型的生命，他怕自己会自私地要求将孩子留下。

所以，他只能躲得远远的，将自己隐在最阴暗的角落。

"手术完毕，马上通知我。我再过去。"

叶修起身："我知道了，哥，你放心，一定会没事的。"

叶修起身要离去，莫琼站起身来，跟出来一步，回头望着离洛，"要不要再考虑一下？那毕竟是你的孩子。"

"不需要！"离洛断然地回绝了。这种时刻，他心底再清楚不过，这世界上真的没有比五月的生命更重要的东西了。

他，不想她去冒险。

五月以为手术前，离洛至少应该出现的。却没想到，来的竟然是叶修。

她坐在病床上，望着叶修冷笑："他都不打算出现？"

"五月，你别怨哥。"叶修想将离洛的苦心和盘托出，可又实在无法开口。

五月哼笑，眼泪含在眸里，逼迫着不掉下来，"我当然不怨他，也没资格怨他。这些都是我欠他的，现在不过是还给他而已。"

不忍看她悲伤却又强装坚强的样子，叶修别过脸去，喉咙艰涩。

"阿修哥哥，能不能麻烦你一件事？"

"嗯。你说。只要我能做到的，一定做到！"

“我有个儿子。”

叶修不解地望着五月，五月也不解释，只递了张纸条给他，“你替我到这个地址接他过来行吗？他这么久不看到我会害怕。”

“你有孩子了？哪里来的孩子？”

五月笑了笑：“以后再和你说吧，你现在有时间吗？”

“有的，我马上就去。你先休息一下，我接了孩子就过来。现在离手术时间还有一个小时。应该会赶得到。”

“嗯。”五月点点头，郑重地望着叶修，“那谢谢你了。”

叶修将孩子接过来，手术前五月说想吃些水果，叶修在手术单上签了字，便替她去楼下买。

拎着水果回来，进病房的时候发现，里面竟是空空如也。难道已经进手术室了吗？

“护士，这个病人已经去手术室了吗？”叶修抓住经过病房的护士问。

护士探头看了一眼：“还没有，做手术的张医生还没来咧，有些事耽误了。”

“哦。”叶修应了一声，往病房走。既然不是去手术室，那可能去了洗手间。

叶修没有多想，将水果放下，却被床头柜上留下的信封吸引了视线。

信封鼓鼓的，塞满了东西。上面赫然写了几个字：离洛亲启。

一种不好的预感攫住叶修——五月不会是……？！

叶修不敢再耽搁下去，飞快地摸出手机，拨离洛的电话。

……

离洛赶过来的时候，望着那厚厚的信封，那一刹那，他竟然没有去开启的勇气。只觉得双腿竟然突然痛得厉害。

明明，医生说他的腿已经在渐渐康复中……

“哥……”离洛的脸色惨白，叶修不忍地唤了一句，顺手将信封拿过来递到离洛面前，“打开看看吧，或许……不是我们想的那样。”

离洛不是个没有担当的人，从来，公司里即便是面临再大的困难，他也能泰然自若。可此刻竟然如此的孬种。

但，到底还是要面对的。

拉开信封，最先抽出来的是一张薄薄的纸片。

“离洛：谢谢你的无情和残忍，把我对你所有的爱连同心一起连根拔起。我不怨你，我可以不再爱你。我知道你恨我恨到连我们的孩子都不屑要，但已经来不及了！五年前，就已经来不及！”

离洛的手在隐隐发颤。她最后的话是什么意思？

探手抽出信封里鼓鼓的一叠资料，竟然是分别验的他和小5的DNA。

他一愣，下一秒飞快地翻到最后一页，报告结果显示的99.9%的数据，让他整个人傻在轮椅上，良久回不了神。

资料掉落在地上，他也全然不知。

他的儿子！小5竟然是他的亲生儿子！

天哪！这简直太不可思议！

五月之所以临走前还留下这东西，或许是想报复他残忍的行为，狠狠扇他一耳光，但她哪里会知道，离洛知道这个消息有多惊喜！

这简直是上天赐给他最珍贵的宝贝！这一次，他突然觉得上帝也不是那样讨厌，虽然夺走了他曾经拥有的一切，但至少现在又给了他一个礼物。

叶修捡起厚厚的资料翻看了一眼，一时也惊得瞪大眼。

这怎么回事？怎么无端端多出个这么大的儿子？很显然，某人根本是冲击过度，已经不知道怎么反应了。

“哥，别愣着！咱们赶紧去追五月去！说不定现在她还在家里。和她把误会说清楚就好了！”叶修比身为当事人的离洛先反应过来。

离洛这才恍然醒悟过来，推着轮椅，一阵风似的就往病房外冲。

但，一切，都已经来不及……

这一次，他没有找到五月。去她家的时候，她和小5的家早已经人去楼空。

空到，什么痕迹都不曾留下。

就好像，她从来不曾来过。

连同离洛的心，在那一刻也变得空空荡荡。

一时之间，他生命中两个最最挚爱和珍贵的人，都离他而去。那一瞬，仿佛心都被掏走了一般。

从那之后，离洛再没见过五月。

无论怎么寻找，一大一小两个人就仿佛从这个世界上消失了一般，无影无踪。

这一回，离洛真切地体会到了什么样的生活，是行尸走肉。什么样的痛，是撕心裂肺、肝肠寸断，无法平息。

他不记得自己醉倒过多少回，只记得每次都会念叨五月的名字。

他始终想不通小5到底是自己什么时候留下的，直到后来，出国很长一段时间的雷斯突然回国，无意中提到五年前的那一夜，他才猛然惊觉——那一次让他心心念念，酣畅淋漓的女人，竟然就是五月。

难怪，每回拥着她时，总有种抓不住的熟悉感！

听着雷斯说完的那一瞬，意识到从一开始自己就误会了五月，意识到把她当做水性杨花女人的自己有多么的该死！

那一夜，他捂着剧痛的心，喃喃着“对不起”三个字，直到天明。

世界上，有一种爱，真的比恨来得更加深刻。有了这份爱，他甘愿将那份仇恨忘却。

这，没什么不好！他不用让仇恨啃噬自己，可以重新开始一段美好的、属于自己的人生。

可是，那个领他走出仇恨的人，却早已没了踪影。

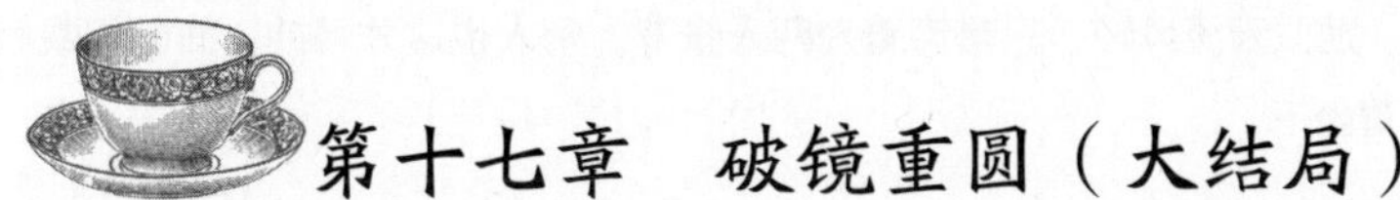

第十七章　破镜重圆（大结局）

五个月后……

阳光晴好，清风拂面。海边沙滩上，开着一家小小的咖啡店。

咖啡店里老板、服务生、厨师、咖啡师都是一个有着漂亮笑容的孕妇，地方虽然小，但因为老板娘感染力十足的笑容，所以生意特别的好。

又加上老板娘还领着个漂亮到总让人忍不住想要驻足多看几眼的孩子，所以，咖啡店的生意越发地蒸蒸日上。

“老板娘，你这肚子眼见着越来越大，怎么能还在店里忙碌？你丈夫呢？没见他出来帮过你？”有好心的顾客看五月顶着已经有些明显的肚子走来走去，不由得替她担心。

老板娘端咖啡的手微微一僵，但很快地敛住了失常的神色，只是淡淡地笑笑，没有回应客人的话。

客人算是看出来了，这家店，原来只有老板娘，根本就没有老板。

“老板娘，你现在可是单身？”客人又问。

对方的热情，五月实在不好再不置一词。浅浅一笑：“嗯。这是你的摩卡咖啡。”

“既然你还是单身，那不如我给你介绍一个吧。老板娘，我同你说，我舅舅的阿姨的妹妹那边有个特别老实敦厚的男人。三十二岁了，先前娶的老婆走了，连一儿半女都没留下。这会儿正在外头到处相亲呢！回头我把他介绍给你，我觉得你们真的特别适合。”

五月简直哭笑不得，婉言拒绝："劳你操心了。我这还怀着孩子，这些事还是想等以后再说。"

那客人不死心，还想说什么。此时，咖啡店里的风铃突然轻轻拨动。

"欢迎光临。"五月下意识地开口，回头看时，却因为进门来的两个身影而整个人僵在那。

来人不是别人，竟然是叶修和阮纯！

他们，怎么会来这儿？

叶修和阮纯此时也见着了五月，也是被震在当场。谁也不会想到，离洛费尽心思在寻找的人，突然就这样不期然地出现在他们眼前。

"进来坐吧！"先回过神来的，还是五月。

她似云淡风轻，只是笑着为两人张罗。两人也这才回神，面面相觑后，找了个角落的位置坐下。

望着从吧台里端来咖啡的五月，叶修连忙起身接了她手里的咖啡。阮纯也起身，拉了张椅子，望了眼五月，淡淡一笑，"一起坐吧。"

五月依言，跟着两人坐下。

"五月，真没想到你会在这儿。"叶修望着五月，"哥一直翻天覆地地在找你。"

找她？找她干什么？想再报复，或者是想让她拿掉肚子里的孩子？

五月不想再去深想，只苦笑了下，不动声色地转移话题："你们怎么在这儿？来旅游？"

这五个月的时间，她尽力让自己不去想那个男人，她以为自己能在时间的冲击下，渐渐忘了他。可，现下心底源源不断的痛都在提醒她，五个月的时间其实并不长。

叶修和阮纯相视一笑，阮纯低下头去。

叶修探手过去握住了她的手，深深地望了一眼，才回答："我带纯纯出来走走。希望她心情一好，便能答应我的求婚。"

他们俩人之间的变化，倒是让五月有些吃惊。

眼前，阮纯为离洛自杀的画面、叶修为阮纯拜托自己不要同离洛和好的画面，仿佛还那样清晰地映在眼里。不过才五个月的光景，现下，他们便变成了这样。

时间，果然是能改变一切。

是不是再过五个月，她便能彻底将离洛忘了？

"你们能在一起，真是让人欣慰。"五月由衷地说。叶修守候了这么多年，现如今也总算是守得云开见日出。

这个痴情的男人，值得阮纯放弃不爱她的离洛。

“那你呢？这段时间过得好吗？”阮纯关心地问。在五个月前，她还想使些小法子，让五月和离洛没法在一起。但现下，她再没了那些心思。

这几个月的时间，她已经看得清清楚楚。离洛的心，除了五月，谁也拿不到了！

“过得挺好的。海滨城市，风景比较好。虽然这儿游客很多，但我工作其实并不繁重，这家店每天只限定接待200位客人。”

“你现在可是孕妇，还做这个很危险的。”

阮纯和叶修对视一眼，两个人都不约而同想到那份检查报告的事。若是怀孕压到了脑部神经，后果简直不堪设想。

叶修也认同阮纯的说法，他迟疑了下，才开口：“五月，哥一直在找你和孩子。难道你就没想过带着孩子一起回去吗？哥是真的很爱你。你走后这段时间，他根本就是过着行尸走肉的生活，连我们都不忍去看。”

爱？什么是爱？她现在已经完全不懂了！曾经她一度也以为离洛是真心爱自己的，可是，到了后来才猛然发现，爱也不过是假象。

“我现在的生活过得很好，也很满足。不想再去想以前的事了。”五月淡淡地笑，尽量忽视心底的酸楚。

“可你和哥之间的那个孩子呢？他也喜欢没有爹地的生活吗？还有，你忍心让你肚子里的孩子一生下来就没有父亲吗？”叶修极力想劝服五月。

“一个只想杀了他的父亲，我想他并不会想要。”

“可哥也许是有苦衷的！”叶修替离洛抱屈。

五月摇头。她想不到，有什么苦衷能比他们之间的孩子还重要。

清脆的风铃声又响起，五月起身：“抱歉，我先去招待一下客人。”

叶修望着五月忙碌的身影，只能摇头叹息。

阮纯拍拍他的手：“别想了。一会儿你给洛哥哥打电话，让他过来。要说服五月，只有他才行。”

“只能这样了。”

离洛接到叶修求救的电话，匆匆赶到这座海滨城市的海边。

“喂，你们在哪儿呐？”站在海边，拿着手机打电话给叶修。

叶修那边是磅礴的海浪声：“哥，看到海边有个小咖啡馆没？”

离洛眺目去看，大步朝咖啡馆走，一边回应：“嗯。还有五分钟就到。你们神秘兮兮的，到底是出什么事了？”

“反正你来了就知道。哥，那我先挂电话了。”

“嗯。”离洛淡声应道，收了线。

望着眼前那片苍茫的大海，脑海里忍不住回想起那一次跃下海面去救五月，上来时她吓得抱着自己痛哭的画面。

想来，那个时候，自己就已经爱上她了。

不知道现在她到底在哪。一个人带着孩子可好？还有腹中的小宝宝，还在吗？

想起她，离洛只觉得胸口拧着疼。

摇摇头，不再逗留，而是大步往咖啡店里走。

门被推开，随着海风，风铃被轻轻扬起，发出清脆的声响。

“欢迎光临，里面……”“请”字还不曾说完，五月一抬头，便僵在那。

门口，那抹修长的身影，也愣在那。

离洛简直不敢相信自己看到的，拧了下自己，确定这不是像过去那样是在做梦以后，脑子里只觉得轰隆隆作响，惊得他好半晌只能愣在门口，回不了神。

这五个月来，让自己日思夜想到近乎疯狂的女人，此刻就这样站在自己眼前。

她变了……

不单单小腹隆起，更添了几分成熟的美和风韵以外，那双往常为他狂热的眸子已经冷下去，变得疏离而淡漠，仿佛，离他很远很远，远到再也无法碰触。

他的心，却狂跳不止。

她没有拿掉孩子，直到现在，她还保留着这个无辜而可怜的孩子！是不是代表，她对他还有一丝丝的想念？

先回过神来的是五月。见到叶修的那一刻，她便早料到迟早离洛是会出现的，所以，早已经有了心理准备。

端起职业化的笑容，站在吧台前招呼：“请先进来吧？想喝点什么？”

再听到她的声音，离洛才猛然回过神来。沉步走到吧台前，深深的眸子凝神望着她，仿佛要将她刻进骨子里去。

性感的喉结，滚动了一下。开口，嗓音已经暗哑：“还是以前一样的口味，你知道的。”

五月低下头去忙碌：“抱歉，我已经忘了。你想喝什么？”

离洛涩然地别开脸去：“给我一杯黑咖啡，不用放糖。”

“好的，麻烦你去那边等。”五月随意指了个位置，转身去煮咖啡。

转身的一刹那，脸上伪装的云淡风轻顷刻间消失，双肩垮下来。

伪装，真的好累。尤其，还要伪装得开心。

煮好了咖啡，转过头来。原本想搜寻离洛的身影，却见他竟然还站在吧台边，一动不动地凝视着自己。这一转身，两个人的视线撞个正着。

先别开视线的是五月。

“去找个位置坐下吧。咖啡我替你端过去。”五月下意识看了眼他的双腿。

她想，他应该不方便站得太久。

离洛点点头，顺了她的意思。找了个位置坐下，转头望着她绕过吧台，挺着隆起的小腹，端着咖啡缓缓朝自己走来。

想到这五个月，她挺着大肚腩，带着小5是这样坚强地走过来的，只觉得眼角发涩。

是该死的他，让她受这么多的苦！

当初生小5时，将小5带到这么大，他都不在身边，以至于让她受那么多的苦。现在又怀了孩子，都五个月了，他竟然又不在！！

这个当爸爸的，未免也太不称职了些！

懊恼，让他心下更是难受。

“尝尝味道，如果不满意的话，我可以重新做。”五月将咖啡递到他跟前。

离洛这才回过神来，敛下眉眼，良久才端起来啜了一口。

“怎么样？”她轻轻地问。俯首，视线无波无澜。仿佛，只是在服务一个再普通不过的客人。

“很好喝。”他骗人！明明又苦又涩，像极了眼泪的味道。

流进胃里，渗进他心底。

又端着杯子喝了一口，连滚烫的味道，都不曾察觉。

“你喜欢就好。那我先去招呼其他客人了，慢慢喝。”五月说罢转身要走。

离洛再没忍住，一探手，就将她的手腕牢牢扣住。

“五月，别这样……”

“别哪样？”她的态度还是那样不咸不淡。

“别恨我。”

“恨？”她清浅地笑，“离总，你大概想错了，我从来没有恨过你。”

一声“离总”让离洛大受打击，扣住五月的手越发收紧。敛起眉，痛心地望着五月。

“那为什么要这样生疏冷漠地对我？”

“因为……”五月深吸口气，望定离洛，眼里全是坚定，“因为不爱了。我不爱你了，更不会恨你。至于离总你说的生疏冷漠，我想你是会错我的意了，其实我对任何一个客人都是这样。”

客人？！

所以，在她眼里，他现在不过是个再普通不过的客人！仅此而已！

绝情的一番话，让离洛痛得冷抽。那一瞬，胸口好像被人重重击中一拳，让他连呼吸都窒息了。

捏住她的手，却执拗地不肯放手。似乎想要再努力一点、再努力一点抓住最后的希望。

“离总，请你放手！我有新的客人了，现在必须去招待。”五月语气冷硬。

离洛望着五月无波无澜的眸子，心一沉再沉。

冰冷的手，一点一点松开，他黯然地垂下手臂，涩然道：“我在这儿等你忙完。”

五月没有再说话，只是抽回手安静地离开。

转身的一刹那，眼眶里，滑出一滴晶莹的泪。

时间匆匆而过，他还坐在那个位置，一动不动。

海滨的阳光通透地洒下来，万丈金芒披在他身上，将他原本就立体的五官衬得越发有型。

五月远远看去，只觉得鼻端发酸。

他同她之间，现在便真正是遥不可及了。

200个客人很快就满了，等到最后一个客人离开的时候，整个店里便只剩下离洛了。

五月不去催他，只是安静地开始收拾桌子。

端起咖啡盘的时候，一只有力的大掌横伸过来抢过笨重的咖啡盘：“我来，你是孕妇，站在一边就行了。”

不容反驳的神情，让五月心底一颤。

下一瞬，她敛藏住情绪，客气地说：“怎么好意思，你是客人。”

离洛的视线重重地看过来，显然是对她这句客套的话很不满，很不满。

她却像看不穿一般，退到一边去：“那今天你的咖啡就算我请客了！”

真是够了！

离洛将手里的盘子烦躁地放回桌上，金属盘磕在木桌上，发出重重的声响。他凝视着五月的眸底有压抑的愠怒：“是不是这样对我说话，你心里会舒坦一点？！”

五月看他一眼。他眼里的痛意被她刻意忽视。她上前一步：“离先生如果有什么意见可以去投诉箱里投诉，不过也是我看！好了，这儿不麻烦你了，现在店里已经打烊，你也请离开吧！”

离洛还想说什么，五月却先抢白道：“离先生，请你什么都不要说，什么也不用说！

如果你还恨我，以后你想怎么样都行，这是我们家欠你的！但我请求你，现在让我安安心心先把孩子生下来。这几个月希望你不要再来打扰我！”

“你真……这么讨厌我？难道……连一丝丝爱都没有了？”他不知道自己为什么还要询问这个答案。

“答案我说得再清楚不过了！”五月不想再重复。撒谎是很累的，她不想再重复一遍刚刚说的谎言。

明知道答案是如何，却偏不死心，离洛觉得自己真是疯了！

不敢再去看五月绝情的样子，他终于拉开咖啡店的门，狼狈地夺门而去。

海风，吹乱了他的发丝，也吹凉了他的心。

五月站在咖啡店里，静静地凝视着他跌跌撞撞地越走越远，直到消失。

如果他肯回头，哪怕是再多看她一眼，他便会发现，她早已泪流满面。

可是，他离开的脚步，不曾再停留。

“大5，爹地到底什么时候会来找我们？”晚上吃饭的时候，小5忍不住又问一遍。

掰掰手指头，都五个月没见爹地了耶！如果再不找来，他是不是要打电话通风报信？

爹地再不出现，小小5都要来了！！

若是大5真不原谅他，那才要命了！

“宝贝，我和你说过了，爹地不会来找我们。以前我们没有爹地，不是也过得好好的吗？”五月替孩子盛了碗饭。

小5努努软嫩嫩的小嘴巴：“以前不一样啊！以前大5又没有怀小小5。现在大5是孕妇啊！孕妇怎么能没有男人的照顾呢？”

“小5不是男人吗？”

“我？”小家伙头摇得像拨浪鼓，“小5才不是啦！爹地那样的才是！”

五月望着孩子，鼻尖不由得有些酸涩。是她对不起这两个孩子，让他们一出生就没有爸爸。

“宝贝，如果你喜欢爹地的话，大5同意你和爹地联系。”她不能因为自己而自私地剥夺了孩子的权利。

“Hi！大5万岁！”孩子尖叫。五月也跟着笑开，又补了一句，“但大5还是要告诉你，爹地和大5是不会在一起了。大人的事，小孩子可能不懂，总之，以后爹地和大5都会有不同的生活。”

小5的小脸又垮下去，半晌，只是闷闷地“嗯”了一声，便不再说话。

再吃饭，简直是味同嚼蜡。

第二天，一早。

五月来咖啡店开门的时候，被门外抱着酒瓶蹲在那儿的身影惊呆了。

竟然是离洛！

他是在这儿等了一夜吗？竟然靠在门上睡着了！

天哪！这里海风这样大，他的双腿能禁受得住这份寒吗？

五月心里全是担忧，不敢怠慢，连忙拿钥匙将门打开。才蹲下身去推离洛。

“离洛，你醒醒！醒醒！”她嗓音轻柔，像过去那样。蹲着身，海风拂着她的发丝落在离洛脸颊上。

带着淡淡的青柠檬的味道。

离洛以为是做梦。现在，只有梦里五月的声音才会这样软软糯糯，像棉絮一样。也只有梦里，才可以再闻到属于她的香味儿。

不由得勾唇，如玉的面颊上绽出一抹淡淡的笑来。

这个梦好美好美，美得他根本不想醒来。

“离洛，你不能在这儿睡！”见离洛不醒，五月不得不拍拍他的脸颊。

触上他脸的那一瞬，五月一愣。好凉！

离洛这下子终于醒了。眸子懒懒地半眯起，映入眼帘的是一张担忧的小脸。

竟然是五月！

所以，刚刚的一切美好都不是自己在做梦？而是真实的！

“你起来，去店里坐坐。这样下去会感冒的！”五月还是不能将他丢下不管。

一股前所未有的暖意，滑进胸口。

离洛突然探臂，一下子就将五月深深揽进怀里。酒气伴着海风扑鼻而来。

很显然，昨夜，他喝了不少。

他开口，嗓音竟有些哽咽：“五月，我好想好想你，好想好想孩子……跟我回去好不好？我们都不闹了。”

听着他这样难受的恳求，五月心底的撼动不假。

一个你费尽一辈子去爱的男人，突然这样动情地和你说求和的话，虽然只是寥寥几句，但也足以让你丢盔弃甲。

原本，五月从来就不是个心硬的人。

但此时，她却尽量抓住自己的理智。

“我们进去谈吧。”五月从离洛怀里挣出来，先站起身来。

离洛要起身，但因为吹风太久的缘故，原本就没好全的腿，此时旧态萌发，几乎要支撑不住身体的重量，差点摔倒。

五月一步过去，将他稳稳扶住："怎么样，还可以走吗？"

他其实没那么脆弱。但，触到五月关切的视线，还有她软软的身子给他依靠，他便开始忍不住想要耍赖。

揪着眉，弯身用手臂撑着腿："有点痛。"

"先进去坐下来。"五月一手推门，一手扶着他。

进去后赶紧抽了张椅子，安顿离洛坐下。

"你怎么会蹲在门外？"五月转身去吧台想给离洛倒杯热水暖暖身子。

这个海滨城市温差很大，他穿得这样单薄，在这样的清晨，寒意还是很瘆人的。

离洛紧紧凝视着她的身影，老实说："我回酒店睡不着，就索性到你这儿来了。想看看你和小5，可你们不住这儿。我没有你的电话，找不到你，所以只能在这儿等你。"

"你在这儿等了一晚上？"虽然猜到了，但听他说出来，还是免不了惊诧。心里有种很熟悉的颤动，搅动着她的心。

离洛点头。

五月已经从吧台里绕出来，将热开水端到她面前。

透过迷蒙的雾气，离洛深深地凝视着她，刚想说什么，咖啡店的门却忽然被人从外面推开。

清脆的风铃声响起，五月本能地抬头，见到是位熟悉的客人，笑意盎然地迎着来人进门："是老样子，一杯摩卡加冰？"

"今儿你就甭忙了！五月，前段时间我同你说的相亲那事，你放在心里没有？"那客人坐下，便抛出个话题。

五月一愣。

坐在一边的离洛，整个人一僵，脸色顿时黑了大半，如临大敌地望着来人。

"抱歉，最近太忙了，所以一直都没考虑这件事。"五月轻轻回答，忍住没有去看身后离洛的反应。

"先前没考虑也没关系，以后再慢慢考虑，今天我那亲戚正好到了这儿，我和他说了一下你的事，他便说想来这儿看看你，你应该没意见吧？"那客人完全没有注意到空气里的失常，继续热情地絮叨着。

对方的热情，实在让五月无法拒绝。况且，这样也没什么不好！至少，能够让离洛清楚，有些事情、有些人一旦错过，就真的回不去了。

"好啊！那你带他过来吧，我们先见见面！"五月爽快地答应。

空气陡然变得冰冷，即便没有转身，五月也能察觉到离洛的视线朝自己投射过来，冷

得几乎让她打颤。

客人得到应允，又匆匆推门出去了。

离洛几乎是一下子就从椅子上蹿起来，大步朝五月走过去，一下子就扳过她的肩膀，让她面向自己："你要去相亲？！"

"是对方要来这儿和我相亲。"比起他的激动，五月显得异常冷静。

亏得她现在还有心情和他咬文嚼字！他都要被她搞疯了！

"两者都没差！"离洛像头受伤的狮子，低吼，"你就是要和其他人相亲，是不是？"

"你都听到了。不是吗？"根本就是明知故问嘛！

"我不准！"离洛霸道地揪住她的手臂，就要往外走，"我带你回去！去他的相亲，你根本不需要相亲！"

"离洛，你别闹了！"他的霸道，让五月心下莫名起火，甩开他的手，水瞳直视他，"你有什么资格不允许我去相亲！你是我什么人？"

"我是你什么人？！"离洛气得双眼发红，"我什么人也不是，只是你两个孩子的父亲！只是爱着你的人！你怀着我的孩子，我是混蛋才会允许你去相亲！"

五月浑身一震，双目氤氲出朦胧雾霭怔愣地望着离洛，"你……你刚刚说什么？"

"我说，我是混蛋才会允许你去相亲！"他气极地重复。

"不……不是这句……"她拼命摇头，眼泪跟着跌碎。

离洛一怔，想了一下，才惊觉五月想要听的话是什么。

望着她的眼泪，他心痛地将五月紧紧搂进怀里，贪恋地呼吸着她的发香，喑哑着嗓音开口："我爱你！我爱你！你想听多少遍，我都可以重复，但我不许你去相亲！"

听着离洛一句一句诚恳的表白，她突然痛苦失声。

这一句话，让她等了很多年！很多年！

可现在，她真的还能去相信吗？

"你别再骗我了！我不相信你！再也不要相信你！"怕再次上当，她把他狠狠推开。

他明明就应该恨她的！况且，如果他真的爱她，怎么会让她去把肚子里的孩子拿掉？她没办法说服自己去相信。

离洛上前一步，再次将她牢牢抱住。她再挣扎，他再抱住，一刻都不放手。

脸埋在她发丝间，他痛苦地低喃："五月，相信我，我没有骗你。"

他抓起她的手，摁在他胸口上。仿佛想将胸腔里所有的情感传达给她："我爱你。答应我，不要和任何人去相亲！我娶你！如果你担心我还在骗你，我可以立刻娶你！"

五月心神一震，再次推开他："凭什么你娶我，我就要嫁给你？离洛，我不是个物件，更不是你招之即来，挥之即去的宠物！我有我的想法，不是你想逗弄我时，就拿来哄哄，腻了就甩一边去的玩物！”

“我从来就没有把你当成宠物！更别提什么玩物！我承认，最初和你接近时，我是恨你，是想报复你，甚至是不公平地将所有的仇恨都转移到你身上。可是，越和你接触，我发现自己越来越离不了你！即使我自己再辛苦地压抑，也改变不了我爱上了你的事实！”

离洛一番话倾情而出，惊得五月整个人都愣在那儿了。

心里源源不断地悸动，几乎要将这五个月来辛苦建起来的城墙瞬间冲垮。她哽咽着，含泪凝视着离洛。

“你说爱我……那么，为什么不要他？”

她的手，颤抖着搁在隆起的小腹上：“他是你的孩子，是我们的孩子，你为什么不要？”

她期待着他说出一个让她信服的理由，期待着他能让她彻底信任。可是……

没有！

他薄薄的唇瓣，颤动了好几下。性感的喉结滚动着，但到底一个字都没有说出来。

只是，凝视着她的神情越来越黯，眼底全是压抑和挣扎。

五月的心，一沉再沉。寒凉得不可思议。

“你走吧，以后如果想看小5，我会让孩子和你联系。”她听到自己的声音，也清冷得让人发抖。

离洛被她突然冷下来的态度刺激到，眉心一敛，双手捧住她布满泪痕的脸，照着她的唇就狠狠吻了下去。

唇瓣相触的那一刹那，五月一震。拼命地挣扎，退开一步，气恼地瞪着离洛。

不等离洛缓过神来，她挥手，一巴掌就甩在离洛脸上。

离洛一愣，只觉得耳边嗡嗡嗡地响。

五月伸手指着门口，冷喝：“离洛，你走！我现在不想看到你！”

她不是真的还像以前那样那么好哄！不是生气的时候，一个吻就能够迷乱她所有的心智！也不是一个吻，她就还能像过去那样为了爱他飞蛾扑火，不顾一切！

她不想再变成一个傻瓜。

叶修到酒店房间的时候，被吓到。

离洛瘫软在床上，床边全是散乱的啤酒罐。

阮纯惊呼了一声，赶紧推开窗，让扑鼻的酒气渗透出去。

“到底怎么了？不是找到五月了吗？”阮纯问叶修。

叶修望着床上萧索的身影，叹口气："应该是五月不愿意原谅哥吧！"

阮纯皱起眉："洛哥哥都可以放下所有的仇恨，执意和她在一起，她还有什么不能原谅的？这么多年，洛哥哥受的苦，比她的多多了！"

"话也不能这么说。上次孩子的事，对五月来说打击太大了。况且，哥一定没告诉她她的病情。"

阮纯摇头："洛哥哥真傻！"

连她一个局外人都看不下去了，是不是应该帮帮他们？

离洛昏昏沉沉地躺在床上，他做了一个很长很长的梦。

这个梦，一点都不美好。

梦里，五月领着两个孩子不断地往前走，他跟在后面辛苦地追寻，无论如何叫她，她都不曾回头。

而后，他整个人跌进一个黑暗的深渊里，看不到尽头。从此，他将过着孤独的，暗无天日的日子。这过去的五个月，他便是这样过来的。

没有五月的将来，他还要这样过！

整整两天，离洛都没有出现了。五月说不出来心里那种难受的感觉。她很努力想要让自己忽视，但她真的忽视不了。随着时间的推移，那种难过和失落的感觉反倒是愈加强烈起来。

风铃声响起。

她立刻循声去看，来人不是离洛，却是阮纯。

"欢迎光临。"她笑笑，迎接阮纯，"想喝点什么？修哥哥没陪你一起过来吗？"

"随便给我倒杯橙汁就行了。"阮纯在吧台边上坐好，望着在吧台里忙碌的五月，问，"刚刚期待的眼神，以为来的是洛哥哥？"

被看穿心思，五月脸微红。但还是轻轻反驳："怎么会？是我让他不要再来的。"

"那你知道不知道，洛哥哥这两天过得一点都不好？"

"他怎么了？"五月抬起头来，眼底是鲜明的担心。

"担心他？"阮纯挑挑眉。

五月轻轻咬着唇，没有说话。只重复问："他怎么样了？是不是上次吹了风，感冒了？"

很明显，她还是很关心洛哥哥的！这还不好搞定吗？

阮纯端着橙汁啜了一口，没回答五月的问题，只是望着她："你知道洛哥哥为什么不要这个baby吗？”

没想到阮纯突然提到这个话题，五月怔愣过后，神色黯淡无光。

“我们之间这么深的仇恨，不要我的孩子，我也无可厚非。”

“仇恨？”阮纯望着五月，点头，“你们的仇恨确实很深，却比不过洛哥哥对你的爱来得深。”

五月瞠目望着她。怎么连阮纯也觉得离洛是真心爱她的？

“五月，你这孩子不能要！不是因为仇恨，而是因为……洛哥哥真的很爱很爱你！他不舍得让你去冒险，不舍得因为孩子而让你受苦！”

五月皱眉，又摇头。她不懂！她完全听不懂！

“洛哥哥不敢告诉你，阿修也不敢和你说。”

“到底是什么事？”五月望定阮纯。

阮纯缓缓启唇：“上次你住院的时候做了个全身检查。医生检查出，你脑部有个瘤。暂时还是良性的，但一旦恶化，随时会转成恶性的。而且，脑部不能擅自动手术。医生说，怀孕会压迫到你的神经，随时有可能让你脑部肿瘤恶化，所以，洛哥哥才不敢让你来冒这个险！不信你可以去问阿修，还可以去医院做个检查。”

五月简直不敢相信阮纯说的话。

她愣愣地望着阮纯，看阮纯坚定地点头，她的眼泪突然不受控制地往下落。

几乎是立刻解了胸前的围巾，便往吧台外冲。

阮纯望着她冲出咖啡店，又很快地冲回来。

“你是孕妇，慢点儿！”阮纯心惊胆战地提醒。

她额上全是汗，脸上全是泪：“纯纯，离洛住哪？现在他还在这儿吗？”

“阿修陪着他在德仁医院里。”

“什么？”她的心拧成一团。

“喝酒喝到胃出血，加上感冒发烧，现在应该还在住院。如果你去看的话，会很快痊愈。”

五月匆匆跑出咖啡店。

脑子里有个瘤这件事，她已经无心去在意。这些不开心的事，就交给以后吧！

现在，她必须去为自己误会离洛的事道歉，还有那巴掌！

她真是该死！竟然那样子对待离洛！

到医院的时候，离洛正闭眼躺在床上。叶修守在床边，见五月来了，连忙要起身相迎。

五月担心吵到离洛，忙比了个手势示意叶修噤声。

叶修会意地点点头，推开病房的门便出去了，将小小的病房留给了五月和离洛。

离洛沉静地躺着，应该是刚刚吊过水，他手背上还贴着纱布，手心冰冷刺骨。脸上尽是疲倦。

五月心疼地将他的手握牢在手心，实在太冷，她将他的手紧紧贴在脸上。空出的另外一只手，贪恋地划过他立体帅气的五官，仿佛要将他一点一点刻进骨子里。

他说他爱她，原来不是骗人！

“五月……五月……”干涩的唇瓣，喃喃着，模糊地念着这两个字。

五月以为他醒了，连忙凑过去，可凑近了才发现，他根本不曾醒来，只是更加用力地握紧她的手，仿佛生怕这一松手，她便会彻底从他生命里消失一般。

原来，他真的这样在乎自己！即便这样神志模糊不清的时候，即便是在梦里，他也一直深深地惦念着她。

五月突然收不住眼泪，喉间被一种浓浓的感动堵住，一时竟让她什么话也说不出来，只能握牢他的手，深深地、深深地凝视他。

离洛醒来的时候，就见到五月正坐在床边凝神望着他。

心一紧，几乎以为这是在做梦。

探手，不管不顾就将她整个人揽进怀里。

“五月，别离开我……我不是故意要那样伤害你……但请你相信我，让你动手术，我比任何人都觉得痛……”

“我知道……离洛，你说的、做的我都知道了！”五月将脸深深埋在离洛胸口上。

眼泪浸湿了他的衬衫，她环过双臂搂住他结实的腰，贪恋地呼吸着他的味道：“纯纯今天都和我说了！”

离洛上一秒还在享受她突然的拥抱，下一秒，听到她的话突然直起身子来，将她半搂住：“你说，纯纯和你说了？她都和你说什么了？”

五月抓起离洛的手，搁在自己头上：“我这儿有个瘤，所以不能怀孕，我都知道了。你应该早一点告诉我。”

她眼里噙着满满的眼泪，离洛心疼地帮她抚去：“她不该告诉你的。我不想你以后的生活成天惶恐不安。”

五月被离洛的苦心打动，抓住他的手：“不会的。只要你一直都在我身边，我就会很勇敢、很勇敢。拜托你，别再劝我把孩子拿掉，也别再让我做什么手术，让我替你把这个孩子生下来，好不好？”

说到最后，五月的语气里全是恳求。

离洛将她牢牢拥住：“傻瓜，我不想你受苦！”

“可我不觉得苦。况且，医生说怀孕会压迫到神经，可是你看看，我现在都怀五个月了，到现在不也还好好的，什么事也没有吗？如果你担心的话，我可以立刻去楼下再做个全身检查，让你安心，好不好？”

她都这样说了，他还能有什么话去反驳？

下颚心疼地蹭着她的发顶：“我陪你去做检查。但你要答应我，一旦有恶化的情况出现，必须得先保证你的安全。”

她笑着搂紧他，流泪：“离洛，我答应你。我什么都答应你。”

离洛动情地望着这样的五月，两手捧住她的脸，深深的吻就这样印下去。吻得疯狂，吻得执拗，仿佛要将这五个月对她所有的思念在这一瞬间都倾泻在这个吻上。

五月也紧紧攀住离洛的肩头，热情地回应他。

又一个五个月过去。

新生妈妈还在床上坐月子，昨晚宝宝折腾了她一夜，此刻的她正躺在床上安睡。

作为模范丈夫的离洛，抱着笔记本，一手揽着她，一手办公。

隔壁婴儿室的宝宝又哭起来，小5率先跑过去，拿着奶瓶喂小妹妹。

笔记本上的QQ突然响起来。离洛去看，是叶修的头像在闪动。

“哥，宝宝长得可爱吗？五月还好吧？医院检查是怎么说的？”

难得他们小两口在度蜜月还能想到他的事。

离洛勾唇笑：“也不看看是谁的孩子，当然可爱！至于五月……”

他侧目笑望着身边的妻子，又打下一串：“她很好。情况并没有恶化，这真是万幸。”

“哈！洛哥哥不应该感谢我吗？我才是你们在一起的大功臣！”一听这语气，便知是阮纯在一旁说话了。

离洛笑意更深：“是，谢谢你。我会让我的小公主叫你干妈。”

“老公，和谁在聊啊？”五月醒了，侧过身来，将丈夫抱住。

离洛喜欢极了这样被拥抱的感觉，俯首，深深印下一个吻在她额头上，“和小公主的干爹干妈。吵醒你了？”

“没有。”她又朝他靠拢了一些。

“那你继续睡。宝宝有小5带着，不用担心。”

睡梦里，她漾开甜蜜的笑。

“老公，有你们在真好！”

“我也是。”他动情地凝视着妻子。

婚姻，不是爱情的坟墓，反而是爱情的归宿、责任的开始。

而他，喜欢这样的责任。

（全文完）